La louve de Mervent

Michel Ragon

La louve de Mervent

ROMAN

Albin Michel

IL A ÉTÉ TIRÉ DE CET OUVRAGE :
trente exemplaires sur vergé blanc chiffon, filigrané, des Papeteries Royales Van Gelder Zonen, de Hollande, dont vingt numérotés de 1 à 20 et dix hors commerce numérotés de I à X.

ISBN 2-226-02455-7

à Bernard Clavel
homme des marches de l'Est
fraternellement

« Nous sommes à Bredonnes, en Vendée... C'est le moment des tournois... Voici Thibaud le Méchant, trouvère, il parvient au petit jour juste à la porte de la ville, par le sentier du halage. Il est fourbu... Il veut chercher à Bredonnes asile et couvert... »

Louis-Ferdinand CÉLINE, *Mort à Crédit*

LIVRE PREMIER

TÊTE-DE-LOUP

1

En ce temps-là

En ce temps-là, alors que les vieux démons de la nuit et de l'ignorance semblaient dévorés par les loups, alors que les loups eux-mêmes reculaient avec les forêts défrichées, que la paix sociale étendait les rameaux de ses bienfaits, que le progrès commençait à distribuer l'aisance dans les foyers, des bandes de chouans, surgies on ne savait d'où, comme nées par maléfices dans une terre encore mal labourée, des bandes de chouans réapparurent, anachroniques, fantomatiques, invraisemblables.

Les gendarmes eux-mêmes refusèrent d'abord de croire les fermiers qui se disaient attaqués, rançonnés, voire molestés. Jusqu'au jour où ils trouvèrent dans un fossé, non loin de Moncoutant, le cadavre d'un homme poignardé, un billet attaché au revers de sa veste avec ces mots : « Reconnu espion envers les réfractaires. »

Des réfractaires à la conscription se cachaient donc encore dans les bois. Au dernier appel sous les drapeaux, en mars 1837, il ne manquait pourtant en Vendée qu'une dizaine de conscrits. De quels réfractaires s'agissait-il ? Chaque année la maréchaussée épinglait des insoumis, qu'elle appelait plus bénignement des retardataires. Il est vrai que certains retardaient beaucoup puisqu'elle avait mis la main récemment sur des évaporés de la classe 1831 et même un de la classe 1828. Mais de là à craindre une nouvelle insurrection, comme le bruit commençait à courir, il ne fallait pas en remettre.

Pourtant la rumeur gonflait. De plus en plus nombreux, les paysans isolés se plaignaient de recevoir des visites nocturnes dont ils ne se débarrassaient qu'en donnant des victuailles, de l'argent. Certains, qui refusaient, se lamentaient de leur vaisselle cassée, de leurs meubles brisés par les détrousseurs furieux. Comment eussent-ils pu se défendre puisque, dès les premiers jours de son règne, le roi Louis-Philippe acheva le désarmement de la Vendée, déjà bien avancé par ses cousins de la branche aînée ? Même les fusils d'honneur, accordés aux vétérans de la Grande Armée catholique et royale par Louis XVIII avaient été ramassés par les gendarmes.

La peur se répandait, comme hier le choléra. Dans les halliers, dans les chemins creux, dans les fourrés d'ajoncs, des êtres obscurs se cachaient, rampaient, se glissaient comme des vipères et n'apparaissaient qu'à la lueur des torches, devant des familles épouvantées.

Le préfet de la Vendée, Monsieur Paulze d'Ivoy, plus familièrement appelé par les Vendéens « le vindicatif proconsul », avait bonne mine de s'être laissé aller, juste après les cérémonies du 14 juillet 1836, à écrire à son ministre : « Vous pouvez considérer la chouannerie comme entièrement détruite. » Voici que s'accumulaient sur son bureau les rapports des gendarmes, de plus en plus inquiets, qui ne faisaient que transiter par Bourbon-Vendée avant d'arriver au ministère de l'Intérieur.

Comment arrêter ce flot de dépêches qui s'enflerait à Paris de quels fantasmes ? Louis-Philippe reverrait encore dans la nuit son cousin Louis XVI, se baladant ensanglanté dans les salons du Louvre, tenant sa tête par les cheveux. Comme Macbeth, l'ancien duc de Chartres vivait hanté par les trois cadavres des rois qui le précédèrent sur son trône usurpé. Et au cou coupé de Louis XVI s'ajoutait souvent l'image du supplice de son propre père, le régicide Philippe-Egalité, lui aussi guillotiné.

La mort de Charles X, exilé à Prague, le 6 novembre 1836, n'avait pourtant suscité aucun remous en Vendée où seul le curé d'Angles osa, malgré les interdits, annoncer en chaire la disparition de l'ancien roi. L'équipée de la duchesse de Berry s'était terminée dans la farce d'un prétendu mariage secret et d'une grossesse inavouée. Elle vivait pour l'heure en Italie avec son pacha et pondait des enfants légaux qui ne comptaient plus que pour du beurre. Mais en Autriche, « l'enfant du miracle », le fils posthume de l'héritier du trône, le petit Henri que les carlistes appelaient déjà Henri V, demeurait pour Louis-Philippe un cauchemar. Toute allusion à Henri V prenait allure de crime. N'avait-on pas arrêté l'an passé le vieux domestique du marquis de la Rochejaquelein, Mathieu Mozineau pour, le vin aidant, s'être écrié dans une auberge : « Les Bourbons ne sont pas morts. Vive les Bourbons ! Vive Henri Cinq ! »

Ces bandes de réfractaires, dont on parlait tant et que l'on ne voyait jamais, préparaient-elles une nouvelle sédition au nom de Henri V ? Le préfet n'en croyait rien. Il lisait, agacé, les communiqués de gendarmerie qui commençaient presque tous par ces mots :

Monsieur le Ministre,

Je m'empresse de vous rendre compte, que dans la nuit du 23 au 24 de ce mois, une bande de brigands qui d'après le rapport que je reçois...

Monsieur Paulze d'Ivoy réprimait mal son envie de froisser et de rouler en boule ces missives dont le style lui donnait des aigreurs d'estomac. Ces imbéciles parlaient tous d'« une bande ». Une bande de combien d'hommes ? Personne ne se révélait capable de le dire. Il en est de ces prétendus chouans comme des loups, pensait Paulze d'Ivoy. On parle toujours de meutes de loups, mais depuis le percement des routes stratégiques à travers la Vendée il n'existe plus que des loups isolés, ne se hasardant qu'à disputer aux renards les volailles des poulaillers.

Un court billet attira néanmoins son attention :

Monsieur le Ministre,

Une bande de chouans armés s'est présentée la nuit dernière chez Messieurs Biliou, Gardes Nationaux domiciliés à Saint-Maurice-des-Noues. Quatre de ces brigands sont entrés dans la maison, les autres en gardaient les issues. Ils ont emporté trois fusils.

J'ai l'honneur d'être avec un profond respect
Monsieur le Ministre,
Votre très humble et obéissant serviteur.
Le lieutenant de gendarmerie de La Châtaigneraie

Monsieur le préfet n'aimait pas que l'on parle de fusils. Ces fusils, qui disparaissaient dans la nature, l'inquiétaient.

Son inquiétude augmenta encore en lisant le plus long rapport du lieutenant, commandant la gendarmerie de l'arrondissement de Fontenay-le-Comte :

... J'ai l'honneur de vous rendre compte que le cinq de ce mois, à neuf heures du soir, une bande de chouans forte de trente à trente-cinq hommes, bien armée, est arrivée à Saint-Pierre-du-Chemin, commune de cet arrondissement, ils y ont désarmé le garde champêtre et ils ont forcé le sacristain de leur donner la clef de l'église, ils sont montés dans le clocher, en ont enlevé le drapeau national et l'ont remplacé par le drapeau blanc qui a flotté une partie de la journée du 6 jusqu'à l'arrivée des forces de l'ordre qui l'ont enlevé. Ce drapeau a été remis à Monsieur le procureur du Roi. Ces brigands ont bu et mangé, ont payé leurs consommations et sont repartis à trois heures du matin, la gendarmerie n'ayant pu obtenir aucun renseignement sur leur marche. Les habitants de ces contrées sont dans la consternation...

Ces brigands qui payent leurs consommations (avec quel argent ? Les nobles recommenceraient-ils à lever des troupes ?), ce drapeau blanc, ces habitants bien sûr consternés mais qui ne fournissent aucun renseignement, ce nombre fixé à une trentaine d'hommes, voilà qui devenait sérieux.

Le préfet envoya des messages à toutes les gendarmeries pour effectuer des battues. Une mobilisation aussi importante ne donna que des résultats pitoyables. Des pandores trouvèrent dans un bois *deux grandes huttes couvertes de fagots de genêts et solidement construites, pouvant contenir vingt à vingt-cinq hommes*. D'autres ramenèrent d'une baraque abandonnée un baril caché entre deux plafonds empli d'une cinquantaine de cartouches à balles. D'autres décollèrent de la porte d'une grange une affiche si jaunie qu'on l'aurait crue là depuis des années, si les villageois ne s'étaient ingéniés à la regarder avec une hébétude quelque peu théâtrale, jurant par tous les dieux ne l'avoir jamais vue. Il est vrai que la plupart ne savaient pas lire et que celui qui l'écrivit témoignait d'une connaissance lointaine de l'orthographe :

Vive Henri V pour la France
A ba Louis Philippe
Jean merde la garde

Tout cela paraissait plutôt des rogatons de l'insurrection de 1832 que des traces d'actuels réfractaires. Monsieur le préfet Paulze d'Ivoy allait clore le dossier quand soudain les événements se précipitèrent.

Au plus profond d'un bois, des bûcherons détachèrent d'un arbre un percepteur dépouillé de sa recette. Puis le maire de La Chapelle-Saint-Laurent, molesté par une bande d'une dizaine d'hommes, vit avec horreur ceux-ci briser et fouler aux pieds tous les tableaux représentant les membres de la famille de Louis-Philippe et lui dérober de surcroît une somme de deux mille francs. Un autre maire, assommé à coups de bâton, fut délesté de quatre pistolets, d'un fusil et d'une somme de neuf cent soixante-quinze francs. Quelques jours plus tard, une dizaine d'individus prirent d'assaut la diligence du courrier de Saumur, entre Les Herbiers et Les Quatre-Chemins-de-l'Oie, dépouillant les voyageurs de leurs deniers.

Il s'agissait toujours d'une dizaine d'hommes, ce qui, mis bout à bout, indiquait des centaines de chouans. Ils avançaient sur le département des Deux-Sèvres, vers Parthenay. A leur approche, les maires démissionnaient de leur mandat et les populations clairsemées se regroupaient dans les villages. Souvent, dans les fermes abandonnées pour la nuit, de dépit des mystérieux réfractaires faisaient ripaille en vidant les saloirs et les huches à pain.

La cinquième guerre de Vendée n'avait pas suscité l'enthousiasme. Cette sixième qui affleurait consternait aussi bien les paysans que les bourgeois. On était las de la clandestinité, des aventures. La grande guerre de 93 se plaçait maintenant dans la nuit des temps, même si certains vieux chouans vivaient encore et radotaient en racontant des contes à dormir debout, marmonnant toujours la même antienne de leurs bouches édentées. Ces réfractaires sortis des bois s'identifiaient à des loups-garous. Ils terrifiaient d'autant plus qu'ils semblaient issus d'un songe. Irréels, insaisissables, invisibles (sinon par de brusques irruptions nocturnes), ils ressuscitaient d'antiques peurs où se mêlaient le galop des hussards de la République, les méfaits des chauffeurs de pieds et les brimades des culottes-rouges de Louis-Philippe.

On ne les voyait pas, mais ils avançaient. Chaque nuit, ils marquaient leur étape d'une trace violente. On disait à Bressuire que les fidèles de la Petite Eglise s'étaient joints aux insurgés à Courlay. Et Courlay ne se trouvait qu'à trois lieues de Bressuire. Un début de panique bouleversait la ville. Des bourgeois prenaient déjà la route de Cholet, entassés dans des berlines, leurs sacs d'argenterie sur les genoux. A Parthenay, des dragons formaient l'avant-garde des troupes que le ministre de l'Intérieur, affolé par les rapports des préfets de l'Ouest, envoyait à marches forcées. Des courriers spéciaux arrivaient au galop dans toutes les villes et villages, collant précipitamment des affiches blanches aux funèbres lettres noires. Il s'agissait d'une proclamation du lieutenant général, commandant supérieur de la 12e division militaire, aux habitants des départements de la Loire-Inférieure, de la Vendée, du Maine-et-Loire et des Deux-Sèvres. Des attroupements se formaient autour de l'annonce. Ceux qui ne savaient pas lire écoutaient les instruits qui, parfois, ne déchiffraient la missive que lentement, en épelant tous les mots :

Les partisans de la dynastie déchue ont abusé de la générosité trop confiante du Gouvernement ; il avait espéré ramener par la douceur et la clémence des ennemis incorrigibles qui, sous la protection de cette liberté qu'ils veulent étouffer, de cette légalité dont ils se sont fait une arme meurtrière, ont égaré l'esprit des campagnes par les bruits les plus mensongers et les provocations les plus audacieuses, ont formé des rassemblements, réuni des armes et des munitions, résisté ouvertement à la Loi, pillé et massacré des citoyens paisibles ; ont enfin allumé la guerre civile.

Que les cultivateurs, que les artisans s'empressent d'imiter l'exemple des nombreuses communes qui, en se soumettant, ont pu apprécier l'esprit d'indulgence que j'apporte dans ma haute mission ; qu'ils rentrent chez eux en déposant les armes à leurs mairies respectives, qu'ils reprennent leurs travaux, ils trouveront dans le repentir et dans un généreux oubli, les éléments de la prospérité qui assurent la paix, la concorde, l'obéissance aux lois et la soumission au Gouvernement.

Loin de calmer les esprits, cette affiche les enflamma Le lieutenant général, sans doute pressé et de plus économe, croyait bien faire en réutilisant une proclamation de juin 1832. Elle amplifiait les événements au lieu de les minimiser. Si bien qu'à l'inquiétude succédait la panique. On s'attendait à ce que Bressuire et Parthenay soient prises d'assaut d'ici peu. Les signes avant-coureurs de la grande offensive affluaient. Les réfractaires n'avaient-ils pas intercepté les dépêches du gouvernement en enlevant un facteur qu'ils conduisirent dans un bois, lui bandant les yeux ? Le malheureux, revenu à Secondigny pieds nus, les brigands lui ayant volé ses bottes, raconta que ses ravisseurs discutèrent longtemps pour savoir s'ils allaient le fusiller ou non. Interrogé sur leur nombre, il répondit qu'ils devaient bien se compter par plusieurs centaines, la plupart vêtus de blouses bleues, mais d'autres sanglés dans des capotes comme des soldats. Et comme on lui demandait s'ils brandissaient un drapeau, il les décrivit sans hésiter marchant derrière un étendard blanc à liseré vert (la couleur de la livrée du comte d'Artois !) orné de fleurs de lys, de croix et de calices.

Après ne les avoir vus nulle part, on les remarquait partout. Ils défilaient maintenant en rangs serrés, sans se cacher, criant « Vive Henri Cinq » et réclamant du pain. Il ne se passait pas de jour sans qu'un fermier se plaigne de la belle miche de douze livres qu'ils lui avaient dérobée ; ou d'un canard, ou d'un mouton... Mais finalement cette troupe en marche devait traîner avec elle son ravitaillement car, aussi spectaculaires que fussent ses larcins ils ne permettaient pas à une multitude de faire choux gras.

Et puis, soudain, cette énorme baudruche se dégonfla. Un détachement de gendarmes se trouva un beau matin face à une dizaine de pauvres diables en haillons, hagards, saouls de fatigue et de faim, qui n'opposèrent qu'un soupçon de résistance. Ils tenaient encore en main quelques fusils, mais ne pouvaient s'en servir faute de cartouches. Amenés au chef-lieu de canton, bien que vigoureusement interrogés ils se montrèrent incapables de donner des renseignements sur le gros de l'armée dont ils assuraient n'avoir jamais entendu parler. L'espion poignardé, oui, c'était bien eux. Les armes dérobées dans les fermes, la vaisselle cassée, les meubles brisés, oui, toujours eux. Ils ne niaient rien. Les trois fusils enlevés chez les gardes nationaux ? Bien sûr, toujours eux. Le drapeau blanc planté sur le clocher de Saint-Pierre-du-Chemin ? Oui, dirent-ils, fallait bien s'amuser de temps en temps. Ils répondaient crânement, sans rien cacher, fiers de leurs actes, sûrs d'eux-mêmes. L'un s'avouait conscrit réfractaire de Saint-Martin-des-Fontaines, l'autre surnommé Longépée portait une veste de soldat retournée qui le désignait comme déserteur. Mais le plus étrange fut de trouver dans cette équipe une femme sauvage qu'ils appelaient la Louve et son compagnon qui semblait le chef du groupe, nommé singulièrement Tête-de-loup.

Où se dissimulait la bande qui mena l'attaque contre la diligence de Saumur ? Celle qui enleva la recette du percepteur ? Celle qui assomma les maires ? Ils ne connaissaient d'autre bande que la leur. Ces méfaits, ils les revendiquaient comme des prouesses. Et lorsqu'on les accusait d'avoir achevé des blessés à coups de crosse de fusil, ils répliquaient : « C'est parce qu'on est sensibles, nous autres, et qu'on n'aime pas voir souffrir les gens. »

Tenant la campagne depuis 1830, ils se croyaient les derniers chouans. Oui, jadis, ils se comptaient par centaines. Puis, peu à peu, les troupes s'effilochèrent. Les morts, les ralliements aux philippistes, les prisonniers, ils ne cessèrent de perdre les leurs, chemin faisant.

Le drapeau blanc et vert du comte d'Artois ? Depuis bien longtemps ils ne s'encombraient plus de drapeau. Le facteur racontait des histoires. S'ils lui dérobèrent ses bottes, c'est qu'elles se trouvaient juste à la pointure de l'un d'eux. Mais jamais ils ne parlèrent de fusiller ce hâbleur. Avec quoi, d'ailleurs, puisqu'ils avaient tiré, depuis longtemps, leurs dernières cartouches.

Il fallut bien se rendre à l'évidence. Cette dizaine de brigands emprisonnée, aucun forfait ne se produisit plus nulle part. Mais conserver ces derniers chouans dans la région paraissait explosif. Mieux valait se débarrasser de cette engeance si inoffensive que les préfets des quatre départements concernés, les gendarmes, les juges, les maires démissionnaires, en jaunissaient de honte. On ne leur pardonnait pas d'avoir fait si peur et d'être si misérables. On les expédia au parquet d'Orléans, à pied, enchaînés deux par deux, surveillés par un détachement de gendarmes à cheval. Une aussi grosse escorte pour une si faible prise constituait un spectacle sensationnel qui attirait la foule. On amenait les enfants. On leur désignait du doigt les particularités de ces êtres anachroniques, de ces sauvages sortis de la nuit des temps.

Attachés par les poignets, et les chaînes accrochées aux selles des chevaux, ils ressemblaient à des bêtes piégées. Marchaient devant deux hommes vêtus d'une vieille blouse bleue déchirée enfoncée dans leur pantalon. Derrière avançait celui qui s'avouait conscrit de Saint-Martin-des-Fontaines, coiffé d'un mouchoir de Cholet en lambeaux et le déserteur avec sa veste bleue à l'envers. Puis cette femme étrange, droite comme une bourgeoise, mais dont le visage basané et ridé exprimait une sauvagerie mêlée d'une telle fierté qu'elle effrayait. Elle avait les mains liées à celles de l'homme que l'on disait son mari, sorte de diable aux yeux pervenche et au museau allongé tel celui d'un loup. Suivaient encore deux réfractaires, couplés comme des bœufs et un chariot attelé à des mules qui transportait un blessé en piteux état. Tous les hommes portaient une longue barbe qui leur donnait un aspect encore plus farouche. Les pieds nus bien calés dans la paille de leurs sabots, ils avançaient lentement, comme s'ils traînaient une fatigue infinie.

Tant qu'ils parcoururent les pays d'Ouest, jusqu'à Saumur, ils suscitèrent plus d'apitoiement que de colère. On venait voir passer les derniers débris de 93. On ne disait rien. Prisonniers et gendarmes traversaient une foule muette, dans un grand silence seulement ponctué par le bruit des fers des chevaux et des mules, comme un glas. Chacun savait que la vie s'en allait ailleurs, que le monde s'engageait dans un autre chemin, que les temps se montraient moins durs pour le pauvre monde des campagnes et l'on regardait avec une certaine gêne ces survivants de la folle équipée paysanne dont le mythe restait malgré tout vivant.

On leur fit suivre ensuite la Loire, descendre le long de la Vienne jusqu'à Chinon. Dans chaque ville, ils connaissaient une nouvelle prison comme gîte d'étape. De Chinon, ils furent conduits à Tours, puis à Orléans. Sur ce dernier parcours, les foules s'amenuisèrent, mais la curiosité amenait néanmoins tout au long du trajet une population hostile. On les insultait souvent, surtout la femme que l'on prenait pour une traînée. On leur jetait même des pierres. Les gendarmes devaient s'interposer pour conserver leurs prisonniers en bon état jusqu'au lieu de livraison. Le mythe de 93 ne jouait plus. On les considérait tout bonnement comme de vulgaires bandits, en route pour le bagne.

2.

Je vais vous raconter maintenant le fin fond de l'histoire

Je vais vous raconter maintenant le fin fond de l'histoire. Comment tout a commencé en 1830. Et pourquoi ? Et comment ?

Matraquée par la Première République, saignée par l'Empire, déçue par la Restauration, la Vendée alanguie, résignée, assista de loin à la chute de Charles X et à l'avènement de Louis-Philippe Ier, sans que ces courants d'air monarchiques ne causent d'abord ni chaud ni froid dans les chaumières. On était seulement de mauvaise humeur à cause de l'hiver si glacial que les figuiers gelèrent aussi bien dans la plaine que dans le bocage.

Mais le 10 août, sur la grand-route d'Angers à Cholet, un spectacle inouï bouleversa villages et hameaux. On ne savait pas s'il s'agissait du nouveau roi, ou du général de ses troupes, mais le fait qu'il voyageait sans escorte semblait exclure une telle hypothèse. On pensait plutôt que le fils de Philippe-Egalité envoyait aux Vendéens un ambassadeur. Pour qu'un ambassadeur s'aventure à cheval, seul, absolument seul, dans une région où voilà peu les fusils partaient pour un oui ou un non, il fallait qu'il fût bien puissant, bien sûr de lui. Aussi ne venait-on l'observer que caché derrière les buissons. Il ne voyait personne et tout le monde le voyait. L'inconnu, gros gaillard aux cheveux frisés débordant sous un shako à plumes rouges, vêtu d'un habit et d'un pantalon bleus avec des épaulettes et une ceinture d'argent, reçut de ses observateurs invisibles, dès qu'il franchit Les Ponts-de-Cé, le nom bien adapté de « Monsieur Tricolore ».

Comme porter un uniforme tricolore dans une région où ces couleurs laissaient de fort mauvais souvenirs ne lui paraissait sans doute pas suffisant, il avait ajouté sur sa poitrine une énorme cocarde bleu, blanc, rouge. Son visage, large et gras, contrastait avec toutes ces couleurs vives par un teint étrange, tirant vers le gris. Au sortir de la forêt de Beaulieu, qu'il traversa gaillardement au trot, dans une rare inconscience, un vétéran de 93 crut trouver la clef de l'énigme :

— C'est le hussard américain !

On avait l'habitude des radotages du grand-père. Mais ce jour-là le vieux inquiéta tout le monde par la rapidité avec laquelle il se déchaussa, prit ses sabots dans sa main pour courir plus vite et s'enfonça dans la forêt. On le rejoignit à grand-peine et sa panique se communiqua vite aux autres villageois qui comprenaient mal ce que racontait le vieux ; sinon qu'il s'était battu jadis contre une légion de démons noirs (en fait hussards venus de Saint-Domingue au service de la République, premier contingent nègre de l'armée française), qu'il avait réussi à les tailler en pièces, sauf un seul qui s'échappa et qui réapparaissait aujourd'hui, fier comme un coq.

Le Monsieur Tricolore arriva sur le soir à Chemillé où on l'attendait aux cris de « Vive Charles X ».

Contrarié, dès qu'il sortit de la ville il chargea de deux balles le fusil qu'il portait en bandoulière, s'inquiéta en traversant le bois de Saint-Léger d'un trop grand bruissement de feuillage et se retourna brusquement prêt à tirer, en entendant courir derrière lui.

Un homme d'une quarantaine d'années, qui ressemblait plutôt à un ouvrier qu'à un paysan, lui faisait signe de la main. Il le laissa s'approcher, tout essoufflé.

— Ah ! Monsieur est bien imprudent. Dieu merci, j'ai été remis en liberté à temps !

— Que voulez-vous dire ?

— Vous ne me reconnaissez pas ? Vous êtes venu me voir à la prison d'Angers, après avoir obtenu ma grâce. C'est moi Dochâgne-le-jeune, dit Tête-de-loup, que les juges condamnèrent à vingt ans de galères. J'ai couru pour vous remercier. Je ne sais pourquoi vous m'avez sauvé la vie, mais je me dois bien de protéger la vôtre.

Rassuré, le Monsieur Tricolore se mit à fanfaronner :

— Mais, mon ami, ma vie n'est pas en danger. Laissez-moi aller mon chemin. Et prouvez plutôt votre reconnaissance à notre nouveau roi qui a bien voulu vous gracier.

Tête-de-loup se planta devant le Monsieur Tricolore, attrapant le cheval par la bride :

— Celui qui vous a conseillé à Paris de voyager dans de tels atours voulait votre mort.

— Mais personne ne m'a conseillé, dit le Monsieur, vexé. C'est un uniforme que je me suis fait tailler chez Chevreuil, le meilleur tailleur de la capitale.

Tête-de-loup observait de plus près l'inconnu, qui s'en montrait quelque peu agacé :

— On vous croit hussard américain. Mais vous êtes trop jeune et pas assez noir pour tenir le rôle du dernier des hussards nègres de 93, trop jeune aussi pour incarner un fantôme.

— J'ai vingt-huit ans et mon père était général de la République.

— Pas si fort, grand Dieu ! Regardez tous ces arbres, toutes ces haies. Au bout de chaque branche une oreille nous écoute.

— Vous m'énervez, à la fin. Je dois accomplir une mission...

— C'est un miracle que vous soyez arrivé jusqu'ici sain et sauf, enveloppé dans votre drapeau que chaque habitant de ce pays reçoit comme une injure.

— Mais je n'ai rencontré personne... Sauf à Chemillé...

— Tout le monde vous a vu. Si bien qu'il m'a suffi de courir pour vous suivre à la trace. On pense partout que vous voulez narguer le pays. Croyez-moi, habillez-vous comme un bourgeois et je vous servirai de guide. Vous passerez inaperçu.

— Il n en est pas question.

— Mais pourquoi diable tenez-vous à cet habit de perroquet ?

— Je suis l'ambassadeur du roi et de Monsieur de La Fayette.

— Ne parlez pas si fort. Décidément ces Parisiens sont fous. Pardonnez-moi, Monsieur, je ne voudrais pas vous offenser, mais dès que vous ouvrez la bouche vous risquez votre vie et dès que vous mettez un pas devant l'autre vous trébuchez sans le savoir au bord de votre sépulcre. Si vous refusez mon aide, vous êtes perdu.

— Je n'ai besoin de personne. Si vous continuez à m'embêter je vais regretter de ne pas vous avoir laissé en prison.

— Puisque vous m'avez sorti de prison, je vous sortirai aussi de ce mauvais pas malgré vous. Je vas courir au-devant, et raconter partout le service que vous m'avez rendu. Vous serez intouchable

— Mais dites donc, l'ami, vous vous estimez bien puissant !

Une brève lueur passa dans les yeux bleu acier de Tête-de-loup. Il détala, courant très vite de ses pieds nus, laissant le Monsieur Tricolore au milieu du chemin, tout pantois.

Le soir, comme il s'approchait de Montfaucon, le Monsieur Tricolore vit réapparaître ce diable efflanqué qui, avec son grand nez, ressemblait en effet au loup du Petit Chaperon Rouge. Ce qui l'incita à plaisanter :

— Je n'ai pas rencontré âme qui vive. Le pays est d'un calme ! La première tête de loup que j'aperçois, c'est la vôtre.

— Moquez-vous, Monsieur. Mais moi j'ai rencontré tout le long du chemin une trâlée de monde qui vous attendait. On avait même ressorti les dails emmanchés tout droit. Vous seriez maintenant de la charpie si je n'avais proclamé que vous étiez mon sauveur. On se contenta de vous zieuter derrière les buissons. Je vous ai réservé un lit dans une auberge de Montfaucon.

— Souperez-vous avec moi ?

— C'est pas de refus. Mais à condition que vous enleviez votre chapeau, votre cocarde. J'ai pas envie de recevoir un pichet de vin en pleine goule.

Décoiffé, le Monsieur Tricolore n'en paraissait pas moins étrange, avec son abondante chevelure crépue. Mais débarrassé de son habit bleu, en petit gilet sur une chemise de dentelle blanche, il pouvait passer pour un bourgeois cossu. Attablé avec Tête-de-loup, dont le costume de droguet marron s'ornait d'accrocs et de reprisages, ils avaient peu de chances de passer inaperçus. D'ailleurs très vite l'inconnu se mit à parler fort, comme s'il voulait attirer l'attention des autres clients de l'auberge. Il regardait autour de lui, plastronnait, jouait on ne sait quel rôle, visiblement satisfait de se trouver publiquement avec un homme qui ressemblait à un vagabond et auquel il servait de larges rasades de vin.

— Pourquoi m'avez-vous tiré des galères, Monsieur ? Vous ne me connaissiez pas.

Enchanté que la conversation revienne sur ce point, l'inconnu répondit d'une voix claironnante, pour que toute l'assistance le sache bien sauveur d'un pauvre homme :

— Au moment où le roi craint des émeutes en Vendée, j'ai pensé qu'il serait de bonne politique de gracier un condamné dont la population d'Angers faisait grand cas. Je l'écrivis à Sa Majesté qui sait combien je l'ai aidée à monter sur le trône. Elle ne pouvait me refuser ça.

Tête-de-loup regardait l'inconnu avec stupeur :

— Vous avez aidé le roué comment ?

— Je me suis battu sur les barricades de juillet. J'ai même tiré quelques Suisses, installé derrière un des lions de l'Institut. Monsieur de La Fayette m'a donné l'ordre de m'emparer du dépôt des poudres de Soissons. Ce que nous accomplîmes en défonçant les portes. Nous marchâmes ensuite sur Rambouillet et Charles X prit peur...

Tous les convives de l'auberge se levèrent. Approchés de la table, ils écoutaient, ébahis, cet inconnu volubile, ne sachant s'ils devaient croire ses paroles et en tel cas l'assommer sans tarder.

Tête-de-loup comprit le danger et, pour trouver une parade, lança au hasard :

— Mon Monsieur est un comédien bien connu à Paris, qui répète son rôle. Je l'emmène à Nantes où il doit jouer devant les bourgeois.

— Ah ! si c'est de la comédie, murmura-t-on... Mais pourquoi ne joue-t-il pas plutôt la vie et les amours de Monsieur de Charette ?

Décontenancé et quand même un peu effrayé par cette assistance hostile qui l'entourait, l'inconnu ne protesta pas et se contenta de crier à l'aubergiste d'apporter des pichets de vin pour tout le monde.

Tête-de-loup, qui craignait de le voir porter des toasts à la santé de Louis-Philippe, lui glissa à l'oreille :

— Par pitié, ne dites plus un mot, ou nous sommes morts.

Les jours suivants, le même subterfuge se renouvela. Tête-de-loup partait le premier, ouvrant en quelque sorte le chemin, racontant à qui voulait l'entendre que le Monsieur Tricolore qu'il précédait était un charlatan qu'il menait aux foires. On ne le croyait qu'à moitié, mais Tête-de-loup, bien connu dans le pays, pouvait guider qui bon lui semblait sans que nul ne lui porte ombrage.

Toutefois, comme le Monsieur Tricolore désirait passer par Tiffauges, où l'attiraient les ruines du château de Barbe-Bleue, il se produisit un incident qui faillit compromettre la suite du voyage de ce curieux touriste.

Tête-de-loup eut en effet l'idée saugrenue de faire un détour, à un quart de lieue de Torfou, par un carrefour où aboutissaient quatre chemins. Il montra au Monsieur Tricolore une colonne de pierre de vingt pieds de haut, sur laquelle on remarquait un macaron de bronze avec quatre noms et une date gravés au milieu d'une couronne.

Intrigué, le cavalier mit pied à terre, s'approcha et lut :

Charette, d'Elbée, Bonchamp, Lescure, 19 septembre 1793

— Tiens, enfin des chouans qui se découvrent, s'écria-t-il d'un ton moqueur.

— C'est ici, dit Tête-de-loup, que Kléber et ses trente-cinq mille Mayençais ont été battus par les nôtres. Mon père s'y trouvait. Regardez à l'entour comme les arbres poussent hauts et droits et combien l'herbe est verte. Tant de cadavres ont pourri dans cette terre...

Le Monsieur Tricolore se mit à s'agiter. Plus il lisait et relisait les noms sur la colonne, plus son visage gris noircissait. Il bégayait, tellement l'indignation le bouleversait :

— Comment ! Kléber s'est battu ici et son nom n'est même pas sur la colonne !

Il mit son fusil en joue et s'apprêtait à tirer sur les quatre inscriptions de bronze quand Tête-de-loup lui arracha l'arme des mains.

— Si vous faites ça, dit-il, je ne réponds plus de rien. C'est comme si vous tiriez sur le crucifix !

Impressionné par la violence de son guide, le Monsieur Tricolore remonta à cheval.

— Allons à Tiffauges, dit-il, j'aime mieux Barbe-Bleue que vos brigands.

Le château de Barbe-Bleue apparut soudain, inattendu, comme un décor de théâtre en carton pour un drame en vers de Victor Hugo. Vision surprenante, insolite, bouleversante, après des lieues de pays plat, que ces ruines dominant le vallon granitique de la Sèvre Nantaise ! Comme ces burgs de Rhénanie que les graveurs de l'époque aimaient tant reproduire parce qu'ils évoquaient les demeures de Méphistophélès ! L'enthousiasme rendait absolument muet le voyageur si bavard. Son cheval à l'arrêt il regardait, avec une émotion qu'il ne cherchait aucunement à dissimuler, la forteresse à mâchicoulis d'où se dressaient le donjon carré et les voûtes désossées d'une chapelle. Debout sur ses étriers, il se mit à déclamer :

— Voyez-vous, mon ami, comme il existe une justice au ciel et qu'un homme qui a pillé vingt églises, violé cinquante jeunes filles et fabriqué de l'or doit toujours mal finir, le susdit Gilles de Rais a été brûlé pour l'acquit de la Providence. Ne dit-on pas qu'ensuite tous les enfants furent fouettés pour qu'ils n'oublient jamais ce jour mémorable où l'on fit cuire l'ogre.

— Il y a des ogres bien pires, dit Tête-de-loup, et qui sont morts dans leur lit.

— Quelle merveille que cette tour, reprit le Monsieur Tricolore.

— C'est la Mélusine qui l'a construite en une nuit.

— O divine innocence ! L'ogre et la fée ! Et vous y croyez comme au Bon Dieu !

Tête-de-loup, perplexe, regarda le Monsieur Tricolore, ne comprenant pas ce qui pouvait bien l'estomaquer. Ils reprirent la route bons amis. Six jours après leur rencontre, comme ils arrivaient dans la région de Clisson, le Monsieur Tricolore dit :

— Allons, il faut nous séparer. Voilà la fin de mon itinéraire. Vous serez récompensé, mon ami, prenez cette bourse.

Tête-de-loup refusa.

— Alors permettez-moi de vous embrasser trois fois sur les joues, selon l'usage de votre pays.

Tête-de-loup se laissa embrasser. Comme il s'en retournait, l'inconnu le rappela :

— Si un jour vous avez besoin d'un service, souvenez-vous de mon nom. Je m'appelle Alexandre Dumas.

Le Monsieur Tricolore était-il une estafette, un drapeau vivant, une avant-garde mascotte, en tout cas à peine Tête-de-loup l'avait-il quitté qu'il lui sembla entendre la terre trembler. Une épaisse poussière enveloppa la route comme un brouillard. Un battement cadencé, dont le vacarme s'amplifiait tel le son d'un énorme tambour, et une impression confuse de foule poussèrent Tête-de-loup à se jeter dans un fossé. Il vit alors apparaître, dans le nuage poudreux, une rangée de pantalons rouges et de vestes bleues. Puis des shakos surmontés d'un plumet jaune. Dans une soudaine hallucination, il crut que son Monsieur Tricolore se multipliait par dix, par cent, par mille. Des voltigeurs de l'infanterie légère avançaient dans un ordre parfait, comme des automates. Si nombreux que Tête-de-loup en ressentait des vertiges. Il se cacha la tête au fond du fossé, pour ne pas voir cette armée en marche, se cacha les oreilles dans ses mains pour ne pas l'entendre. « Les voilà qui reviennent, se disait-il, ça ne finira donc jamais ! »

Dès que le défilé cessa, il se précipita à travers champs, sautant les échaliers, préférant le parcours difficile des prairies coupées de haies d'ajoncs et de barrières aux routes rectilignes dont le tracé à découvert le mettait toujours en défiance. En deux longues journées, il traversa de cheintres en pâtis tout le nord du bocage, par Tiffauges, Les Herbiers, Saint-Michel-Mont-Mercure, Pouzauges, puis bifurqua vers l'est, dans les terres arides de la Gâtine.

Depuis un an qu'il était emprisonné, dans l'attente de son jugement, il n'avait plus reçu aucune nouvelle de sa femme. Il la vit tout de suite en arrivant, dans la cour de leur minuscule borderie, toujours la même, très droite, comme si elle portait éternellement une jarre sur la tête. Elle s'exclama :

— Te voilà donc ! Le temps me durait.

— Le temps me durait aussi.

On l'appelait la Louve. Pas seulement parce que femme de Tête-de-loup, mais en raison de sa sauvagerie. Louve solitaire, sans petits, la plupart du temps sans mâle, celui-ci courant après on ne sait quelle proie. Elle venait on ne savait d'où. Ils arrivèrent tous les deux dans ce hameau de la Gâtine, l'année même de la mort du roi Louis le dix-huitième, en 1824, en haillons, les pieds sanguinolents, affamés. Lui, on l'aurait surnommé d'emblée Tête-de-loup s'il n'avait pas déjà reçu ce nom et elle, bien sûr, qui s'appelait Louison, fut la Louve.

A force de patiemment supporter les rebuffades, d'accepter les travaux les plus rebutants, de ne jamais se plaindre des mauvais traitements, ils finirent par acquérir une borderie dite porte-à-cou, de moins de trois hectares, une de ces borderies minuscules qui ne permettaient l'emploi ni de charrette ni, bien sûr, de charrue.

Les Francs appelèrent gâtines les terres stériles qui restèrent incultes (ou presque) jusqu'à la modernisation de l'agriculture. Lieux de forêts, de landes, de bruyères, ceux qui osaient s'y installer devaient écobuer leur coin de terre avec une houe à long manche qui n'enlevait l'herbe que par plaques, brûlée ensuite avec les souches afin que la cendre serve d'engrais. C'est ce que Tête-de-loup et Louison accomplirent au fil des ans. Ils semèrent le seigle et le sarrasin avec lesquels ils faisaient leur pain, confectionnèrent leurs outils avec le bois des taillis, construisirent leur minuscule maison avec des pierres arrachées de leurs champs et couverte du chaume de leurs moissons. Mais le terrain se prêtait si peu à la culture, soit trop sec, soit inondé d'une eau suintante qui, dès la saison des pluies, transformait leur malheureux domaine en mares, en ruisseaux et en prairies spongieuses, qu'ils n'avaient guère réussi à sauver près de leur maison que des ouches amoureusement entretenues pour les légumes et les fruits.

Louison et Tête-de-loup se louèrent d'abord à des fermiers des plaines calcaires du Thouarsais ou à des métayers du Bressuirais. Comme le voulait la coutume, les femmes ne touchaient qu'un demi-salaire, heureuses d'être mieux considérées que les enfants en âge de travailler qui, eux, ne recevaient que leur nourriture. Payés à l'heure ou aux pièces, sans que l'embauche spécifie une durée déterminée pour le travail, Louison et Tête-de-loup allaient de ferme en ferme, vagabonds du travail infatigables, peu loquaces, toujours prêts à mordre s'ils se sentaient agressés, si durs à la tâche qu'ils finirent par amasser, malgré la modicité de leurs gains, un petit pécule qui leur permit d'acheter une chèvre et quelques volailles.

Dès que leur minuscule borderie fut debout, Tête-de-loup délaissa les travaux des champs pour courir de nouveau vers les forêts. Il y creusait des fosses recouvertes de branchages pour y capturer des loups qu'il étranglait, vendait leur peau et apportait les oreilles à la sous-préfecture de Parthenay en échange d'une prime. Avec un loup tué, il gagnait vingt francs, alors qu'une journée de travail agricole lui rapportait trente sous. Ses chasses lui permirent d'acheter une vache, puis un couple de moutons et finalement, luxe suprême, un baudet aux longs poils, si velu qu'il ressemblait à un ours.

Souvent seule, Louison se débrouillait comme elle pouvait, récupérant un peu de grains en glanant après les moissonneurs l'été, en grappillant dans les vignes après les vendanges à l'automne, en nourrissant sa vache, ses moutons, sa chèvre, son âne, en vaine pâture dans les jachères et les terrains abandonnés. L'hiver, les propriétaires des forêts lui permettaient de ramasser du bois mort pour son chauffage.

Finalement ils ne se seraient pas si mal tirés d'affaire si Tête-de-loup n'avait succombé à son goût du braconnage. Après tant d'années de disette, les goinfreries de viande donnèrent un air de fête à la borderie. Mais ce couple sans enfants (en eurent-ils ? Moururent-ils tous en bas âge ?), venu d'ailleurs, enrichi si vite (on paraissait riche avec si peu d'avoir dans ce pays de gueux), suscita très vite jalousies et commérages. On les tenait à l'œil, guettant leur moindre faux pas qui arriva fatalement dans le heurt de Tête-de-loup et d'un garde-chasse, dans la bagarre qui s'ensuivit, dans la blessure grave du garde-chasse. Arrêté en Anjou, condamné à vingt ans de travaux forcés, le procès de Tête-de-loup y fit grand bruit. S'il provoquait dans la pauvre Gâtine l'hostilité de ses voisins, par contre ailleurs on aimait bien cet escogriffe au long nez et aux yeux bleus qui débarrassait le pays des fauves et s'était taillé tout un réseau d'amis parmi les chenapans de son genre, contrebandiers de l'Océan, voituriers, rouliers, tous gens ouverts au monde, cabochards, grandes gueules, et qui incarnaient à leur manière l'esprit aventureux de la chouannerie. Le jeune Alexandre Dumas, écrivain célèbre depuis le succès de *Henri III et sa cour*, joué l'année précédente, mais qui se considérait comme bien plus glorieux pour avoir, pendant la Révolution de Juillet, marché sur Rambouillet à la tête de quinze machinistes de l'Opéra afin d'apeurer Charles X, dévalisé le magasin des poudres de Soissons et reçu du duc d'Orléans qui n'était encore que lieutenant général du Royaume cet hypocrite compliment : « Monsieur Dumas, vous venez d'écrire votre plus beau drame ! » ; Alexandre Dumas donc, obtint de La Fayette d'aller en Vendée pour y organiser la garde nationale, rencontra sur son chemin ce condamné aux galères dont tout Angers parlait, crut de bonne politique de le faire élargir, le reçut pour guide comme on le sait. Ainsi les hasards mènent le pauvre monde. Si l'ambition politique n'avait saisi juste à ce moment-là Alexandre Dumas, ni l'envie de se promener en Vendée pour y retrouver en réalité sa maîtresse Mélanie Waldor partie accoucher à Clisson, Tête-deloup, devenu bagnard, n'aurait pas joué en Vendée le rôle que l'Histoire lui réservait.

A peine arrivé, Tête-de-loup repartit. Pas loin, seulement à Boismé où il fréquentait l'auberge d'un drôle de pistolet dont on ignorait au juste le nom. Certains, qui venaient de fort loin, l'appelaient Joseph Guyot, d'autres Jean Guiot, mais au village on disait Diot, Diot tout seul, sans prénom.

Le prestige de Diot tenait dans sa qualité de « vieux chouan », c'est-à-dire de vétéran d'une des quatre guerres de Vendée. Pas celle de 93, vraiment trop lointaine, bien qu'encore certains survivants de la Grande Virée de Galerne mâchonnaient leurs souvenirs dans quelques veillées, mais Diot s'était illustré en 1815, pendant les Cent-Jours, comme officier de cavalerie sous les ordres de La Rochejaquelein-le-troisième. La Restauration rétablie, les La Rochejaquelein réussirent à lui faire obtenir, en « reconnaissance » royale, la rétrogradation de simple brigadier dans la gendarmerie. Mais il fut finalement révoqué lorsque l'on s'aperçut qu'il ne savait ni lire ni écrire, ce qui ne tirait pas à conséquence pour un officier de hussards, mais paraissait incompatible avec la profession rapporteuse de gendarme.

Tête-de-loup et son ami Diot étaient aussi maigres l'un que l'autre. Le visage basané de l'aubergiste, sa longue barbe, ses favoris, sa chevelure abondante, noire et frisée, ses sourcils touffus, ses petits yeux noirs très vifs l'apparentaient néanmoins plutôt à un sanglier qu'à un loup. De plus, à la différence du mari de Louison, Diot soignait sa mise. Habit bleu, pantalon gris, lavallière, cet ancien paysan avait pris goût à la toilette parmi les hussards de l'Empire. Déserteur des armées napoléoniennes pour rejoindre les réfractaires de 1815, Diot n'en portait pas moins ostensiblement le ruban rouge de la Légion d'honneur reçu à Wagram.

L'auberge de Diot, face à l'église, regorgeait de monde. A tous les anneaux de fer scellés dans les murs de la cour étaient attachés des chevaux. Dans les charrettes dételées, les poules se juchaient en pépiant, cherchant avec fébrilité les grains. Des chevreaux, les pattes ligaturées, pleuraient avec des cris d'enfants perdus. Il arrivait sans cesse des cavaliers, des rouliers, des colporteurs, qui buvaient un verre et repartaient, non sans tenir avec Diot de mystérieux conciliabules.

Puis l'aubergiste revenait discuter avec Tête-de-loup, attablé devant un pichet de vin avec trois autres convives se passant tour à tour le récipient d'étain pour y boire à la régalade.

Il y avait là deux jeunes, originaires de villages situés à la lisière du bocage et de la plaine, aux confins de cette Vendée méridionale où le ciel change comme les mentalités : un sabotier de Saint-Cyr-des-Gâts et un conscrit de Saint-Martin-des-Fontaines. Le sabotier disait :

— Quand je suis arrivé chez le père et que j'ai vu la ferme sens dessus dessous, ça m'a tourné le sang. Ils avaient sorti la grande table dans la cour et les tabourets. Assis autour d'une barrique en perce, comme des coqs en pâte. Mais ce que je n'ai pas pu souffrir, c'est de voir le fauteuil du père, enlevé de la grande salle, avec dedans un sergent qui rigolait, son sabre sur les genoux. Le fauteuil du père c'est son trône. N'y a que lui qu'a le droit de s'asseoir dedans. Alors, ce maudit sergent, c'était comme Louis-Philippe qui a chipé le fauteuil de Charles X. Puis, après, j'entends des cris de filles. Et qu'est-ce que je vois ? Mes deux petites sœurs, coursées par des dragons, qui sortaient des écuries. Alors non, j'ai empoigné un joug de bœuf qui traînait près de l'abreuvoir et je leur ai garroché dans la goule. Puis je m'en suis sauvé.

— Moi, disait le conscrit de Saint-Martin, je serais bien resté au pays, mais les bois ne sont plus sûrs. Les gendarmes y font des battues.

Le troisième buveur arrivait de Maulévrier, le pays où Stofflet servait comme garde-chasse, mais lui n'était qu'un de ces tisserands qui travaillaient encore à domicile et qu'on disait « tisserands à la cave » parce que leurs métiers se trouvaient dans des creux de maison ; homme sans âge, d'une pâleur de chandelle éteinte, racorni, les cheveux jaunes et les yeux si ternes que ceux de Tête-de-loup, en comparaison, paraissaient foncés.

— On en est rendus à ne plus gagner que vingt sous par jour, gémissait-il. Alors que sous Napoléon, on gagnait trois francs. Que faire avec vingt sous par jour ?

— Ici, quand un paysan gagne vingt sous, y ne se sent plus malheureux, dit Tête-de-loup.

— Oui, mais vous mangez ce que vous semez. Nous, dans nos caves, on en serait réduits à ronger le châlit de nos métiers. Alors on est sortis des caves et on demande du pain.

Dans l'auberge, une animation extrême étourdissait.

Les buveurs parlaient fort, s'interpellaient de table à table, réclamaient du vin aux deux servantes qui se faufilaient entre les hommes en se trémoussant. Parfois l'une d'elles piaillait, protestant contre un client aux mains trop baladeuses. Il arrivait sans cesse de nouvelles gens, qui hélaient Diot dès le seuil de la porte et lui allait à leur rencontre, les appelant par leur nom d'une voix forte et grave qui étonnait sortant d'un corps aussi mince. Mais il montrait de la prestance avec ses cinq pieds deux pouces, dépassant d'une tête la plupart de ses clients. De la prestance et de l'entrain. De l'entrain et du bagout.

Toutes les nouvelles, les vraies et les fausses, convergeaient dans le cabaret de Boismé. Si bien qu'une agitation perpétuelle enfiévrait la clientèle. On y avait dit en juillet que Charles X se réfugierait en Vendée et qu'il appellerait aux armes. Ce qui faillit se faire. Mais une fois de plus l'ancien comte d'Artois préféra la fuite. On y avait dit en août que le général Lamarque, envoyé par Napoléon pour réprimer la rébellion pendant les Cent-Jours, venait de nouveau en Vendée, mais cette fois-ci mandaté par le nouveau roi. Ce qui était vrai puisque invaisemblable. Même Diot ne le croyait pas. Pourtant Louis-Philippe n'estimant pas suffisant d'expédier en Vendée Alexandre Dumas, l'avait fait suivre par Lamarque à la tête de cinquante mille soldats. Et cette marée de pantalons-rouges se comportait en pays conquis, abattant sur son chemin les croix de mission, comme si la Monarchie de Juillet reprenait à son compte la déchristianisation des Conventionnels. Elle remettait aussi à l'ordre du jour la vieille technique des garnissaires qui, elle-même, reprenait celle des dragonnades de Louis XIV en Poitou : les soldats s'installaient dans les fermes suspectes, y réclamaient un lit, de la nourriture, du vin, plus la fermière si les travaux des champs ne l'avaient trop abîmée.

— Je ne reconnais plus les nôtres, s'écriait Diot. Ils acceptent qu'on défonce leurs portes, qu'on saccage leurs coffres et leurs maies, qu'on vide leurs barriques, qu'on éventre à la baïonnette leurs sacs de grains, qu'on massacre à coups de sabre les retardataires. J'ai parfois l'envie de monter mon cheval et de courir leur dire Debout, quatre sous !

— Tu es devenu un bourgeois, Diot, dit Tête-de-loup. Ton auberge te tient comme un fil à la patte. Mais moi qui n'ai rien je vas leur mordre les chausses.

— Si tu veux former une bande je pourrai t'aider.

Le conscrit de Saint-Martin et le sabotier de Saint-Cyr-des-Gâts dirent aussitôt qu'ils en seraient.

— Mieux vaut péter en compagnie que de crever tout seul, enchaîna le tisserand de Maulévrier.

Ils se trouvaient donc quatre, dangereusement disponibles.

Diot apporta à boire, prit un tabouret et s'assit tout près de Tête-de-loup. En chuchotant, il expliqua aux autres hommes :

— Je ne connais que Tête-de-loup qui a de l'expérience. C'est un coureur des bois. Je vous aiderai, mais ce sera lui le chef.

— Tu nous aideras comment ?

— J'aurai des fusils et des balles, le moment venu. Mais en attendant vous allez descendre vers Fontenay. Près de la forêt de Mervent vous trouverez le château de La Jozelinière. Le marquis vous dira ce qu'il faut faire.

Tête-de-loup, bien sûr, connaissait le nom du marquis et ses terres. Il y avait braconné du gros gibier. Mais sur quelles terres n'avait-il pas braconné ? Quant au conscrit de Saint-Martin et au sabotier de Saint-Cyr-des-Gâts, leurs familles dépendaient du marquis. Avant 93, le village de Saint-Martin-des-Fontaines, dans sa totalité, avec ses quarante-sept feux, ses neuf charrues, ses six cents boisselées de terre, relevait en effet du chevalier de la Jozelinière. Sa propre parente, la marquise de la Jozelinière, possédait quant à elle le village de Pouillé-en-Plaine (cent dix feux, dix-neuf charrues, bois, fruitiers, quatre foires). Le chevalier de la Jozelinière guillotiné et la marquise morte dévotement dans son grand âge, leur héritier, l'actuel marquis de la Jozelinière, se trouva à la tête d'un domaine un peu mité par l'accession à la propriété de quelques paysans plainauds suppôts de la République et de l'Empire, pour lesquels la Restauration n'eut que bienveillance. Mais Saint-Martin, La Jaudonnière, Pouillé lui appartenaient néanmoins dans leur presque intégralité ; sans parler de métayages qui s'éparpillaient dans tout le bas bocage, du château de la Jozelinière où il vivait l'été et de tout un quartier de Fontenay-le-Comte qui lui payait des loyers. Il habitait d'ailleurs l'hiver à Fontenay dans un bel hôtel particulier du quartier des Loges qu'un de ses lointains ancêtres avait fait construire du temps de Henri IV. Si l'on excepte l'accident de la guillotine pour le chevalier, la famille La Jozelinière ne se sortait donc pas trop mal des années troubles.

Arrivés au pied du vieux manoir trapu, enfoui dans une exubérance de verdure, avec une fuie énorme (ces pigeonniers aux toitures de tuiles plates bâtis comme des donjons), Tête-de-loup et ses compagnons se concertèrent. Le conscrit de Saint-Martin et le sabotier de Saint-Cyr se sentirent soudain tout apeurés à l'idée de pénétrer dans la demeure du maître de leurs familles. N'allait-on pas les jeter dehors ? Le tisserand de Maulévrier cracha à terre et dit :

— Vous autres, les pésans, vous savez causer à ces meussieu. Vas-y tout seul, Tête-de-loup. Si on te veut du mal tu appelles et pour sûr qu'on te sortira de là.

Tête-de-loup haussa les épaules et entra dans le parc où des pins pignons étendaient leurs ombrages. Un jardinier s'interposa aussitôt en levant sa fourche.

— Va dire au marquis, grogna Tête-de-loup, que j'ai à lui parler de la part de Diot. Diot, de Boismé.

— C'est pas la porte des cherche-pain. Tu passes derrière, par la ferme.

Tête-de-loup n'insista pas, contourna le château, dut parlementer avec toute la hiérarchie de la valetaille et finit par arriver dans un salon plein de drapeaux, de bannières et d'images saintes, comme dans une église. Le marquis se tenait debout, près de la croisée qui ouvrait sur le parc. Sans doute âgé, lui aussi, d'une quarantaine d'années, mais aussi rond et replet que Tête-de-loup était filiforme, sanglé dans un habit bleu, bichonné, on s'étonnait qu'il ne portât point perruque, bien que ce ne fût plus la mode. Timide avec ses paysans, sa réserve paraissait de la hauteur. Contrarié par la pauvreté qu'il observait dans ses fermes, et à laquelle il eût voulu remédier (mais comment ?), sa gêne suscitait la gêne. Cet escogriffe au long nez, qui faisait irruption dans son salon, pieds nus, dans un costume de droguet déchiré, ne l'effrayait pas. Simplement il ne savait comment lui parler. Devait-il lui proposer une paire de sabots ? Il ne pouvait demander à ses domestiques d'apporter à boire à un homme qu'ils ne consentiraient qu'à servir aux cuisines. Les yeux bleu acier de Tête-de-loup l'interrogeaient. Voyant combien ce vagabond semblait incongru dans ce salon douillet, enveloppé dans ses tentures et ses portraits de famille, il ouvrit la porte-fenêtre qui donnait sur les jardins :

— Venez, nous allons discuter en marchant.

Tête-de-loup se sentit plus à l'aise

— Je ne connais pas Diot, sinon par Auguste de la Rochejaquelein qui l'estime beaucoup. Il doit bouillir d'impatience, mais c'est la patience qu'il nous faut. Je sais, la population est frappée de stupeur. On ne s'explique pas cette occupation militaire de la Vendée qu'aucun trouble ne justifie. La Restauration a suffisamment déçu les Vendéens pour qu'ils ne manifestent aucune envie de se lancer dans de nouvelles aventures. Sauf peut-être Diot et vous ?

— On tient moins à sa peau qu'à sa chemise, bougonna Tête-de-loup.

Le marquis regarda son étrange visiteur avec stupeur :

— Mais, mon ami, vous ne portez pas de chemise !

— C'est façon de parler. J'ai avec moi, qui m'attend, un tisserand qui, lui non plus, ne porte pas de chemise. Mais il est prêt à se battre pour s'en vêtir d'une toute blanche. La chemise, c'est notre honneur qu'on nous a pris.

Le marquis faisait les cent pas, la tête penchée, comme s'il voulait éviter le regard de Tête-de-loup. Les mains derrière le dos, à la manière, disait-on, de quelqu'un qui a du blé dans son grenier, il réfléchissait longuement avant de parler, sachant bien que la moindre de ses paroles risquait d'être prise à la lettre par ce personnage fruste qu'on lui envoyait comme messager :

— Voilà près de quarante ans que la Grande Guerre a saigné le pays. Il ne remonte qu'à peine de ses ruines. La Vendée n'aspire plus qu'à la paix. Oui, on arrête des réfractaires dans les bois, mais toutes les provinces recèlent des insoumis. Peut-être même en dissimulons-nous moins que dans d'autres campagnes. On nous parle de drapeaux tricolores abattus sur des clochers, d'arbres de mai arrachés... Où sont les auteurs ? Les connaissez-vous ? Et, par ailleurs, ces maires blancs remplacés par des maires bleus... On voudrait forcer la Vendée à chouanner que l'on ne s'y prendrait pas mieux. Je suis sûr que l'on nous tend un piège, mais lequel ? Vous qui êtes habitué aux pièges, saurez-vous le désamorcer ?

— Pourquoi vous me parlez de piège ? s'exclama Tête-de-loup, mis en alerte.

Le marquis sourit :

— Je suppose que vous ne vous êtes pas déguisé en braconnier et qu'il s'agit bien de votre état. Puisque vous venez me demander conseil, vous devriez braconner entre les meutes des philippistes et nous ramener quelques gros gibiers.

— Je vas voir, mais faudra-t-il se battre ?

— Surtout pas. C'est certainement ce qu'ils cherchent. On donne à Paris l'image d'une Vendée à feu et à sang pour la pousser au carnage. Les pantalons-rouges sont arrivés avec une telle intention d'en découdre qu'ils tirent les suspects comme des lapins. Ils se font un chouan comme en Amérique les soldats confédérés, lancés eux aussi dans leur Ouest, se font un Peau-Rouge. Mais ne répondez pas aux provocations.

Tête-de-loup et ses trois compères, avec pour seules armes des gourdins, s'attaquèrent tout d'abord à rien de moins qu'à la diligence venant de Bourbon-Vendée, la délestant de son sac de dépêches que le préfet adressait au ministre de l'Intérieur.

Quelques jours plus tard, ils abordèrent près de Saint-André-Goule-d'Oie un jeune paysan dont la blouse bleue trop neuve, comme empesée, leur parut suspecte. Ils eurent beaucoup de mal à s'entendre, car non seulement l'inconnu ne parlait pas poitevin, mais il s'exprimait dans un français peu compréhensible. Fouillé, on découvrit sous sa blouse un pistolet. L'homme, très volubile, raconta qu'on l'avait enrôlé à Limoges, avec dix-huit Méridionaux qui devaient eux aussi se trouver sur les chemins du bocage pour se rendre à Nantes faire la guerre avec les chouans moyennant une solde de deux francs par jour. On essaya de lui expliquer qu'à Nantes il serait emprisonné par les gendarmes, mais comme il ne voulait rien savoir, tenant à ses deux francs, on le laissa repartir en le débarrassant néanmoins du pistolet.

Qui pouvait bien faire de telles promesses, sinon des agents provocateurs ? D'ailleurs les provocations se multipliaient. Dans de nombreux bourgs, le tocsin sonnait aux clochers et la population qui accourait voyait autour de l'église les pantalons-rouges qui se tapaient sur les cuisses. Ils avaient eux-mêmes tiré les cloches et s'esclaffaient de la déconvenue des villageois.

Des chansons séditieuses contre Sa Majesté Louis-Philippe Ier furent colportées dans les assemblées. Tête-de-loup nota l'une d'elles :

Frémis, enfant du Régicide
Frémis, ton règne va cesser

Marchons, courons, volons, renversons cet alcide
Et choisissons pour Roi, de Berri, l'héritier.

D'où venaient-elles et d'où venaient ces fusils qu'un individu proposa à Tête-de-loup, des fusils anglais tout neufs avec des sacs de cartouches ? Tête-de-loup et sa bande prirent rendez-vous de nuit avec le vendeur, assommèrent ses convoyeurs surpris et le ficelèrent dans un sac. Avec les dépêches, le pistolet du Limousin, la chanson du colporteur et le trafiquant d'armes dans sa besace, ils arrivèrent au château de la Jozelinière, tout joyeux de leur mission accomplie.

— Que faites-vous là ! s'écria le marquis stupéfait. Quel est cet homme ? Je vous disais d'espionner, pas de me ramener un captif !

Ils avaient jeté le faux chouan, ficelé comme un porc qu'on va saigner, sur le parquet ciré du grand salon. Le tisserand de Maulévrier, le sabotier de Saint-Cyr et le conscrit de Saint-Martin, en entendant le marquis élever la voix, s'étaient sauvés dans le parc. Tête-de-loup, un peu narquois, restait seul face au marquis courroucé. Ses sabots enlevés en entrant dans la pièce, il marchait pieds nus sur le plancher.

— Mais enfin, dit le marquis qui retrouvait son calme, montrant le prisonnier : que voulez-vous que je fasse de ça ? Enlevez-lui ses liens !

Une fois debout, le faux chouan s'empressa de bredouiller :

— Je vous renseignerai, monsieur le marquis.

— Comment ? Vous me connaissez ? Qui êtes-vous ?

— Gendarme, pour vous servir, monsieur le marquis.

— Alors, comme cela, maintenant les braconniers arrêtent les gendarmes. C'est le monde renversé.

— Un gendarme qui vend des fusils anglais à des gens qu'il ne connaît ni d'Eve ni d'Adam, c'est pas très catholique, dit Tête-de-loup goguenard

— Je te connais bien, répliqua le gendarme. Tu es Tête-de-loup, l'ami de Diot, de Boismé.

— Alors tu me connais trop.

— Je n'apprendrai pas à Monsieur le marquis que le gouvernement a formé des compagnies de faux chouans. Ah ! ce sont des pas grand-chose, des galériens sortis du bagne. Il faut bien des gendarmes pour les commander et qui ne ressemblent pas à des policiers. Sinon ni eux ni les réfractaires ne nous feraient confiance.

— Vous voulez foutre le feu au pays, tas d'ignobles, s'écria Tête-de-loup. Vous voulez forcer les pésans à se soulever pour les massacrer encore un bon coup.

— Du calme, mon ami, dit le marquis, du calme.

Son émotion était néanmoins si grande qu'il s'affala dans un fauteuil recouvert d'une étoffe grenat et pria Tête-de-loup de s'asseoir dans le siège en vis-à-vis. Tête-de-loup hésita puis, n'osant risquer de salir un fauteuil, se mit à croupetons sur le parquet, tout près de son prisonnier qu'il surveillait du coin de l'œil.

La Jozelinière demanda à Tête-de-loup de lui passer le sac de dépêches. Il les lut rapidement, jetant au fur et à mesure sur le plancher ce qui lui paraissait sans intérêt, en conservant d'autres dans ses mains, comme un jeu de cartes déployé, qu'il examinait avec une certaine stupéfaction.

— Laissez-les-moi, dit-il à Tête-de-loup. Elles me sont une garantie vis-à-vis du préfet dont elles soulignent les manigances. Allez, repartez tous les deux. Oui, oui, gendarme, suivez Tête-de-loup, et que je ne vous revoie pas.

Les deux hommes partis, le marquis relut les dépêches, n'en croyant pas ses yeux. Vols, viols, assassinats, incendies, les gendarmeries de l'Ouest semblaient en proie à une démence que, loin de refréner, la préfecture de Bourbon-Vendée poussait à l'hystérie.

Un cri atroce le tira brutalement de ses réflexions. Il se leva. De sa porte-fenêtre, il vit ses domestiques galoper dans le parc, vers les grilles. Un peu plus tard son valet de chambre lui annonça que l'on avait trouvé un homme égorgé, juste à l'entrée du petit bois.

— Lequel ?

— Celui qu'ils apportèrent dans un sac.

— Eh bien, murmura le marquis fort mécontent, me voilà dans de beaux draps.

3.

Diot n'eut que le temps de sauter par la fenêtre de sa souillarde

Diot n'eut que le temps de sauter par la fenêtre de sa souillarde le jour où les gendarmes investirent son auberge. Peu de temps après, devant l'auberge fermée, ils amenèrent un homme que l'on disait son affilié, condamné par les juges de Niort à la flétrissure.

Invités par un crieur que précédait un tambour, les habitants de Boismé s'abstinrent non seulement de venir assister au spectacle, mais fermèrent en plein jour les volets de leurs maisons. Outre les gendarmes, le juge, le crieur et le tambour, personne ne se rendit devant le cabaret de Diot pour regarder le bourreau chauffer dans un brasero la tige de fer portée au rouge ; personne pour entendre le cri du supplicié lorsque le bourreau lui appliqua le fer brûlant sur l'épaule droite ; personne pour lire sur la peau de l'homme au torse nu l'empreinte TP qui le désignerait à jamais comme condamné aux travaux forcés à perpétuité ; personne pour regarder comme une chouette crucifiée à une porte de grange l'homme exposé pendant une heure à la curiosité publique, attaché par des cordes de chanvre aux barreaux des fenêtres basses ; personne pour lire sur la pancarte accrochée à son cou son nom et son état : « Guérineau, tisserand, réfractaire. »

Les gendarmes, le juge, le crieur, le tambour et le bourreau remmenèrent le soir leur prisonnier sans qu'aucun volet, aucune porte de Boismé ne se rouvrît avant leur départ.

La borderie de Tête-de-loup avait, elle aussi, reçu la

visite de la maréchaussée. Louison s'y trouvait seule, comme si souvent. Elle fit l'étonnée, disant qu'elle croyait son mari toujours à la prison d'Angers.

— Ne fais pas l'imbécile. Pour sûr qu'il préfère l'auberge de Boismé à ton lit. Mais l'auberge est fermée. Montre-nous ton grabat.

Dans la minuscule pièce au sol de terre battue, aux poutres noircies par la fumée de la cheminée, le lit de bois, très haut, occupait le quart de la place. Il prenait une allure d'estrade, avec le coffre qui le précédait et servait d'escabeau pour accéder à la couche. Il apparaissait si évident que ce lit façonné avec de grosses planches de vergne, ce lit dans lequel Tête-de-loup dormait si peu souvent, se tenait prêt à le recevoir, que les gendarmes restèrent un bref instant interloqués devant cette espèce de trône. Puis l'un d'eux s'élança, arracha la grosse couverture de laine écrue qui découvrit la paillasse vite éventrée d'un coup de sabre.

Louison ne manifesta aucune émotion, toujours très droite, simplement ses yeux marron se noircirent comme à chaque fois que la colère la gagnait. Jadis, elle eût lancé ses cruches à la tête des gendarmes, mais tout ce qu'elle endurait depuis des années lui enseignait une infinie patience.

Elle ignorait où se trouvait Tête-de-loup. Ne sortant guère des limites des deux hectares de sa borderie, les nouvelles du monde ne lui arrivaient que fragmentaires et déformées. Elle ne connaissait pas Diot, mais se méfiait de ce beau parleur. Fille de forgeron-aubergiste, elle savait d'expérience que les estaminets sont des mauvais lieux où les hommes se damnent. Diot entraînait Tête-de-loup dans des aventures qui ne lui disaient rien qui vaille, lui rappelant trop les équipées de son père, par ailleurs capitaine de paroisse du défunt Charette.

Et voilà que les nobles de la Grande Guerre, qui tous pourtant avaient péri à ce que l'on racontait, se mettaient à ressortir de terre, ressuscités d'entre les morts : La Rochejaquelein Charette, d'Autichamp.

Comme des fantômes, des spectres venus du siècle dernier, les aristocrates vendéens que la Première Restau ration s'employa à faire oublier, resurgissaient de leurs tombeaux. Bien sûr, à part le vieux comte d'Autichamp, vétéran de la Grande Guerre de 93 et qui, jadis, signa la paix avec Bonaparte, clôturant ainsi la troisième guerre de Vendée, les autres étaient les mêmes tout en n'étant pas tout à fait les mêmes. Entre le La Rochejaquelein, que fréquentait assidûment Diot et l'inoubliable Monsieur Henri, son frère aîné, se plaçait un second La Rochejaquelein, le marquis Louis, tué lors de la quatrième guerre de Vendée, en 1815. La Rochejaquelein-le-troisième, donc, dit Auguste-le-balafré, cavalier comme Diot dans l'armée napoléonienne, reçut son surnom à la bataille de la Moskova où un coup de sabre de cosaque lui entailla le visage. Diot le suivit pendant les Cent-Jours dans sa rébellion contre l'Empereur revenu. Toutes ces volte-face tissent des liens. Ceux entre La Rochejaquelein-le-troisième et Diot ne se briseraient jamais. Officier de la garde royale à Paris, à la fin du règne de Charles X, Auguste de La Rochejaquelein servit le roi jusqu'au bout, ses grenadiers offrant au monarque déchu sa dernière escorte.

Replié sur ses terres, comme nombre d'autres aristocrates légitimistes qui allaient, dans leur exil de la cour, former les cadres de l'opposition, La Rochejaquelein-le troisième fournit à Diot une provision de quatre mille francs (l'équivalent du prix de dix paires de bœufs) pour qu'il trouve les chefs d'une éventuelle insurrection et leur donne pour mission de composer leurs bandes. L'auberge de Boismé constituait un excellent lieu de recrutement. Tête-de-loup, pourtant expert en pièges, tomba dans les rets de Diot sans le savoir. Croyant forcer l'aubergiste à sortir d'une passivité qu'il mettait sur le compte de l'homme qui a du bien, il ne s'aperçut pas que Diot le manipulait comme agent recruteur, compromettant du même coup le marquis de la Jozelinière dont la tiédeur exaspérait La Rochejaquelein-le-troisième.

La première réunion clandestine des différentes bandes

suscitées par Diot se tint dans les bois d'Amailloux. Le tisserand de Maulévrier accompagnait Tête-de-loup. Depuis l'égorgement du gendarme faux chouan, la zizanie s'était installée entre les deux hommes. Au sortir du château de La Jozelinière ils se querellèrent pour savoir quoi faire du prisonnier et le tisserand expédia la discussion en sortant son eustache pour couper la carotide du gendarme. Maintenant, prenant prétexte de l'afflux des tisserands des Mauges qui arrivaient en masse dans toutes les bandes, il exigeait de venir parler en leur nom pour affirmer, dans un milieu qui se croyait encore paysan, l'apport des ouvriers.

Sous les grands chênes et les châtaigniers serrés, la forêt verte donnait une telle opacité de caverne que seules des lueurs mordorées qui apparaissaient entre les branches permettaient de reconnaître les visages des conjurés accotés contre les troncs.

Il y avait là Gaboriau de Pouzauges, ancien valet, réfractaire de la classe 28, qui commandait cent quatre-vingts hommes du bocage éparpillés dans la région des étangs du Coudreau et de la Tesserie ; Jean-Baptiste, que d'autres appelaient Louis, sans nom puisque enfant trouvé, ancien cocher des Lusignan ; Ferdinand Béché, ex-domestique du baron de Mallet-Roquefort qui, comme le voulait alors la coutume, suivit son maître en Espagne où le baron alla guerroyer en 1823 sous les ordres du duc d'Angoulême.

— Trop de valets, marmonna un homme à l'oreille de Tête-de-loup.

— Qui es-tu ?

— Jacques Bory.

— Bory ?

— Le Capitaine Noir, si tu préfères.

Tête-de-loup n'avait jamais rencontré le Capitaine Noir, mais il connaissait de réputation ce colosse dont on disait qu'il s'était emparé de sa première arme en coupant le poignet d'un gendarme d'un coup de faux. Il commandait une bande dans la région de Bressuire.

— On est bordiers tous les deux, reprit le Capitaine Noir. On est faits pour s'entendre. Regarde-les, avec leurs salamalecs autour de Diot. Trop polis pour être honnêtes. Ces anciens domestiques sont cul et chemise avec les messieurs des châteaux.

Diot plaidait l'unification de toutes les factions dans la perspective de l'insurrection générale qui, disait-il, n'allait pas tarder à se déclencher.

Seul le Capitaine Noir osa le contredire. Avancé au milieu de la clairière, il dominait d'une tête les autres hommes. Sa barbe et ses énormes sourcils noirs, qui lui avaient valu son surnom, lui donnaient un air terrible.

— Qui t'a fait général ? lança-t-il à Diot. On n'a pas besoin de recommencer cette singerie des généraux et de leurs valetailles.

— Tu te dis bien capitaine !

— Comme les capitaines de paroisse de l'ancien temps !

— Si on reste divisés, ça ne nous mènera à rien. Vous êtes les maîtres chez vous, mais il faut quelqu'un qui assure la navette entre les bandes et auquel les messieurs fassent confiance.

— On n'a pas besoin de tes messieurs, s'exclama le Capitaine Noir.

— On a besoin d'armes et d'argent.

— Les armes, je les trouve moi-même. Il suffit de désarmer les gendarmes. Et lorsque les gendarmes n'en auront plus, on désarmera les soldats. Quant à l'argent, on sait bien où il faut la prendre.

— Il a raison, s'écria le tisserand de Maulévrier. On n'a pas besoin de tes meussieu.

Diot s'étonna de voir un chef qu'il ne reconnaissait pas.

— Qui t'a convoqué ?

— Il est avec moi, dit Tête-de-loup. C'est le tisserand de Maulévrier.

— J'ai voulu venir vous parler des miens, dit le tisserand. Parce que personne nous attendait. Aussi bien le roué à Paris que vos meussieu dans leurs châteaux, tous escomptaient que les paysans bougent et ce sont des ouvriers qui sortent de leurs caves. Vous les avez vus arriver par familles, venant de l'arrondissement de Beaupréau, hommes, femmes, enfants...

Oui, chacun les avait vus passer, si pâles tellement l'habitude de travailler et de vivre sous terre les étiolait. Et leur nombre grossissait. Une horde de pauvres hères marchait vers on ne savait quoi, comme si souvent au cours des âges, où des populations affamées, ou apeurées, entreprenaient des migrations folles.

Les six chefs de bande se rapprochèrent du tisserand de Maulévrier, lui aussi si pâle et aux cheveux décolorés. Ils le regardaient comme un phénomène étrange. Il n'était pas de leur monde. Et pourtant il se joignait à eux. Et maintenant il essayait de les convaincre. Il disait que le lin abondait dans les vallées de la Sèvre Nantaise et du Loir, que les prairies s'y couvraient de toiles à blanchir, vite écoulées ensuite sur les marchés de Nantes et de La Rochelle et embarquées sur les vaisseaux qui commerçaient avec les Amériques, mais que, depuis la Restauration, la situation des tisserands n'avait cessé de se détériorer.

— Il y a eu d'abord les machines, qui ont rendu inutiles les fileuses à leur rouet. On s'est crus les maîtres parce que nos métiers nous appartenaient. Mais on ne s'apercevait pas que ces bons meussieu qui s'offraient à nous fournir le fil et les accessoires et qui nous achetaient ensuite nos draps et nos mouchoirs de toile devenaient nos patrons. Ils nous imposaient des prix de plus en plus bas.

— Puisque tu veux commander les tisserands ici, pourquoi ne l'as-tu pas fait là-bas ? demanda Diot. Vous auriez pu vous unir...

— J'ai essayé. Comme la République et l'Empire avaient interdit les coalitions d'ouvriers, j'ai pensé que nos nouveaux rois nous écouteraient. Mais ils sont aussi sourds que les patauds. On n'a pas le choix : accepter les diminutions de salaire ou fuir. Pour avoir voulu prendre langue avec mes collègues, j'ai bien failli me retrouver aux galères.

Les tisserands des Mauges fuyaient.

Hommes aux joues creuses et aux yeux fiévreux, femmes déhanchées dont les longs jupons s'effrangeaient sur les cailloux des routes, enfants chlorotiques rongeant des raves, ils butèrent en chemin sur les tisserands de La Châtaigneraie qui vivotaient de leurs deux cent cinquante métiers à tisser depuis que la perte du Canada leur fit perdre le bénéfice du commerce de la serge. Lorsqu'ils virent passer la lente procession de leurs semblables, certains leur emboîtèrent le pas.

Les gendarmes, débordés, laissaient cheminer cette multitude. Quant aux soldats, envoyés en Vendée pour mater des paysans qui ne bougeaient pas, ils regardaient avec surprise ces ouvriers qui se révoltaient parce qu'ils ne gagnaient que vingt sous par jour, alors qu'eux n'en touchaient que cinq. Mais il est vrai qu'ils se logaient et se nourrissaient aux dépens de l'habitant.

Puis comme tant d'autres foules jetées sur les routes depuis que le monde est monde, fuyant la peste ou la guerre, la famine ou la malédiction de Dieu, celle-ci disparut, happée, dévorée par le temps. A l'exception toutefois des hommes et de quelques femmes qui s'intégrèrent dans les bandes des nouveaux chouans.

Ces tisserands fluets, anémiques, constituaient plus une charge qu'un secours. Ils ne savaient pas plus se servir d'une faux que d'un fusil, se repéraient mal dans les bois, arrivaient même à se perdre. Si bien que plusieurs furent rapidement capturés par les gendarmes.

Pour ceux-là, qui n'avaient pas encore eu le temps de se battre, qui ne se trouvaient en fait dans les bandes que par hasard, ne sachant où aller, s'ouvrit à Niort le procès de ce que les historiens appelleront plus tard la Petite Chouannerie. Et puisqu'il s'agissait du premier procès, tant attendu, les magistrats, comme la défense, s'offrirent tout un spectacle auquel les accusés assistèrent médusés, ne comprenant rien de ce dont on les chargeait. Un seul protesta en s'écriant : « On ne peut pas vivre avec vingt sous par jour ! » Ce qui produisit un mauvais effet. Tous furent condamnés à mort. Mais la lecture de la sentence ne les émut pas, persuadés qu'on les renvoyait chez eux, ce qui d'ailleurs leur paraissait une condamnation bien dure.

Quelques jours plus tard, des gendarmes évidemment renseignés dénichèrent Gaboriau, dormant dans un pailler. Là, il s'agissait d'une belle prise. Trop belle prise car elle déclencha l'engrenage de la vengeance, qui conduit au châtiment, qui ramène à la vengeance, qui conduit à la répression.

Le chouan de contrebande, dénonciateur de Gaboriau, fut retrouvé dans un étang, saigné par des sangsues. Mais la nuit suivante, la maison où la veuve Gaboriau et ses cinq enfants dormaient, brûla comme un gerbier frappé par la foudre. Puis la maréchaussée de Pouzauges, désarmée, subit la suprême injure de la tonsure. Le lendemain, une patrouille de pantalons-rouges, qui se promenait dans ce même bourg, braillait : « On va se faire un chouan... On va se faire un chouan... » L'un des soldats frappa à la porte d'une métairie, demanda au paysan qui lui ouvrait de le conduire chez le maire, lui intima de passer devant et l'abattit d'une balle dans le dos.

Lorsque Tête-de-loup rendait visite au marquis de la Jozelinière, il ne s'encombrait plus de sa bande. Il savait très bien que, seul, il glisserait toujours entre les mailles des filets tendus. Et puis, le marquis c'était sa propre affaire. Une fois avalée la pilule du gendarme égorgé, une curieuse entente s'établit peu à peu entre l'homme des bois et l'aristocrate. Ce personnage parfumé, tout en rondeurs, tiré à quatre épingles, déconcertait Tête-de-loup qui le regardait à chaque fois comme une apparition surnaturelle. Non pas qu'il l'impressionnât avec son château, ses domestiques, ses parquets cirés et toutes ces débauches d'étoffes sur les murs et de visages peints dans des cadres dorés ; non pas qu'il l'admirât ; mais ces manières raffinées, cette politesse dont il usait même avec lui, le vouvoyant (ce qui ne se pratiquait jamais dans les relations de maître à serviteur) l'étonnaient agréablement. Le marquis comprenait de lui-même, sans que Tête-de-loup le lui rappelle avec rudesse, que justement cet étrange visiteur n'était pas son serviteur. On l'avait envoyé vers lui en messager et il le recevait comme tel. De son côté, le marquis se sentait de plus en plus intrigué par ce bordier bizarre, visiblement plus vagabond que paysan, à l'intelligence vive, aux reparties promptes, mais peu bavard. Le marquis n'osait trop interroger Tête-de-loup, craignant sa susceptibilité. Un jour il crut qu'il se confierait enfin. Pour la première fois il parla de sa famille, de son père cavalier dans l'armée de Stofflet pendant la Grande Guerre et qui, caché dans le creux d'un chêne, survécut aux massacres des Colonnes infernales de l'Ogre-Turreau. Mais lorsque La Jozelinière lui demanda où vivait maintenant son père, s'il était toujours de ce monde, Tête-de-loup se referma, disant qu'il l'avait perdu.

Lors de cette nouvelle visite, le marquis, avec son habituelle courtoisie, souhaita lui présenter un de ses amis venu de Paris, un avocat nommé Berryer.

— Ce monsieur est arrivé à Fontenay-le-Comte pour y défendre neuf laboureurs accusés d'une trop grande hospitalité envers les réfractaires. Ils ont eu plus de chance que les malheureux condamnés de Niort. Grâce à la plaidoirie de Monsieur Berryer, qui démontra que ces hommes furent les victimes des provocations de ces faux chouans que vous démasquez si bien, tous viennent d'être acquittés par la cour d'assises. C'est vous dire, mon ami, si Monsieur Berryer est fêté aujourd'hui à Fontenay. On l'a porté en triomphe dans la rue des Loges.

Tête-de-loup ne voyait aucun inconvénient à rencontrer l'avocat. Berryer se précipita vers Tête-de-loup, lui serra si vigoureusement les deux mains que l'homme des bois se dégagea brutalement et sauta de côté, croyant qu'on voulait l'arrêter.

— Ne craignez rien, s'exclama le marquis. Et il ajouta en riant : Ces bourgeois de Paris ont de ces manières ! Monsieur Berryer, on ne prend pas à la fois les deux mains d'un homme qui, tous les jours, met sa vie en péril. Il faut lui en laisser une pour se défendre si besoin est.

Confus, Berryer ne savait quelle contenance adopter. Pour la première fois il voyait un chouan ailleurs que dans le box des prévenus. Etrange personnage que ce Pierre-Antoine Berryer, royaliste sous l'Empire, mais qui sous Louis XVIII se fit l'avocat de Cambronne dont il obtint l'acquittement. Et qui, pour l'heure, s'opposait à Louis-Philippe par fidélité à Charles X.

Bel homme au fin visage allongé, au grand front accentué par un début de calvitie compensé par des rouflaquettes frisées, élégamment vêtu d'une redingote foncée ornée d'une rangée de gros boutons, il sortit de son gilet blanc un papier qu'il montra au marquis :

— Vous me le paierez en mille, mon cher, mais vous n'imaginez pas qu'un an et demi après le changement de dynastie, la Direction des affaires criminelles et des grâces emploie toujours le même papier à en-tête : *Charles, par la Grâce de Dieu, Roi de France et de Navarre, à tous présens et à venir, salut.* Simplement, on a rayé d'un trait mince *Charles,* remplacé par *Louis-Philippe ;* mais notez que *par la Grâce de Dieu* est complètement biffé. Nous avions bien pensé que le diable l'avait mis là où il est. Mais que lui-même le confirme...

— Il existe toutes sortes de diables. Ce diable boiteux de Talleyrand vient bien de ressortir de sa boîte à malices et le voilà orléaniste, nanti d'une nouvelle charge. Que va-t-il tramer à Londres, comme ambassadeur ? Je le crois capable de nous ramener un Bonaparte !

— J'aimerais que vous voyiez Philippe se promener aux Tuileries avec son grand parapluie et son chapeau gris. C'est d'un comique! Il n'y a que lui pour imaginer de transformer un sceptre en parapluie! La dynastie d'Orléans n'aura pas la vie longue. Monsieur le jurisconsulte Dupin ne la compare-t-il pas à une rose dont les factions ne laissent que le gratte-cul!

Tête-de-loup écoutait ce dialogue avec une certaine stupeur. Habitué au silence de la forêt, seulement entrecoupé de brefs cris de bêtes, aux échanges rapides de paroles avec les hommes de sa bande, cette conversation le plongeait dans une sorte de torpeur. Il se secoua soudain, comme s'il s'ébrouait, pour revenir à son monde et dit :

— Et mes tisserands, comment je vas faire? Ils sont plus une charge qu'une aide. Certains me disent qu'ils voudraient aller à Lyon où, paraît-il, les leurs tiennent la ville.

— N'en faites rien, s'écria Berryer. C'est vrai, les soyeux de Lyon ont occupé la mairie et forcé l'armée à battre en retraite. A quarante mille, ils se croyaient invincibles. Mais Philippe envoya son fils aîné avec des troupes fraîches qui reprirent la ville d'assaut. Les canuts de Lyon sont vaincus, mon pauvre ami. Et savez-vous ce que Casimir Perier, le président du Conseil des ministres déclare : « Il faut que les ouvriers sachent bien que leurs seuls remèdes sont la patience et la résignation. » Et savez-vous ce qu'inventent les ministres de Louis-Philippe, après leur refus aux canuts des quatre sous d'augmentation par jour qu'ils réclamaient? Ils demandent à la Chambre de voter pour Louis-Philippe dix-huit millions de liste civile... Oui, cinquante mille francs par jour pour Philippe, mais pas quatre sous pour les canuts.

— Les ouvriers ont été déçus par la Révolution de Juillet qu'ils crurent la leur, dit le marquis. La Rochejaquelein et Charette s'imaginent encore que les paysans vont se soulever au nom de Henri V. Je pense qu'ils se trompent. Les révoltes viendront maintenant des ouvriers. Demandez à Tête-de-loup combien il compte de paysans dans sa bande.

— Sur les trois douzaines que nous sommes, ne se trouve qu'un seul métayer. Boutin qu'il se nomme.

— Pourquoi est-il devenu... ? (Berryer cherchait quel terme employer.)

— Nous on se dit brigands, comme dans l'ancien temps, lui souffla Tête-de-loup. Le Boutin, c'était un pésan pas ben valeureux. Il emprunte des sous pour s'avoir un champ de blé. Mais le blé ne rend pas. Il emprunte encore pour satisfaire le percepteur. Mais c'est au tour du maître de lui réclamer son métayage. Il faut qu'il vende ses bestiaux ; qu'il loue sa femme et ses petits. Une fois cul nu il s'est rappliqué dans nos bois, avec une serpe. N'y a rien de meilleur pour fendre un crâne.

Le marquis et Berryer se regardèrent avec gêne. La sauvagerie avec laquelle Tête-de-loup prononça ces dernières paroles les choquait.

— Deux mouvements se mêlent, confia le marquis à Berryer ; d'un côté les artisans déçus par la Révolution de Juillet qui rêvent plus ou moins de république et de l'autre nos amis légitimistes qui excitent les paysans en leur brandissant l'enfant roi exilé à Prague. Pour compliquer le tout, des agents provocateurs montent de faux attentats mis sur le compte des nouveaux chouans. Et rien ne ressemble plus aux vrais chouans que les chouans de contrebande, comme ils disent. Prisonniers libérés les uns et les autres, voire anciens gendarmes comme le fameux Diot dont je vous ai parlé, ils ont gardé de leurs années de prison l'habitude de ne pas se raser et de porter ostensiblement des barbes hirsutes. Si bien que les vrais chouans inquiètent souvent plus les paysans que les faux On en arrive à un embrouillamini qui correspond au but recherché à Paris. Mais j'y pense, ne croyez-vous pas que Vidocq soit là-dessous ?

— Monsieur le marquis, Vidocq vient de nouveau d'être nommé chef de la Sûreté. On ressort des tiroirs les roulures de Bonaparte. Vous parliez tout à l'heure de l'infect Talleyrand, nommé ambassadeur à Londres. Et voilà maintenant l'ancien forçat Vidocq chargé de veiller à la sécurité des propriétaires. Si Fouché n'était pas mort depuis plus de dix ans, il serait bien sûr ministre de la Police. Monsieur de Chateaubriand me disait dernièrement qu'il demeurait obsédé par une vision dantesque. Dans les premiers temps de la Restauration il vit un jour arriver au palais du roi Monsieur de Talleyrand marchant soutenu par Monsieur Fouché. Et il eut cette image : « Le vice appuyé sur le crime. »

Tête-de-loup, qui s'impatientait, dansant d'un pied sur l'autre, demanda brusquement au marquis :

— J'aimerais bien que vous me donniez des gazettes.

— Des gazettes, s'étonna Berryer, que veut-il en faire ?

— Mais les lire, monsieur Berryer, les lire ! Notre ami Tête-de-loup est un original. Autrefois, dans sa Gâtine, avant qu'il reprenne sa vie d'homme des bois, il avait souscrit un abonnement à une gazette. Le seul à recevoir ainsi directement des nouvelles de Paris, il les déchiffrait à tous les paysans de son entourage. Il récoltait à peine de quoi manger, mais il se payait une gazette.

Et s'adressant à Tête-de-loup :

— Comment m'avez-vous dit, une fois : « On tient moins à sa peau... »

— On tient moins à sa peau qu'à sa chemise.

— Vous voyez, monsieur Berryer, ces gens sont bien des aristocrates, comme ils le disaient jadis. Ils attachent moins d'importance au nécessaire qu'au superflu. Sans cette folie au cœur, les guerres de Vendée eussent été impossibles !

Tête-de-loup enfouit précieusement dans sa blouse la liasse des gazettes qu'un domestique lui apporta avec une certaine répugnance. Puis il salua la compagnie.

— Monsieur le marquis, s'écria Berryer, avec un tel pays et de tels hommes on peut transporter des montagnes !

Puis il demanda à se retirer dans sa chambre, prit un papier, une plume d'oie, la trempa dans l'encre, hésita un moment et finalement écrivit ce mot à la duchesse de Berry :

Madame,
Hâtez-vous
ou nous ferons le soulèvement sans vous.

4.

Le tocsin a sonné dans plusieurs communes

Le tocsin a sonné dans plusieurs communes. Charette a été manqué ce matin du côté de Basse-Goulaine ; il se dirigeait avec environ deux cents chouans (ou paysans nouvellement levés) sur Pont-Saint-Martin, delà sur Aigrefeuille. Le tocsin a également sonné à La Chapelle-Heulin. Ils étaient au nombre de cinq à six cents, infanterie et cavalerie, ayant à leur tête plusieurs nobles. J'apprends à l'instant que trois cents paysans se sont levés dans les communes de Saint-Martin-du-Désert et Sucé.

J'ai également l'honneur de vous rendre compte que le choléra s'est déclaré à Nantes...

Tel était le rapport que le chef d'escadron, commandant la gendarmerie de la Loire-Inférieure, envoyait au préfet le 4 juin 1832.

La cinquième guerre de Vendée venait de commencer.

La veille, l'état de siège avait été décrété dans les quatre départements de l'Ouest : Vendée, Deux-Sèvres, Loire-Inférieure, Maine-et-Loire. Louis-Philippe découvrait enfin son vrai visage. Son fameux parapluie cachait un tromblon.

Tête-de-loup fit sortir sa bande du couvert de la forêt. A regret. Mais Diot l'exigeait. Toutes les formations éparses dans le département des Deux-Sèvres, que Diot coordonnait pour le compte de La Rochejaquelein-le-troisième, convergèrent dans la dernière semaine de mai vers le bocage vendéen où elles se joindraient à celles de

Charette (également le troisième). Braconnier, chasseur de loups, sachant se glisser parmi toutes les embûches tant qu'il se trouvait dans ses éléments de fourrés, de feuillages, de ronces, de traces de bêtes ; sachant y mener sans bruit, invisible, les hommes qui s'étaient confiés à lui, Tête-de-loup à travers champs se montrait inquiet, indécis, et tout à fait désorienté sur une route. Mais la quarantaine d'individus de sa bande le suivaient aveuglément. Le conscrit de Saint-Martin marchait près de lui. Ce garçon à la chevelure rousse comme une queue de renard, petit, trapu, d'une telle agilité et d'une si bonne humeur, le seconda rapidement. Tête-de-loup appréciait sa connaissance des choses de la terre, cette intimité avec les sols, les germinations. Le conscrit de Saint-Martin lui rappelait la métairie paternelle de son enfance depuis si longtemps quittée. Il devint un peu un petit frère. L'homme des bêtes et l'homme des semences se complétaient.

Les deux autres premiers coéquipiers de Tête-de-loup assuraient aussi l'encadrement. Le tisserand de Maulévrier s'occupait bien sûr plus spécialement des tisserands des Mauges, qui formaient le plus gros de l'équipe et le sabotier de Saint-Cyr-des-Gâts fermait la marche, rabrouant les traînards.

Personne ne portait plus le grand chapeau, si caractéristique du costume chouan. Certains se coiffaient d'une casquette, mais la plupart des tisserands nouaient sur leur tête un mouchoir de Cholet. Leurs blouses et cotonnades bleues enfoncées dans leurs pantalons à pont, chaussés de sabots, certains vêtus de cet habit vert (fourni par on ne savait qui ?), couleur de la livrée de Charles X, et qui prétendait au titre d'uniforme des soldats de Henri V, ils n'arboraient plus, comme dans les précédentes guerres de Vendée, ni scapulaires, ni chapelets en colliers, ni cœurs rouges. Par là même, une impression de morne tristesse se dégageait de ces hommes sortis de l'ombre et qui, s'ils n'avaient tenu sur l'épaule, à la place des habituels outils de travail, quelques vieilles espingoles, des piques, des carabines de gendarmes et des fusils de chasse, eussent ressemblé à des villageois partant pour la corvée.

S'en tenant aux ordres de Diot, Tête-de-loup tentait de rejoindre la cavalerie de Charette-le-troisième. Il la cherchait obstinément dans le haut bocage. Tous les villageois interrogés disaient qu'ils n'avaient pas vu de chevaux depuis bien longtemps, devant se contenter de leurs ânes et de leurs mules ; que d'ailleurs les cavaliers n'étaient que des messagers de la mort ; qu'ils espéraient bien que les chevauchées sanglantes du temps jadis n'allaient pas recommencer ; qu'il ne passait que des bandes de pauvres drôles, comme la leur, à la poursuite d'on ne savait quoi ; qu'ils feraient bien mieux de s'en retourner chez eux au lieu de traîner leurs bots dans la boue des chemins.

Tête-de-loup et sa troupe marchèrent tant, qu'ils se trouvèrent dans la région de Clisson où jadis, libéré de sa prison d'Angers, Tête-de-loup mena le Monsieur Tricolore. Ils entendirent alors, enfin, des bruits multiples de fer frappant le gravier de la route. Apparurent des chevaux caparaçonnés de rouge sur lesquels des lanciers coiffés de czapka noires arrivaient au trot. Les insurgés se débandèrent en pagaille. Les lanciers, qui ne pouvaient franchir les buissons d'épineux, n'insistèrent pas et continuèrent leur route, jugeant sans doute que de tels adversaires pouilleux ne méritaient pas que l'on s'y attarde. La bande, reformée, entra dans un bourg où une centaine de paysans, la plupart sans autres armes que des gourdins, des fourches et des faux, venaient d'être reflués par des grenadiers. Tête-de-loup aborda un des rares hommes tenant en main un fusil et lui demanda où se trouvait la cavalerie vendéenne.

— La voilà, mon gars, regarde, mais regarde donc ! Tu as les yeux bouchés ou quoi ?

Tête-de-loup vit un vieil homme, à cheval en effet, vêtu d'un uniforme d'officier qui devait dater de Louis XVI et qui brandissait un sabre. Il éperonnait sa monture, tout en la retenant par la bride pour la forcer à caracoler et criait : « En avant ! En avant ! »

— C'est le général de la cavalerie vendéenne, dit l'homme avec mépris. L'ennui c'est qu'il n'existe pas d'autre cavalier que lui. Regarde-le, ce Monsieur de Kersabiec, qui crie en avant et qui tourne le dos à l'ennemi.

L'homme, vêtu en paysan, se précipita vers le cavalier, fit pivoter le cheval en le tirant par les rênes et apostropha l'officier :

— Vous criez en avant et vous foutez le camp !

Excédé, il prit son fusil par le canon et donna de la crosse sur les reins de Kersabiec dont le cheval, effrayé, partit au galop droit à l'ennemi.

— J'ai été sergent dans la garde de l'Empereur, dit le paysan furieux. C'était autre chose ! On se moque de nous.

Puis, très triste et radouci :

— Sais-tu que Cathelineau a été tué ?

— Quel Cathelineau ?

— Cathelineau-le-second, bien sûr, qui s'appelait Jacques, comme son père. Les Cathelineau, gueux comme nous, sont toujours les premières victimes. Va, mon gars, laisse tomber. Dans une histoire comme celle-là, on ne peut espérer que recevoir des mauvais coups.

Tête-de-loup ne répondit rien, héla son monde et repartit dans les bois.

Eh bien oui, Cathelineau-le-second, promu par la duchesse de Berry au commandement du premier corps d'armée, entre Loire et Sèvres, mais aussitôt découvert dans un manoir entre Beaupréau et Jallais, avait été fusillé. Le trente-septième Cathelineau tué depuis 1793 ! Trente-sept, depuis Cathelineau-le-premier, et les trois frères de celui-ci, et les neveux, beaux-frères, cousins. On montrait une propension au sacrifice chez les Cathelineau. Et à la pauvreté. Le fils du premier généralissime de l'Armée catholique et royale vécut en effet longtemps dans la misère, avec sa féconde progéniture. Les La Rochejaquelein firent cesser ce scandale en obtenant de Louis XVIII, en 1816, qu'il anoblisse Cathelineau-le-second. On fêta ce jour-là dans la chaumière du Pin-aux-Mauges car Cathelineau-le-second ayant acheté une miche de pain blanc pour ses enfants, ceux-ci crurent à une friandise et la mangèrent avec leur pain noir habituel. Puis Charles X nomma le nouveau noble lieutenant dans la garde royale. Cathelineau-le-second partit à Paris à pied pour remplir sa charge. Mais à l'arrivée, le temps du voyage, on l'avait ravalé au grade de sergent. Qu'importe, c'était déjà bien de la bonté de la part du roi. Il pouvait maintenant entretenir sa famille. Ses filles, toutes mariées à des ouvriers, ne demandaient pas de dot. De temps en temps il quittait la garde royale et la capitale, rechaussait ses sabots, et revenait embrasser sa nichée en Anjou. Tout allait pour le mieux dans le meilleur des mondes lorsque éclata le tonnerre de 1832. La duchesse de Berry voulait une insurrection réglée comme une pièce de théâtre. Elle nomma général en chef d'une armée inexistante le comte d'Autichamp et divisa cette armée imaginaire en trois corps : celui du Haut-Poitou, avec pour général un La Rochejaquelein, celui de la Vendée avec pour général un Charette, celui d'Anjou ne pouvait recevoir comme général qu'un Cathelineau. On ressortit donc le pauvre Jacques qui, hier, n'apparaissait pas digne du grade de lieutenant. Atterré par cette promotion, il protesta de son manque de compétence, de son peu d'influence en Anjou, dit que le pays n'était plus ce qu'il était. Mais comment pouvait-il désobéir aux La Rochejaquelein, auxquels il devait tout, et décevoir Madame ?

Cathelineau-le-second fut tué une semaine avant que la cinquième guerre de Vendée n'éclate, général n'ayant eu le temps de livrer aucune bataille. On le remplaça par le gendre de Bonchamps. Il s'appelait Bouillé, mais enfin c'était quand même Bonchamps-le-second.

Bien que le défrichement du bocage fût commencé et que les grandes routes droites, dites routes stratégiques, se soient multipliées pour casser ce que Kléber appelait un « labyrinthe obscur et profond », on pouvait encore circuler de village en village et de ferme en ferme uniquement en empruntant les chemins creux. Tête-de-loup et sa cohorte, pieds nus pour étouffer le bruit de leurs pas, portant leurs sabots attachés par des liens de paille en sautoir sur leurs poitrines, se glissaient silencieusement par ces pistes si enfouies entre les hauts talus, si recouvertes de la voûte des branches de châtaignier et de noisetier, qu'elles ressemblaient à des boyaux souterrains dans lesquels eussent coulé des torrents taris par l'été. Il restait d'ailleurs toujours de l'eau qui ruisselait dans ces chemins creux, venant d'innombrables fontaines.

Toutes ces haies donnaient aux soldats lancés à la poursuite des nouveaux chouans l'impression que la Vendée n'était qu'une forêt mitée de minuscules clairières où les métairies s'entouraient de champs grands comme des mouchoirs de poche. En réalité, à part Vouvant-Mervent, tout près de Fontenay-le-Comte, la Vendée ignorait la forêt. Seules les innombrables haies bordant les chemins simulaient une région très boisée. Mais ce pays disloqué, hérissé d'enceintes naturelles, bastionné par ses levées plantées de chênes têtards, s'il se révélait depuis toujours propice aux bandes errantes, marginalisait aussi le fermier renfermé dans ses terres. Il vivait au milieu de ses champs avec un horizon qui n'allait pas plus loin que ses buissons. Les chemins creux cernaient ses prés comme autant de douves. Ses fossés constituaient des tranchées qui l'isolaient et le protégeaient à la fois. Si bien que, dans cette nouvelle rébellion, que la plupart des paysans rejetaient, les bandes armées circulaient autour des fermes qui demeuraient des îlots pacifiques.

On était loin de cette unanimité qui, en 93, arracha les laboureurs à leurs charrues, les artisans à leurs outils. Tête-de-loup et le conscrit de Saint-Martin causaient à voix basse de leur déconvenue. Parfois ils s'arrêtaient, entendant au-dessus d'eux, dans un champ clos, un paysan qui parlait à ses bœufs, qui les amusait, qui leur chantait de ces airs pleins de mouvements grasseyants de luette. Ils escaladaient le talus et observaient un moment le bouvier qui ne les voyait pas. Les bœufs attelés portaient des fougères sur le front pour chasser les mouches qui ne cessaient de les harceler. Le bouvier dariolait à tue-tête, si étranger à ces hommes de guerre qui refluaient en bas de ses terres. Ailleurs, ils s'inquiétaient de bruits dans des fourrés et un troupeau d'oies, avec de grandes plumes enfoncées dans leurs narines pour les empêcher de franchir les haies, venait les regarder passer. Seuls, en haut des collines, bergers ou bergères, près de leurs petits troupeaux de moutons, les apercevaient. Leur curiosité, plus forte que leur peur, poussait ces enfants à descendre près de ces hommes traqués. Tête-de-loup, berger comme eux dans son enfance, aimait leur parler, leur demandait s'ils savaient tailler des fifres dans des roseaux et allait parfois jusqu'à leur montrer comment faire des sifflets d'écorce. Les bergères de huit ou dix ans, avec leur bonnet blanc, leurs longs jupons d'où sortaient leurs pieds nus, portaient à la main leur baguette bénie par le curé et autour du cou la corne de bouc dans laquelle elles soufflaient pour chasser les loups.

Sauf les tisserands, que ces images pastorales n'émouvaient pas et dont la misère était si grande dans leurs Mauges que leur vie vagabonde actuelle leur paraissait bien légère, les réfractaires supportaient mal ces rencontres qui les taraudaient de nostalgie. Peu à peu, les jeunes, d'origine paysanne, désertaient, la tête chavirée par toutes ces odeurs d'herbes, de terre et de graines.

En s'approchant de la Gâtine, tous les ruisseaux montraient une abondance de reines-des-prés, à fleurs blanches.

— Regarde, dit le conscrit de Saint-Martin à Tête-de-loup, jamais on n'a vu tant de reines-des-prés. C'est en l'honneur de la duchesse, pour sûr. C'est la mère de notre roi. Et nous voilà qui marchons comme des bêtas en tournant le dos aux armées de Charette. Faut s'en retourner, Tête-de-loup. Faut aller vers la Dame. Sinon à quoi on sert.

Tête-de-loup s'arrêta, grogna, pesta, puis il cria à sa bande, interloquée :

— Allez, les gars, on remonte vers le mont des Alouettes.

Pour l'heure, la Dame se trouvait confrontée avec cette noblesse vendéenne moins maniable qu'elle l'aurait cru. Sauf Athanase de Charette, neveu du Charette de 93, colonel démissionnaire du 4ᵉ cuirassiers à Vendôme et que la duchesse de Berry connaissait bien puisqu'il suivit dans son premier exil en Angleterre la famille de Charles X. C'est d'ailleurs à ce Charette-le-troisième que revenait la responsabilité de la venue clandestine de la duchesse de Berry en Vendée. Persuadé, comme la duchesse, que le Midi se soulèverait dès que la veuve du duc de Berry y poserait les pieds, Charette-le-troisième, malgré la réticence des autres nobles objectant que les armes manquaient, que les départements de l'Ouest étaient placés sous surveillance et que le moindre mouvement de troupe rebelle serait réprimé, réussit à obtenir que la Vendée, de concert avec le Midi, proclame Henri V roi de France. Mais le Midi ne bougea pas et la duchesse arriva quand même en Vendée, par relais de poste, habillée en homme, avec une blouse de roulier.

Aucune femme ne ressemblait pourtant moins à un homme que Marie-Caroline de Bourbon-Sicile, duchesse de Berry. Très petite, menue, avec un visage allongé et de grands yeux de biche, une jolie bouche gourmande et des cheveux bouclés qui lui tombaient en vagues sur les épaules, on eût dit une figurine de porcelaine de Saxe. Mais cette poupée de salon montrait une énergie de fer. Elle voulait son fils roi et affrontait avec une belle inconscience tous les dangers pour parvenir à son but.

Une réunion générale des conjurés autour de la duchesse se tint à Montbert. Se trouvaient là Charette-le-troisième, La Rochejaquelein-le-troisième, le comte d'Autichamp et le marquis de la Jozelinière. Ce dernier venu expressément non pas pour diriger une armée, mais pour dissuader la duchesse de donner l'ordre du soulèvement.

— Madame, rappela-t-il, le Comité de gouvernement provisoire que vous avez formé à Paris avec le duc de Bellune et le vicomte de Chateaubriand vous a envoyé Monsieur Berryer...

— Monsieur Berryer m'a suppliée de prendre la tête de la rébellion.

— Il l'avait fait bien légèrement. Depuis il s'est ravisé et le Comité l'a chargé de la triste mission de vous dissuader de vous lancer dans une aventure sans issue. Malheureusement nous sommes entourés d'espions et Monsieur Berryer vient d'être arrêté à Nantes. Le vicomte de Chateaubriand me prie, au nom du Comité, de vous exprimer ses craintes et vous demande de renoncer actuellement à l'insurrection. L'échec est certain.

Les conjurés gardèrent un silence approbateur.

— Comment, messieurs, s'exclama la duchesse, on m'engage à venir; on accourt me chercher; je croyais que, sitôt ma présence au milieu de vous connue, tout le pays allait prendre les armes. On me disait que vous m'attendiez. Quoi, la Vendée, dans les temps de sa gloire, n'a jamais eu un seul membre de ma famille pour partager ses périls et soutenir son courage; je viens, je ne calcule aucun danger et après m'avoir appelée vous me rejetteriez...

— Madame, reprit le marquis, votre famille arrive bien tard. Nos ancêtres eussent vaincu la République si le comte d'Artois avait osé débarquer. Nous vous promettions de déclencher une insurrection si Paris proclamait la République. Or le duc d'Orléans règne. Nous ne l'aimons pas mais il appartient quand même à votre lignage. Nous attendions un soulèvement du Midi qui ne se produit pas.

La Vendée est abattue, déconcertée. Tous les journaux annoncent votre échec. On vous suppose prisonnière. Madame, la guerre civile fait horreur à tous les partis. Les paysans, moins pauvres, craignent le pillage et l'incendie que toutes les guerres déchaînent.

Boudant le marquis de la Jozelinière, la duchesse se tourna vers La Rochejaquelein-le-troisième :

— Monsieur de la Rochejaquelein vous souvenez-vous d'il y a seulement quatre ans, en ce même mois de juin, lorsque je visitai la Vendée ? La Loire se couvrit de barques. On m'y lançait des roses. Dans tous les bourgs des jeunes filles me recevaient avec des lys dans les mains. Tous les villages élevaient des arcs de triomphe formés de branchages de lauriers et de fleurs. Vous souvenez-vous du bal donné à Bourbon, par le préfet ? Vous m'aviez fait valser, Monsieur de la Rochejaquelein, à m'en faire tourner la tête.

La Rochejaquelein-le-troisième ne broncha pas, mais sa cicatrice au visage rosit :

— Je n'ai pas oublié, Madame, votre long voyage à cheval, en amazone verte, ce qui nous rappelait l'uniforme des chasseurs de Stofflet. Vous étiez coiffée d'un feutre gris avec un voile de gaze. Et votre cheval dansait au tir des mousqueteries.

— Monsieur de la Rochejaquelein, vous êtes un galant homme.

— Je crains de déplaire à Madame, dit le marquis de la Jozelinière, mais ma mission exige de vous rappeler à de dures réalités. Alors autant vous l'avouer. Vous avez été abusée en 1828. On vous cacha une réalité qui préfigurait celle d'aujourd'hui. Comme la Vendée de 93 n'existait plus, on vous en façonna une sur mesure. Vous aperceviez des fusils, des costumes de chouans, mais vous ne remarquiez pas que tous ces chouans en culottes bouffantes qui ne se portaient plus, étaient des vieillards. Toutes ces armes et ces costumes tirés des armoires... Tous ces jeunes déguisés en bergers... On vous a joué une comédie, Madame, avec des figurants heureux de se divertir.

— Vous mentez, marquis. Si la Vendée recule, l'Anjou et le Morbihan sont prêts à s'insurger.

— Les troupes philippistes nous cernent. Les villages, les bourgs sont occupés. Je ne vois pas comment les corps d'armée que vous venez d'instituer pourront procéder à leurs rassemblements.

Cramoisie, hors d'elle, si agitée de sa frêle personne qu'elle en trépignait, tapant du pied comme une fillette, la duchesse se ressaisit et, de la manière la plus inattendue, se mit à chanter d'une voix acide :

Ah ! si jamais une secte abhorrée
Renverse encor le sceptre de nos rois...

Surpris, bouleversés, les conjurés (y compris le marquis de la Jozelinière emporté dans l'élan collectif) chantèrent à l'unisson ce refrain qu'ils connaissaient bien :

Ah ! si jamais une secte abhorrée
Renverse encor le sceptre de nos rois
Ah ! pense à nous, reviens dans la Vendée
Amène Henri, nous défendrons nos droits.

La date de l'insurrection fut fixée au quatre juin.

Il sembla tout d'abord que l'entêtement de la duchesse allait forcer le destin. Car si le Midi légitimiste persista dans son refus de se lancer dans une nouvelle guerre civile, par contre Paris se mutina le second jour de la cinquième guerre de Vendée. Les cinq et six juin, les barricades dressées en 1830 contre Charles X s'élevèrent de nouveau, mais contre Louis-Philippe. La Vendée et Paris insurgés en même temps, cela ne s'était jamais vu. Mais plus étonnant encore, la main de Dieu s'abattait sur le roi au parapluie et pour bien montrer qu'il n'existait aucune ambiguïté dans son courroux frappait d'un coup double le premier ministre responsable de l'écrasement des canuts lyonnais, Casimir Perier, et le général Lamarque, le « pacificateur » de la Vendée. Le choléra les tuait tous les deux. A l'évidence la malédiction tombait sur le gouvernement de Louis-Philippe. Au moment même où la duchesse de Berry débarquait à Marseille, le choléra arrivait à Calais. Une grande peur paralysa la France au printemps et l'été de 1832 : les chouans et le choléra. Dans l'esprit du gouvernement, comme dans celui de nombreux gouvernés, les deux choses ne feront qu'une. Chouans et choléra surgissaient de la nuit des temps, monstruosités épouvantables, séquelles des jacqueries et des épidémies médiévales, à l'heure où le commerce et l'industrie apportaient leurs merveilles.

Tête-de-loup et sa petite bande finirent par retrouver Diot qui commandait un regroupement de cinq cents hommes. Tête-de-loup reconnut Jean-Baptiste à son bicorne à cocarde blanche, anachronique comme ces espingoles, ces escopettes, ces cannes à épée, ces gros pistolets d'arçon, que cette armée hétéroclite brandissait avec fierté. Mais on remarquait aussi parmi les armes des fusils anglais tout neufs, des carabines de gendarmes, des fusils de chasse, des faux, des fourches et même des bâtons.

Un aussi gros rassemblement ne pouvait passer longtemps inaperçu. Arriva en reconnaissance une section de chasseurs à cheval, flamboyants dans leur uniforme rouge. Devant la masse de chouans, ils firent aussitôt demi-tour. Cette retraite fut saluée de huchements enthousiastes.

Mais peu de temps après on entendit des tambours. Au loin, en rangées compactes, arrivait un régiment d'infanterie. Diot fit placer ses hommes en éventail, les porteurs de fusils anglais devant, un genou à terre, prêts à tirer sur les premiers rangs. Il demanda à Tête-de-loup de faire un crochet avec sa bande pour attaquer la colonne sur son flanc droit. De buisson en buisson, Tête-de-loup et ses hommes se faufilèrent le plus près possible des soldats. Ils les voyaient maintenant tout proches, s'avançant impeccablement en rangs, au pas, comme à la parade, précédés des tambours qui scandaient la marche. Leurs shakos à cocardes tricolores, leurs jugulaires dorées à écailles, les épaulettes et les boutons dorés de leurs vestes bleues, leurs pantalons rouges et jusqu'à la moustache en croc et la mouche à la lèvre inférieure qu'ils portaient presque tous donnaient à cette armée l'impression de la multiplication d'un seul être, sorte d'automate inhumain comme une machine. Tête-de-loup en ressentit une impression terrible. Il lui sembla qu'une divinité étrange se mettait en route : le destin peut-être ? Une meute de loups ne lui faisait pas peur. Il savait même leur parler, les apprivoiser ou les tuer. Les gendarmes, non plus, il ne les craignait pas. De tout temps, avec les gardes-chasse, ils avaient été ses adversaires habituels. Les gendarmes et lui jouaient un même jeu, dont tantôt les uns et les autres sortaient gagnants ou perdants. Ils luttaient à armes égales et avec des méthodes similaires. Mais cette masse d'individus identiques, qui avançait dans le grondement des tambours, lui semblait aussi invulnérable qu'une calamité naturelle : inondation ou incendie. Les premiers coups de feu des fusils anglais firent une trouée dans les rangs. Des uniformes rouges s'affaissaient, disparaissaient sous les jambes de leurs semblables qui continuaient à progresser, comblant aussitôt les vides. Dans sa marche irrésistible, l'infanterie philippiste bouscula la rangée des tireurs de Diot, s'enfonça comme un coin dans la bande chouanne, sans se soucier des insurgés qui se débandaient de chaque côté. Tête-de-loup, fasciné par ce flot humain, réagit trop tard. Lorsqu'il donna à ses hommes l'ordre de tirer sur le flanc de la troupe, le plus gros était déjà passé. Les officiers philippistes intimèrent à l'arrière-garde de se déployer et la bande de Tête-de-loup se trouva nez à nez avec des voltigeurs qui chargeaient à la baïonnette. Refoulés, poursuivis, les chouans s'égaillèrent à travers une lande d'ajoncs où les voltigeurs les tiraient comme du gibier. Puis on entendit le piétinement lourd des chevaux qui chargeaient. Des cavaliers à czapka noire apparurent, brandissant des lances en hurlant.

Tête-de-loup réussit à gagner au pas de course un petit bois qui le mit à l'abri des cavaliers. De sa bande, seul le conscrit de Saint-Martin l'accompagnait. Mais de nombreuses épaves du « régiment » de Diot se glissaient aussi entre les arbres. Beaucoup, blessés, geignaient. On ne savait qui se trouvait parmi les morts que l'on voyait au loin, étendus sur la colline. Des uniformes rouges se mêlaient aux blouses bleues. Tête-de-loup s'aperçut alors d'une curieuse inversion dans les couleurs des opposants. Jadis, du temps de Dochâgne son père, les bleus étaient les républicains à cause de leur uniforme bleu et les rouges les paysans insurgés en raison des cœurs découpés dans des étoffes rouges et cousus sur leur poitrine. Aujourd'hui les soldats qui venaient combattre la Vendée étaient rouges et les chouans bleus.

Une nouvelle colonne d'infanterie surgit en haut de la colline, poursuivant des réfractaires qui s'enfuyaient dans toutes les directions. Les fantassins couraient, mais en restant impeccablement en rangs et cet ordre, qui persistait jusque dans les combats, contrastait d'autant plus avec la débandade des chouans. Ils ralentirent bientôt leur course, laissant aux hussards et aux dragons le soin de sabrer les fuyards. Reformé en carré, le régiment des voltigeurs descendit la colline au pas, tambours en avant et passa tout près du petit bois où se tenait Tête-de-loup, sans même que les soldats détournent la tête vers les arbres où ils pouvaient pourtant avoir tout lieu de croire que des guetteurs embusqués les visaient. Derrière les tambours, le porte-drapeau brandissait la hampe de l'étoffe tricolore.

— Regarde, dit le conscrit de Saint-Martin, c'est pu

une aigle en haut du drapeau. C'est un jau. On aura tout vu. Un jau, comme dans un poulailler !

Le conscrit de Saint-Martin se mit à rire. Ce coq, en haut du drapeau, lui paraissait du plus haut comique. Sculpté les ailes déployées et coquericotant, doré comme un ostensoir, il surmontait, planté sur sa hampe, toute la colonne.

Tête-de-loup ne comprenait pas très bien ce que cette volaille-totem avait de drôle. Mais ce qu'il savait c'est que, aigles ou coqs, ces soldats ne s'en laissaient pas conter.

Les bandes défaites se regroupèrent dans la forêt de l'Herbergement, près de ce carrefour des Quatre-Chemins-de-l'Oie où Charles X éleva un monument commémorant le premier voyage en Vendée de la duchesse de Berry en 1828.

Tête-de-loup comptait ses hommes. Boutin le métayer et le sabotier de Saint-Cyr-des-Gâts avaient été tués. Mais pour d'autres on ne savait pas. Il manquait beaucoup de tisserands. Blessés, abandonnés dans la débandade, égarés, prisonniers, difficile de le dire. Tête-de-loup s'inquiéta du sabotier, voulut connaître les circonstances de sa mort. Des témoins l'avaient vu terrassé par un lancier et disparaître sous les sabots des chevaux. Une grande tristesse accabla Tête-de-loup car il pensait au village du bocage de son enfance, à son petit frère Poléon sabotier comme le gars de Saint-Cyr et à un autre sabotier qu'il guida jadis à travers champs pour échapper à la méchanceté des hommes. De tout ce monde perdu, il ne lui restait que Louison. Il s'impatientait de ne pas la revoir, inquiet de la laisser seule en des temps aussi hostiles. Il se demandait soudain ce qu'il faisait là, pourquoi il s'était lancé dans cette guerre dont il voyait bien qu'elle ne comportait pas d'issue. Il regardait ces hommes qui le suivaient et qui se tenaient autour de lui, affalés au pied des arbres, fourbus, les vêtements déchirés par les ronces, brûlés par la poudre. Beaucoup avaient perdu leurs sabots dans leur fuite et essuyaient avec des touffes d'herbe leurs pieds ensanglantés. Tête-de-loup refrénait l'élan qui le poussait à se glisser entre les arbres, à disparaître silencieusement comme il savait si bien le faire, pour rejoindre Louison dans leur petite borderie. Il comprenait que la sagesse et quelque chose qui ressemble au bonheur se trouvaient dans ces deux petits hectares de la Gâtine défrichés par eux deux. Pourquoi cette obstination de la fugue ? Quel venin dans ses veines l'obligeait ainsi à courir les bois, comme une bête, à la recherche d'autres bêtes ? Pourquoi, aussi, écouter ce beau parleur de Diot ? Le Monsieur Tricolore ne l'avait-il pas tiré de prison ? N'était-il pas gracié ? Serait-il, comme le Seigneur maudit de la Chasse-Gallery condamné à conduire une meute toute sa vie à la poursuite d'un gibier chimérique ?

Une main posée sur son épaule le tira brusquement de sa songerie.

De sa voix nasale, chuintante, le conscrit de Saint-Martin s'inquiétait :

— Je te regarde, ton corps est là, mais ton âme s'en est envolée. Reviens avec nous, Tête-de-loup.

Tête-de-loup s'ébroua, se sentant glacé des pieds à la tête, comme si la mort, en effet, saisissait son corps pendant que son esprit vagabondait :

— On va s'en retourner chez nous.

— Où ça, chez nous ? Si je retourne à Saint-Martin les gendarmes vont me cueillir comme réfractaire. Et toi, tu crois qu'on ne t'attend pas au tournant dans ta Gâtine ?

La forêt se mit soudain à bruire de cris, de clameurs, de toute une activité qui se traduisait par de multiples froissements de feuillage et du son sec des branches cassées. Diot arrivait sur son petit cheval gris, toujours fringant, jovial. Lorsqu'il sauta à terre, Tête-de-loup remarqua ses belles bottes noires. Apercevant Tête-de-loup, il lui cria :

— Viens, on se réunit avec les autres officiers.

Diot qualifiait ses chefs de bande d'officiers et aimait qu'on l'appelle général Diot. Cette singerie des militaires professionnels exaspérait Tête-de-loup. Il suivit néanmoins Diot et ils débouchèrent dans une clairière où se trouvait déjà Jean-Baptiste, toujours coiffé de son tricorne à cocarde blanche, en compagnie de Ferdinand Béché.

— On a perdu Secondi, s'écria Béché.

— Mort ?

— Non, mais il aurait mieux valu qu'il trépasse tout de suite. On a été cernés dans une ferme par des voltigeurs qu'on a réussi à repousser. En nous sauvant, on a perdu Secondi. Quand on est revenus pour le chercher, la fermière nous a dit qu'il avait la cuisse fracassée. Caché dans les genêts, la bonne femme lui apportait son manger. Mais il saignait tant que les gendarmes ont pu le retrouver à la trace. On l'a amputé d'une jambe, à l'hôpital de Parthenay.

Tête-de-loup connaissait bien ce chouan corse, sergent déserteur du Ier régiment d'infanterie légère, toujours coiffé d'une casquette noire avec un gland en or. Chouan corse ? Pourquoi pas ? Dans le canton de Pouzauges un ex-sergent suisse de la garde royale, seulement connu sous son surnom de Moustache, commandait bien aussi une bande. Et le premier général en chef des Vendéens, dans les premiers jours de l'insurrection de 93, ne fut-il pas le perruquier dauphinois Gaston Bourdic ? Sans parler du caporal lorrain Stofflet.

— Il nous faut nous disperser et adopter d'autres méthodes de combat, trancha Diot. On n'est pas assez nombreux pour une guerre à découvert. La duchesse espérait quarante mille combattants. Je crois qu'on n'a même pas réussi à en trouver quinze cents.

— Je saurai bien m'y prendre pour faire lever les paysans, dit Jean-Baptiste. On pendra aux branches deux ou trois curés qui refuseront d'engager leurs paroissiens à prendre les armes et on dira que ce sont les philippistes qui les ont pendus. Alors les paysans voudront venger leurs curés, comme en 93.

— Tu aurais dû y penser plus tôt. L'insurrection royaliste en Vendée et l'insurrection républicaine à Paris ont été matées en trois jours. Mais on n'a pas dit notre dernier mot. Je m'en vais avec Monsieur de la Rochejaquelein au Portugal, d'où nous ramènerons vingt mille hommes exercés au métier des armes.

— Tu ne vas pas nous laisser dans la merde, s'écria Béché. On a maintenant toute l'armée de Louis-Philippe sur le dos !

Tête-de-loup remarqua sur le revers de la tunique de Diot, qu'à son ruban rouge de la Légion d'honneur s'ajoutait un ruban blanc. Il voulut lui demander qui l'avait décoré et de quoi, puis il abandonna, trouvant finalement cela sans importance.

— Il faut vous fractionner en très petites bandes, reprit Diot. Plus vous serez divisés, moins vous serez repérés. Occupez le terrain, harcelez les troupes, décrochez, n'attaquez jamais de front, liquidez les chouans de contrebande et tous les autres mouchards, effrayez les maires, montez des opérations contre les prisons pour libérer les nôtres... Voilà de quoi vous occuper.

— Et toi, Diot, que vas-tu faire ? demanda brutalement Jean-Baptiste. Tu fous le camp ?

— Monsieur de la Rochejaquelein m'emmène au Portugal combattre pour don Miguel de Bragance, contre les amis de Louis-Philippe. En reconnaissance, le roi du Portugal nous enverra des soldats. C'est pourquoi, en attendant, vous tiendrez le terrain. Il ne faut pas que les philippistes nous croient vaincus.

— Monsieur de la Rochejaquelein est mieux placé que toi pour convaincre le roi du Portugal à nous venir en aide, dit Béché. Laisse-le y aller seul et reste avec nous.

— Vous n'avez pas lu les affiches, hurla Diot, où on promet douze mille francs de prime à qui prendra le général Diot ?

— En tout cas, toi, tu ne les as pas lues, ricana Jean-Baptiste, puisque tu ne sais pas lire.

— Les garnissaires ont ruiné mes parents, mon

auberge de Boismé est dévastée, trois blessures de baïonnette me trouent la poitrine... Ça ne vous suffit pas !

Tête-de-loup demeurait silencieux. Cette dispute l'écœurait. Il recula lentement, sans bruit, vers le couvert des arbres, se glissa à la recherche de sa bande, demanda au conscrit de Saint-Martin et au tisserand de Maulévrier de la diriger vers la forêt de Mervent.

— Je vous rejoindrai dans cinq jours, à la nuitée, devant la grotte du père de Montfort.

— Où vas-tu ? lui demanda à mi-voix le conscrit de Saint-Martin.

— Je m'ennuie de la Louison.

5.

Lorsque Tête-de-loup déboucha de ses halliers

Lorsque Tête-de-loup déboucha de ses halliers, dans son lopin de terre, il crut à un mauvais rêve. Sa borderie n'était plus là. Il n'imagina pas un instant se tromper, son instinct le menant toujours à destination, par n'importe quel méandre. D'ailleurs il retrouvait à droite le grand noyer, qui paraissait encore plus énorme de ne pouvoir se comparer à la minuscule chaumière disparue. Il reconnaissait au loin la rangée de peupliers qui limitait les champs de son plus proche voisin.

Avançant lentement, se tenant sur ses gardes, à la main son fusil anglais tout neuf donné par Diot, prêt à tirer à la moindre alerte, Tête-de-loup aperçut à l'emplacement de sa borderie un amoncellement de pierres noircies par la fumée d'un incendie.

Il courut vers la ferme la plus proche. Son galop à travers champs avait alerté la fermière qui, de la cour, le regardait arriver, avec sa marmaille autour des jupes. Il lui fit signe. Alors se produisit un phénomène inexplicable : poussant rapidement ses enfants à l'intérieur de la maison, elle s'y enferma avec eux.

Tête-de-loup arriva tout essoufflé contre la porte close, cogna de la crosse de son fusil :

— C'est moi, Tête-de-loup !

Personne ne répondit. Il ne comprenait pas.

— Où est la Louison ?

On n'entendait aucun bruit à l'intérieur de la ferme,

pas un souffle, à croire qu'une hallucination l'avait conduit à voir au loin la fermière et ses enfants.

Il frappa encore, fit le tour des bâtiments. Des vaches ruminaient dans l'écurie, qui le regardèrent de leurs gros yeux globuleux. Du foin garnissait les râteliers. Tout indiquait une présence.

Tête-de-loup se ravisa soudain, crut comprendre que la fermière s'était alarmée de son fusil et partit à travers champs à la recherche des hommes.

Il aperçut dans une vigne les dos de deux paysans qui binaient le sol, avec ces houes dentées qu'ils nommaient des serfouettes. Surpris, ils parurent effrayés, mais se contentèrent de se cramponner à leurs outils.

— Où est la Louison ?

Ils s'interrogèrent des yeux, comme si on leur posait une question incompréhensible.

— Qui a brûlé ma borderie ?

— Jette ton fusil, dit le plus vieux.

Tête-de-loup lâcha son arme qui tomba à ses pieds.

— On ne sait rien, dit le plus jeune.

— Où est la Louison ?

Les deux paysans, appuyés sur leurs houes, continuaient à se lorgner d'un air stupide, ce qui leur permettait de fuir les yeux de Tête-de-loup.

— Peut-être ben qu'elle s'en est retournée chez elle, dit le plus vieux.

— Chez elle c'est ici.

Les deux paysans hochèrent la tête, se concertèrent encore du regard, comme incrédules devant l'énormité formulée par leur voisin.

— Chez elle c'est ici, répéta Tête-de-loup.

— Et chez toi, c'est où ? demanda le plus vieux.

Tête-de-loup ramassa son fusil et partit à grandes enjambées chez le laboureur où Louison se louait pour les métives. Peut-être s'y était-elle engagée pour la fenaison ?

Tout autour de cette grande ferme une activité intense donnait une impression de ruche. Des bœufs malingres, de cette race parthenaise à pelage fauve, tout en os et en muscles, tiraient des charrettes de foin qu'ils ramenaient dans les granges. Des poules, des chèvres, des moutons, des porcs vagabondaient en gênant les allées et venues des travailleurs qui les chassaient à coups de pied. Des tombereaux tirés par des mules passaient dans un bruit de grelots et de roues grinçantes. Une servante tirait de l'eau d'un puits avec une grosse corde attachée à un seau en fer. Des chiens étiques se mirent à aboyer avec fureur.

Le maître de maison arriva, une fourche à la main et s'écria aussitôt :

— Passe ton chemin. On n'a rien vu.

— La Louison ? Où est la Louison ?

— Partie.

— Où ?

— Est-ce qu'on sait ?

— On l'a emmenée ?

— On n'a rien vu. On travaille. On n'a pas le temps de s'occuper de toutes ces choses-là !

— Quelles choses ?

— On ne sait rien. Bonsoir.

Le fermier disparut. Tête-de-loup s'avança vers les griffons qui reculaient à son approche, les poils du pelage hérissés, tremblant à la fois de rage et de peur car ils sentaient sur l'homme l'odeur des loups.

De l'écurie, quelqu'un lui fit signe. Il s'y précipita, reconnut un journalier aussi hirsute que les chiens et aussi efflanqué, avec lequel il avait travaillé dans cette ferme, autrefois.

— Où est la Louison ?

— Ils ont brûlé ta borderie et emmené tes bêtes.

— Qui ça ?

— Est-ce qu'on sait ?

— Mais la Louison ?

— Sans doute qu'ils l'ont emmenée aussi !

— Mais qui ?

— On ne sait pas. Personne ne te dira rien. Tu n'es pas du pays. Les gens, ici, sont bien contents d'être débarrassés de vous. Ils disent que vous portiez malheur. Allez, va-t'en. Si le maître me voit te parler...

Tête-de-loup revint sur sa terre, comme incrédule, bousculant les pierres des ruines de sa maison à coups de sabot. Des vipères, surprises, fuyaient en sifflant de colère. La borderie était à tel point arasée qu'il semblait que la fermette, ses appentis, l'âne, la vache, le couple de moutons, la chèvre, la volaille, et Louison elle-même, tout cela fût un produit de l'imagination de l'homme des bois. Les ouches n'étaient-elles pas évanouies aussi, avec leurs arbres fruitiers, leurs haies de ronces et de prunelliers ?

Tête-de-loup se raccrocha tout à coup à une idée : Louison se trouvait dans les parages de Courlay, chez les fidèles de la Petite Eglise... Non pas qu'elle soit une dévote, ni lui non plus, mais son père, le vieux Dochâgne, adhérait à cette secte. S'ils avaient abouti tous les deux dans ce coin de la Gâtine c'est que Tête-de-loup, à la recherche de sa famille, crut que la tribu des Dochâgne, partie voilà bien longtemps du bocage, avec ses charrettes, son bétail, ses maies et ses rouets, avait dû rejoindre le gros des adeptes de la Petite Eglise regroupés dans la région de Courlay. Mais il eut beau battre la campagne avec la Louison, visiter tous les villages et hameaux, nulle part ils ne trouvèrent trace des Dochâgne, mystérieusement disparus, comme aujourd'hui Louison. Toutefois, en raison de tout ce qu'il savait des rites de la Petite Eglise, il recevait toujours un bon accueil chez ces réfractaires.

On appelait, on appelle toujours la Petite Eglise, puisqu'elle existe encore dans la région de Courlay, l'Eglise française, pour la distinguer de l'Eglise romaine ; l'Eglise romaine du pape Pie VII signataire du concordat avec l'Antéchrist Napoléon Buonaparté. Refusant ce concordat et par là même les prêtres assermentés, fidèles aux curés insoumis qui les suivirent dans les bois en 93 et qui demeuraient farouchement royalistes, les indéfectibles de la Petite Eglise n'en avaient pas moins repoussé Louis XVIII et le nouveau concordat signé avec Rome en 1817. Louis XVIII était sans doute roi mais il ne leur paraissait pas très catholique. En 1826, l'abbé Texier, patriarche de la Petite Eglise mourut à Courlay. Et en 1829 la Petite Eglise perdit son dernier évêque, Monseigneur de Thémines, décédé à Bruxelles où il se cramponnait dans une position d'émigré. L'année suivante, l'abbé Couillaud, successeur de Texier à Courlay, trépassait à son tour. Il restait l'abbé Bénéteau, curé de Saint-Martin-Lars-en-Tiffauges que la gendarmerie de Charles X avait délogé de son presbytère. Bénéteau, accueilli par une dévote, Mademoiselle Cassin, déménagea chez celle-ci les ornements et les vases sacrés de l'église, puis construisit un oratoire dans les bois où les fidèles affluaient en foule. Si nombreux que Mademoiselle Cassin érigea avec ses deniers une église et une école. Le préfet de Charles X fit fermer l'école, mais l'église restait ouverte aux fidèles de l'Eglise française.

Lorsque Tête-de-loup arriva à Courlay, la population portait le deuil de l'abbé Bénéteau qui venait lui aussi de mourir. Néanmoins une dizaine de prêtres de la Petite Eglise officiaient encore dans le Bressuirais. Et ailleurs des laïcs, la plupart du temps des vieillards. Ils ne se substituaient pas aux curés manquants, mais s'improvisant chefs de paroisse ils lisaient la messe à haute voix devant les fidèles assemblés, les habits sacerdotaux du dernier prêtre décédé posés sur l'autel. Tête-de-loup avait vu Dochâgne, son père, procéder ainsi. On le connaissait bien de réputation à Courlay, l'irréductible Dochâgne, mais personne n'obtenait plus de ses nouvelles.

Qu'était devenue Louison? On supposait le pire. Bien d'autres fermes que la leur avaient été incendiées en représailles par les gendarmes ou les soldats ou on ne savait qui.

Tête-de-loup fut attiré par un attroupement sur la place du marché. S'approchant, il vit que les villageois lisaient une affiche écrite à la main, en grosses lettres majuscules

Vive Henri V. Poitevins, celui qui enlèvera cette proclamation sera fusillé. Il est nécessaire de vous rappeler de qui vous descendez et combien vous étiez heureux sous les Bourbons. La religion est proscrite par les libéraux ; Philippe le premier fait la guerre au pape et se déclare huguenot. Chassez ce monstre. Rappelez Henri V qui a promis de rétablir la religion comme elle était il y a quarante ans. Que Philippe soit dépouillé de la couronne, que cet usurpateur soit jugé et mis à mort comme traître. Ainsi le veut l'honneur de la France trahi par ce scélérat qui embrasserait le cul d'un cosaque de peur d'être détrôné. Depuis que ce lâche, ce vieil avare, a volé la couronne, les impôts, la misère nous écrasent. Henri V nous promet de les diminuer de moitié. Arborez le drapeau blanc et criez : Vive Henri V !

— Vive Henri Cinq !

Tête-de-loup se retourna brusquement pour voir qui hurlait derrière lui. Un vieux prêtre, à la soutane noire si reprisée et si rêche qu'elle ressemblait à un sac, trépignait d'impatience. Personne ne répondait à son exclamation. Mais avant de s'éloigner quelques villageois lui baisaient la main.

— Tiens ! Dochâgne-le-jeune, dit le prêtre.

Les fidèles de la Petite Eglise ne l'appelaient en effet jamais par son surnom.

Tête-de-loup reconnut le curé Barentin, ce vieux fou, ancien aumônier de l'Armée catholique et royale en 93 et qui se targuait d'avoir inventé les « palissades », cette tactique guerrière atroce, par laquelle l'armée vendéenne avançait face à l'ennemi derrière une couverture de prisonniers républicains enchaînés.

— J'ai perdu la Louison, gémit Tête-de-loup.

— Bah ! répondit le curé, qu'as-tu besoin d'une femme. Ton fusil t'est bien plus utile.

— Avez-vous vu la Louison ?

— Tu as lu ma proclamation ? J'en ai d'autres à placarder. Il faut en recouvrir le pays.

— Monsieur le curé, la Louison...

— Tu me bassines avec ta Louison. Tu sais bien ce que les soldats font des prisonnières.

Tête-de-loup se sentit mordu à la poitrine. Il aurait voulu courir avec son fusil, s'élancer sur ceux qui lui avaient ravi Louison, mais où les trouver ? Et personne ne consentait à l'aider.

Le vieux curé, tout rougeaud, un peu apoplectique, regardait Tête-de-loup fixement, de ses petits yeux sans couleur. Il se grattait vigoureusement l'oreille en essayant d'y faire entrer l'un de ses doigts. Puis il tira de sa soutane une pièce de monnaie à l'effigie de Louis-Philippe, cracha dessus, la lança en l'air, vit qu'elle retombait du côté pile :

— Je t'aiderai, mon garçon, mais tu m'aideras aussi.

— Comment ça ?

— Mes proclamations, il faut que je les placarde. Mais tout seul je n'irai pas loin. Avec ton fusil, on se fait plus respecter qu'avec une soutane, par les temps qui courent. Tu m'accompagnes et moi je m'informerai au sujet de la Louison. On se confie plus facilement à un prêtre qu'à un braconnier. Tope là, mon gars.

— Il faut que je descende vers Fontenay.

— Eh bien, allons pour Fontenay. Il y a encore plein de parpaillots, là-bas.

Il prit Tête-de-loup par le bras :

— En avant, fils Dochâgne.

Et comme il s'appuyait lourdement et marchait en traînant les pieds, il ajouta :

— Puisque c'est toi l'aveugle, je serai le paralytique.

Tête-de-loup se trouvait bien ennuyé de cette encombrante compagnie. Non seulement le curé Barentin demeurait le plus connu des prêtres réfractaires en raison de son rôle important en 93, mais sa renommée ne cessait de croître sous tous les régimes par l'obstination qu'il mettait à les réfuter tous. Sans doute est-ce lui qui, le premier, accola à Napoléon Ier l'image de l'Antéchrist. Recherché par la police impériale, il réussit à échapper aux sbires de Fouché, comme à ceux de Vidocq. Pourtant, à des dates régulières il célébrait la messe dans les ruines d'un château, dans une ferme isolée, ou sur un dolmen dans la forêt et de partout affluait une foule avertie on ne sait comment puisque les gendarmes, malgré tous leurs mouchards, ne l'étaient jamais. La foule venait de très loin, non seulement pour participer à un office célébré dans les règles de l'ancien temps, mais surtout pour écouter les prophéties du curé Barentin. Car, lors de ses sermons, il lui arrivait de s'échapper de la pesanteur. Lui si courtaud et bedonnant paraissait soudain s'élever en l'air et flotter. Il prophétisait alors d'une voix aiguë qui n'était plus la sienne. Ainsi annonça-t-il la répudiation de Joséphine bien avant que l'Empereur lui-même en eût l'idée. Ainsi annonça-t-il les désastres de la campagne de Russie trois ans avant la prise de Moscou. Ainsi annonça-t-il Waterloo dès les premiers jours du retour de l'île d'Elbe. Toutes ses prédictions se ponctuaient de la même phrase triviale contrastant curieusement avec les délires mystiques de ses sermons : « Ces temps ne dureront pas plus qu'une pissée de chat. »

Comme Paris ne semblait pas prendre trop au sérieux, à leurs débuts, ces vaticinations vendéennes, le curé Barentin prenait sa plume d'oie et dans une belle écriture où abondaient les courbes, écrivait à Napoléon-Antéchrist lui-même de longues épîtres où il lui racontait d'une manière très précise les revers qui l'attendaient. Ceux-ci arrivant ponctuellement, Fouché fit tout ce qu'il pouvait (et quel pouvoir fut plus considérable) pour capturer cette pythonisse dont la collaboration lui eût été bien utile. Mais le curé Barentin déjoua tous les guets-apens. Si bien que, la Restauration venue, Louis XVIII en hérita sans plaisir. Car le curé Barentin croyait (et là se produisait un accroc dans ses voyances) que Louis XVII survivait à sa prison du Temple. Il ne se privait pas de clamer partout que le nouveau roi volait sa couronne et, comme pour Napoléon, lui écrivait de sa grande écriture bouclée pour lui reprocher sa félonie. Mais la police de la Restauration ne réussit pas plus à mettre la main sur le curé Barentin que celles de la République, du Directoire, du Consulat et de l'Empire. A soixante-dix ans, il ne dételait pas et s'en prenait maintenant tout naturellement à Louis-Philippe qu'il qualifiait de « roi de la crapule ».

Ni Tête-de-loup ni le curé Barentin ne pouvaient emprunter les routes et encore moins se montrer dans les bourgs. Il leur fallait donc suivre l'habituel itinéraire de Tête-de-loup qui allait de landes d'ajoncs à chemins creux, de chemins creux à prairies. Il fallait escalader les échaliers, suivre les cheintres étroits entre les buissons et les cultures, traverser des bois, longer des petits torrents en se tordant les pieds sur les pierrailles. Comment un septuagénaire, apoplectique, qui soufflait comme un bœuf, avec ses vieux brodequins ferrés si éculés qu'il en boitait, pourrait-il l'accompagner dans un parcours aussi malaisé ? Eh bien, le vieux curé Barentin suivait. Et c'est Tête-de-loup qu'il fatiguait par son perpétuel bavardage où entrait pas mal de radotage. Habitué au silence, taciturne, Tête-de-loup devait tellement enregistrer de paroles toute la journée que le soir il sentait son crâne bourdonner comme s'il y nichait un essaim d'abeilles.

Le curé Barentin s'escrimait à rechercher une grande pierre plate pour la transformer en écritoire. Il plaçait dessus l'affiche administrative décollée de la façade d'une mairie et, au revers, rédigeait en lettres majuscules sa proclamation en l'honneur de Henri Cinq. Dans les grandes poches de son antique soutane, il transportait en effet une fiole d'encre noire et des plumes d'oie. Il écrivait en tirant la langue, en soufflant, en geignant un peu, mais n'acceptait le quignon de pain dur que lui tendait Tête-de-loup qu'une fois sa calligraphie terminée. Le lendemain, de son petit pas boitillant, il irait poser l'affiche dans une autre commune, en profiterait pour décoller une missive gouvernementale, seule manière de récupérer du papier et sans grande conviction interrogerait quelques paroissiens au sujet de Louison. Tout cela sans jamais se faire prendre. Tête-de-loup, qui n'osait traverser aucun village, en restait éberlué. Ce curé avait quelque chose de surnaturel. Mais puisque ses pouvoirs étaient si grands, pourquoi n'obtenait-il jamais aucun renseignement au sujet de Louison ?

— J'interroge les gens pour te faire plaisir. Mais ça ne sert à rien. Le jour venu, je verrai ta Louison, comme je te vois, même si des lieues et des lieues nous séparent. Si elle ne m'apparaît pas aujourd'hui, c'est que le Bon Dieu veut nous la cacher et il a certainement ses raisons.

Que rétorquer à tant de bon sens !

Le troisième soir, dans le bois où ils s'installaient pour passer la nuit, des bruits insolites mirent Tête-de-loup en éveil. Il connaissait tous les murmures de la forêt, la marche particulière de chaque bête sauvage, le vol spécifique des oiseaux, les craquements naturels de l'arbre et distinguait bien sûr une présence humaine à des signes imperceptibles pour tout autre que lui. Ce soir-là, il décela qu'ils ne se trouvaient pas seuls dans le bois. Jadis les chouans se hélaient au cri de la chouette. Mais ce signal trop éventé ne pouvait plus servir. Les gendarmes différenciaient maintenant le cri d'une chouette du cri d'un chouan. Tête-de-loup, qui savait parler aux chiens de nuit, avait proposé lors d'une réunion des bandes à Diot, de choisir comme cri de ralliement le hurlement du loup lorsqu'il devient plaintif, comme un vagissement de nouveau-né. Il lança cette espèce d'aboiement et, quelques minutes plus tard, au loin, une plainte répondit. Tête-de-loup comprit qu'il ne s'agissait pas d'un chien gris, mais d'un homme. Il s'avança à travers bois à sa recherche. L'inconnu cria de nouveau avec la voix du loup. Tête-de-loup répondit, marcha plus résolument. Maintenant les branches brisées, les feuillages piétinés indiquaient les positions des deux hommes. La haute stature du Capitaine Noir se détacha soudain des arbres. Lui aussi tenait un fusil anglais dans ses mains.

— Mordienne ! C'est pas seulement le cri du loup, c'est aussi sa tête !

Ils s'embrassèrent trois fois. Tête-de-loup se sentit tout

heureux de cette rencontre, la meilleure qu'il pût faire. Il raconta sa borderie brûlée, Louison disparue, le curé Barentin, sa bande mise à l'abri dans la forêt de Mervent.

— J'irai trouver le maire de ta commune, dit Bory-Capitaine Noir ; s'il refuse de me dire ce qu'ils ont fait de ta Louison je le tuerai. Sais-tu que Secondi-le-Corse a été condamné à mort par la cour d'assises de Niort ?

— Faut aller le tirer de là !

— Trop tard. On l'a guillotiné à Parthenay, sur la place du Drapeau. Les juges lui offrirent un marché : sa vie sauve contre la cache de Ferdinand Béché. Il s'est mis à rigoler et leur a dit : « Vous m'avez déjà coupé la jambe et vous voudriez me laisser la tête en m'arrachant le cœur ! » Tu sais, il ne comptait que vingt-six printemps, Secondi. Un bon gamin...

— Comment caches-tu toute ta bande dans ce petit bois ?

— Ma bande, mon gars, elle a drôlement fondu dans les combats pour Henri Cinq. On était plus de cent et nous voilà quatre aujourd'hui. Viens voir notre repaire.

Le Capitaine Noir conduisit Tête-de-loup jusqu'à un gros chêne, débarrassa le tronc des feuilles et de la mousse qui le recouvraient. Une anfractuosité apparut dans laquelle il entra. Tête-de-loup se laissa glisser à sa suite dans une sorte de cheminée qui s'enfonçait sous le tronc du chêne. Il arriva dans un souterrain où les trois compagnons de Jacques Bory se tenaient à plat ventre sur des couches de fougère. On ne pouvait circuler dans le souterrain qu'allongé ou à genoux. Bory-Capitaine Noir tendit à Tête-de-loup une cruche de grès remplie de vin blanc. Tête-de-loup remarqua dans une niche, creusée dans la terre, deux plats d'étain et un morceau de sabot qui contenait du sel. Des fusils, des piques, des pistolets et des caisses de munitions complétaient l'ameublement de cette excavation.

— Mieux vaut s'enterrer soi-même que de le laisser faire par les autres, s'exclama le Capitaine Noir, en riant.

Avec sa grosse moustache et sa longue barbe noire,

Bory ressemblait à un croque-mitaine. Il devait se replier et se courber pour pouvoir insérer sa grande carcasse dans ce réduit.

— Alors, reprit-il, Diot s'en est foutu le camp avec ses messieurs. Il nous laisse dans le pétrin. Je m'en suis toujours méfié de ce gars-là. Il puait la valetaille.

— On donne aux soldats quinze francs par cadavre de carliste, dit un homme de la bande à Bory.

— On me donnait cent sous de plus pour un loup.

— Quinze francs pour un mort, reprit le Capitaine Noir, mais cent francs pour un brigand vivant et même plus pour un chef. Quand on pense qu'un valet de ferme touche quarante francs par an, plus une paire de sabots, ça fait vraiment cher de notre peau.

Un autre homme de la bande à Bory, couché dans ses fougères, grogna :

— Faut nous enfoncer sous terre, sinon on est cuits. Les soldats démolissent les fours pour voir si on ne se cache pas dedans, vident les étangs, éventrent les paillasses...

— Ils courent après les femmes dans les fermes, enchaîna le Capitaine Noir et leur soulèvent les cotillons pour regarder si ce ne sont pas des hommes déguisés.

— Qu'est-ce qu'ils ont bien pu faire de la Louison ? gémit Tête-de-loup.

— J'irai voir ton maire, mon gars. Promis. Foi de Capitaine Noir !

À travers l'enchevêtrement des racines qui lui servaient pour s'agripper, Tête-de-loup se hissa jusqu'au tronc du chêne. Malgré l'obscurité de la nuit, il retrouva la trace qui le mena jusqu'au curé. Barentin dormait, les mains jointes, comme un bienheureux.

Tête-de-loup et le curé Barentin arrivèrent à la grotte du père de Montfort bien après le délai prévu. Tous les soirs, depuis les cinq jours écoulés, le conscrit de Saint-Martin et le tisserand de Maulévrier montaient le sentier abrupt conduisant à la Roche-aux-faons. Ce parcours dans la forêt prenait des allures terrifiantes, avec son passage au milieu de rochers énormes, ses précipices, ses giclées de cascades, ses chênes monstrueux dont les racines courant sur les roches ressemblaient à des veines de géant. Ce lieu perdu au cœur de la forêt de Mervent accueillit au cours des âges tant de proscrits, des druides aux chouans, en passant par les parpaillots du temps des premières guerres de religion ; tant de fuyards, d'ermites, de soudards et de fées, qu'il demeurait hanté.

Le père Grignion de Montfort vécut dans cette grotte en 1715 alors que, venu de Bretagne, il réévangélisait la Vendée passée au protestantisme. Protestante, déjà ! De la grotte, on dominait le vallon, par-dessus les futaies des plus grands arbres.

Plus Tête-de-loup tardait à venir, plus le conscrit de Saint-Martin et le tisserand de Maulévrier s'inquiétaient. Ils s'inquiétaient d'autant plus que, contrairement à ceux du Capitaine Noir, leurs effectifs ne cessaient d'augmenter. De nouveaux réfractaires affluaient, conséquence de la levée de quatre-vingt mille conscrits décidée par le gouvernement philippiste. Qu'en faire ? Vers où les diriger ? Et pour quoi ? Sans Tête-de-loup qui prenait toujours les initiatives, ses compagnons se voyaient désemparés.

Lorsque enfin Tête-de-loup arriva, amenant de surcroît un prêtre, leur joie fut telle qu'ils se mirent à pousser des hou hou interminables, au risque d'alerter les gendarmes ; d'autant plus qu'en contrebas, dans la clairière de Pierre Brune en bordure de la rivière Vendée qui coulait au fond d'un ravin, la bande leur répondait par des houpées, ces cris d'allégresse cascadant des fêtes bocaines qui s'entendent de si loin.

Le curé Barentin s'agenouilla devant la grotte et s'inclina pour baiser le roc où le père de Montfort avait dû poser ses pieds. Puis il se releva et déclara que désormais il habiterait dans cette cavité où il espérait bien atteindre à la sainteté de l'ermite qui le précéda un siècle plus tôt.

On essaya de convaincre le curé de descendre à Pierre Brune dans le campement, qu'il pourrait remonter à la grotte quand bon lui semblerait, mais le curé Barentin se voyait déjà canonisé et n'en voulait démordre.

— Mais, monsieur le curé, dit Tête-de-loup, vos proclamations, vous les abandonnez ?

— Nenni. Mais ce sera bien plus pratique de les écrire sur ces rochers qui me serviront de pupitre. Voilà de quoi employer vos gars. Ils me ramèneront du papier et, en retour, placarderont mes oraisons.

Tête-de-loup s'aperçut avec stupéfaction que sa bande s'était gonflée presque de moitié. Autour des loges, ces cabanes de bois construites hâtivement en son absence et recouvertes de branches, une cinquantaine d'hommes, la plupart très jeunes, l'attendaient.

Il ne put réprimer son déplaisir au tisserand de Maulévrier qui, lui, paraissait ravi de ces effectifs :

— J'aurais préféré vous trouver seulement tous les deux, toi et le conscrit de Saint-Martin. A nous trois, on peut se faufiler n'importe où. Mais que faire d'une troupe aussi nombreuse ?

Il pensait au Capitaine Noir, dans son trou, avec ses trois amirolets et l'enviait.

— Puisque tu es chef de bande, dit avec ironie le tisserand de Maulévrier, ne te plains pas. N'y a rien de plus triste qu'un général sans armée.

Mais Tête-de-loup n'avait ni le goût du commandement, ni celui du pouvoir. Devenu chef malgré lui, poussé par les circonstances, il se voyait coincé, impuissant à mener sa vie. Désormais, pressentait-il avec angoisse, des événements allaient le conduire, qui le dépasseraient.

Autour d'un feu, une dizaine d'inconnus rôtissaient un cerf. Accroupis dans l'herbe, ils chantaient. L'un d'eux entonnait d'une voix frêle les couplets que tous ses compagnons ponctuaient par un refrain qui éclatait de « Non ! Non ! » vigoureux.

Tête-de-loup s'approcha des jeunes gars, indifférents à sa présence. Le soliste poussait sa romance de sa voix enfantine et plaintive :

Je viens d'apprendre une triste nouvelle
Qui m'a bien chagriné le cœur :
Il me faut partir tout à l'heure
Pour aller servir Louis-Philippe,
Il me faut partir tout à l'heure
Pour y servir ce grand voleur.

Le chœur reprenait le refrain avec une telle violence que Tête-de-loup frissonna :

Si j' le sers que l' diable m'emporte
Non ! Non ! je n' le servirai pas
Jamais je ne serai l'esclave
J'aime mieux rester au pays
A soutenir les fleurs de lys.

« J'aime mieux rester au pays... » Longue plainte de la paysannerie devant la conscription qui, pour elle, signifiait l'exil, la guerre et la mort. Les Vendéens de 93 se battirent avec acharnement chez eux, pour ne pas aller se battre aux frontières d'un Etat théorique qu'ils ne pouvaient visualiser ni ressentir. Mais la conscription n'était pas antipopulaire qu'en Vendée. A la fin du Premier Empire, dans toutes les provinces un conscrit sur dix disparaissait. Si bien que, parmi les premiers décrets de Louis XVIII dès son accession au pouvoir, figure la suppression du service militaire. Néanmoins réintroduit quatre ans plus tard tel que sous l'Empire, avec ses iniquités : tirage au sort et exemption par l'achat d'un suppléant.

Sept ans de service militaire ! Sept ans éloigné du pays, sans nouvelles de son village, de sa famille. Lorsque l'on ne savait ni lire ni écrire, que transmettre par une feuille de papier sinon des banalités ? Le service militaire paraissait d'autant plus monstrueux que tous les fils des maîtres, bourgeois ou laboureurs, pouvaient s'offrir une doublure et que, par conséquent, si l'on naissait pauvre ou bien on se coupait d'un coup de serpe le doigt qui appuie sur la gâchette, ou bien on devenait soldat. La troisième éventualité consistait à se faire réfractaire.

Tête-de-loup s'éloigna du groupe des chanteurs qui, à chaque fois que revenait le refrain, s'écriait avec une violence joyeuse :

Non ! Non ! Je n' le servirai pas !

Le tisserand de Maulévrier, le visage aussi blafard malgré tous ces mois passés à courir les chemins, ses cheveux jaunes tombant sur ses épaules maugréa :

— Ils sont joyeux parce qu'ils croient échapper à sept ans de malheur. Ils ne savent pas qu'ils chantent leur oraison funèbre.

— Qu'est-ce qu'on va en faire ? demanda Tête-de-loup.

Le tisserand de Maulévrier haussa les épaules et partit en bougonnant.

Tête-de-loup cherchait le conscrit de Saint-Martin dans l'intention de lui confier les nouveaux réfractaires. Où pouvait-il bien être passé depuis qu'ils avaient laissé le curé Barentin dans la grotte du père de Montfort ? A force de le voir virouner autour des loges, un vieux de la bande finit par dire :

— Il n'a pas osé te prévenir, mais il est parti.

— Parti ?

— Y reviendra. C'est les métives, à c't' heure. Ça lui rongeait le sang à ce pésan. Dans tout ce vert, il arrivait à sentir l'odeur de la paille et du grain. Il a tenu jusqu'à ton retour puis il s'est ensauvé. Y reviendra, t'en fais pas.

Tête-de-loup ressentit une nouvelle fois cette morsure au cœur éprouvée dans la Gâtine devant la perte de Louison. Il eut tout à coup envie d'abandonner, de les laisser se débrouiller dans la forêt et de partir seul à la recherche de sa Louve.

La colère le prit contre le conscrit de Saint-Martin. Et pourtant il savait bien que même les paysans de 93 désertaient parfois leur armée en pleine action pour rentrer chez eux faire les foins ou planter les choux, parce que la saison le voulait et qu'une force plus grande que les injonctions et les menaces de leurs chefs leur intimait d'obéir aux besoins de la terre. C'est bien là qu'il se reconnaissait un bordier d'occasion. Seuls les braconniers, les faux sauniers que l'abolition de la gabelle réduisait au chômage, les artisans sans travail comme le tisserand de Maulévrier, demeuraient d'irréductibles réfractaires. Une sorte de fossé s'élargissait entre les paysans et eux. Ils n'étaient pas de même nature, même si de temps en temps les circonstances les rapprochaient. Tête-de-loup le savait depuis toujours, lui qui avait eu tant de peine à s'adapter aux contraintes de la métairie paternelle et qui, un jour, s'enfuit sur les routes, appelé par on ne sait quel instinct migrateur.

Pourtant, de temps en temps le vieux Dochâgne revivait en lui. Il l'entendait lui parler. Ou il l'entendait parler, comme maintenant, dans son désarroi, avec cette phrase que Dochâgne prononçait à chaque fois que la marche du monde lui semblait aller de travers : « Je vas aller au bourg, demander au baron. »

Il héla le tisserand de Maulévrier :

— Débrouille-toi avec nos gars pendant quelques jours. Je vas au château, demander au marquis.

6.

L'arrivée de Tête-de-loup au château de la Jozelinière produisait toujours une désagréable impression

L'arrivée de Tête-de-loup au château de la Jozelinière produisait toujours une désagréable impression sur la domesticité. Des jardiniers au régisseur, en passant par les valets, tous le regardaient avec répugnance. L'attention que lui portait le marquis leur paraissait une inexplicable aberration. Ils s'attendaient à ce qu'un jour, après le passage de Tête-de-loup, si bien nommé, on retrouvât leur maître égorgé.

On appelait les étrangers de mauvaise mine (mais un étranger a toujours mauvaise mine, ou trop bonne mine, ce qui n'est pas moins suspect) des rabalous. Pour les domestiques du marquis, les colporteurs, les rôdeurs et les vagabonds sentaient tous la sauvagine. Et les gendarmes avaient bien raison qui les interpellaient pour vérifier leurs marchandises ou les interrogeaient sur leurs motifs de voyage, les refoulant s'ils ne possédaient pas de passeport.

Bien sûr Tête-de-loup sortit de la forêt sans arme. Avec sa blouse bleue, son pantalon à pont, ses pieds nus dans des sabots noirs garnis de paille fraîche, son chapeau plat en cuir, bien rasé, il avait bonne allure. Restaient ses yeux bleus, son long nez et ce visage allongé qui lui donnaient son surnom, détonnants dans un pays d'yeux noirs et de têtes rondes. Aussi ne l'ignorant pas, évitait-il les villages et les routes.

Il s'étonna d'être reçu au château avec moins d'animosité qu'à l'ordinaire. Mais cela provenait de l'absence du marquis. La domesticité s'offrait ainsi le plaisir de lui fermer la porte au nez en affectant l'amabilité.

Tête-de-loup risqua alors d'aller à la recherche du châtelain à Fontenay-le-Comte. Il ne connaissait pas Fontenay, mais il savait que deux lieues avant d'arriver à la ville le bocage disparaissait soudain et l'on se trouvait exposé, comme nu, dans une plate plaine qui courait à l'infini jusqu'à la mer. Cette heure de marche, sans chemins creux, sans buissons, sans bosquets, il fallait qu'il fût bien désemparé pour l'entreprendre. Mais très vite il rencontra sur les chemins des files de paysans et de paysannes qui se rendaient à Fontenay où se tenaient le même jour la foire et le marché. A pied, comme lui, ils portaient à leur bras ou sur leur tête des paniers d'osier remplis d'œufs, de volailles, de légumes. Certains tiraient au bout d'une corde une vache ou un veau. D'autres menaient des chèvres ou des moutons.

En arrivant sur la grand-route, ils se joignirent à une véritable foule. Aux bocains se mêlaient maintenant les plainauds et les maraîchins. Tête-de-loup se sentait mal à l'aise, les mains vides, parmi tous ces gens surchargés de fardeaux. Il feignit d'appartenir à des groupes, se faufilant le plus près possible des nombreuses carrioles, essayant de se fondre, de disparaître dans la cohue. Mais chacun se trouvait trop affairé par le reste du trajet à faire, par les soucis des marchandises à vendre, pour que l'on se préoccupât de sa singularité.

Il s'aperçut soudain, avec gêne, qu'il s'était intégré à une famille de maraîchins et que la disparité entre son costume et le leur risquait de le dénoncer. Les hommes, qui tenaient par le licol des baudets du Poitou aux longs poils, attelés à des charrettes emplies de cages de canards et d'oies, étaient coiffés de chapeaux de feutre, ronds, à larges bords garnis de velours. Entre leur veste étroite et collante et leur large pantalon de gros drap tombant droit sur leurs sabots, on voyait, enroulées, de larges ceintures de coton aux couleurs éclatantes. Une coiffe de tulle très fin recouvrait l'immense chignon des femmes. Elles aussi se serraient dans des corsages étroits et collants sur lesquels elles jetaient des fichus de soie rouges ou verts. Des jupons courts, en grosse étoffe brune, découvraient leurs bas bleus.

Tête-de-loup s'éloigna vers des familles bocaines. Près de la misère de sa Gâtine, ces paysans lui semblaient riches. Certains hommes étaient même chaussés de souliers cloutés, comme ceux du curé Barentin. A part ça, ils s'habillaient pratiquement tous, comme lui, d'une blouse bleue, sauf certains qui montraient ostensiblement leur grande chemise en toile de chanvre, avec un petit gilet sans manches fermé par des boutons en bois ou en corne. Des tibis en métal reliaient sur leur ventre les deux bouts de la ceinture du pantalon.

Mais l'émancipation des costumes féminins l'étonnait surtout. Des cotillons de drap fin, des coiffes gaufrées, des corselets décolletés au carré sur des camisoles de grosse toile fermées au ras du cou par un bijou d'or en forme de cœur.

— Hé ! l'homme !

Cet appel le sortit brutalement de ses réflexions.

— Hé ! l'homme !

Comme il cherchait d'où venait cette voix, il entendit des rires et tout un caquetage féminin. On s'esclaffait. On le montrait du doigt en gloussant. Toute une bande de femmes, de jeunes filles et d'enfants le regardait :

— Vous n'avez pas honte, grand galapiat, dit une vieille, de marcher les bras ballants, alors qu'on s'échine !

Tête-de-loup se précipita, voulut saisir l'anse d'un immense panier plein de cerises, mais la femme le repoussa :

— Aidez plutôt ces jeunettes qui sont dans l'embarras avec leur bestiau.

Trois jeunes femmes essayaient en effet de maîtriser un énorme taureau qu'elles tiraient au bout d'une longe accrochée à un anneau fixé au mufle de la bête. Mais le taureau cherchait à se dégager en donnant des coups de tête qu'à chaque fois elles évitaient de justesse, au risque de se faire encorner. Tête-de-loup prit le taureau par le cou, à la grande stupéfaction des femmes, le caressa, l'embabijola et l'animal se mit à marcher droit, meuglant comme s'il voulait signifier son accord. Tête-de-loup était à son affaire. Il savait toujours parler aux bêtes, et surtout aux plus féroces qu'il apprivoisait.

— Laissez-le-moi ; je vas vous le conduire à Fontenay, votre bestiau.

Les femmes le remercièrent à grands cris, se partageant plus équitablement leurs paniers. Mais Tête-de-loup les remerciait beaucoup plus, sans rien dire, car maintenant, menant ce taureau à la foire, il ne courait plus aucun danger.

Outre la diversité et la richesse des costumes, Tête-de-loup s'émerveillait du grand nombre de moulins. Sept cent quatre-vingt-quatre moulins fonctionnaient alors dans l'arrondissement de Fontenay. Leurs grandes ailes tournaient à vive allure dans la plaine, avec ce vent fort aux odeurs étranges qui venait de la mer. Tête-de-loup n'avait jamais vu la mer. Elle ne se trouvait guère loin, à une journée de marche, mais la mer ne l'attirait pas. Il ne savait pourquoi son instinct le guidait toujours plus vers l'est que vers l'ouest. Ce qui le conduisit dans cette Gâtine du département des Deux-Sèvres, avec la Louison. Il n'aimait en fait que la forêt. Dès qu'il en sortait il se croyait perdu. Comme les bêtes sauvages, qu'il comprenait et qui le comprenaient, en dehors du couvert des arbres des dangers multiples lui paraissaient surgir de partout.

Et puis la lumière aussi l'étonnait, cette lumière ocre et grise qui émergeait comme venant d'au-delà du marais, une lumière douce dans laquelle se reflétait déjà le velouté de la mer. Il ne reconnaissait plus son ciel dans cette luminosité toute méridionale.

Il humait l'air, comme le faisait aussi le taureau. Il humait l'air et soudain il sentit l'odeur du lait qui émanait de toutes ces femmes jacassantes qu'il accompagnait

Depuis le temps qu'il ne vivait plus que parmi les hommes à l'odeur rance, il avait oublié ce parfum des fermières. La Petite Louise, sa mère, sentait le lait, comme aussi Victorine sa sœur. Et Louison qui ne sentait que la femme, lorsqu'ils se connurent, s'était mise, elle aussi, à sentir le lait lorsqu'ils devinrent bordiers.

Il revoyait Louison aux mains gercées, accroupie dans l'étable pour traire leur vache maigre. Le remugle aigre des laiteries se mêlant au suint des sabots des bêtes lui revenait. Et ces pratiques écœurantes comme de jeter des loches (des limaces) dans les jattes de lait pour favoriser la formation de la crème. Louison versait la crème dans un pot en terre posé entre ses genoux et barattait à la main avec un bâton court. Puis elle modelait son beurre avec une cuillère en bois trempée fréquemment dans l'eau claire, en une petite motte sur laquelle elle dessinait au couteau une figurine qui ressemblait vaguement à une fleur.

Accessoirement, il arrivait que Louison mélange du lait de vache écrémé à du lait de chèvre pour en faire du fromage. Mais elle s'était prise de goût pour ce beurre que sa seule vache avait bien du mal à fournir, le plaçant au frais dans un seau, au fond du puits, arrivant même parfois à en vendre une livre enveloppée dans des feuilles de vigne. Toutefois elle préférait mettre du beurre dans des pots de grès, avec beaucoup de sel, en réserve pour l'hiver.

Odeur âcre du lait bourru, odeur acide du caillé, odeur douceâtre du lait chaud... L'odeur du lait des fermières conduisait Tête-de-loup à de douces rêveries.

C'était maintenant le taureau qui le menait à la foire, tant son esprit vagabondait. Il lui semblait entendre l'appel de la corne du laitier. Louison sortait de la borderie portant deux bidons suspendus par des cordes à un joug qui lui emboîtait le derrière du cou et s'appuyait sur ses épaules. Elle se tenait très droite, comme toujours, la poitrine bien cambrée, faisant pointer ses seins dans son caraco.

— Hé ! l'homme !

Tête-de-loup tressaillit. La vieille le hélait. Les jeunes riaient en le voyant tout déconfit. Le taureau l'entraînait tout contre une maison, attiré par les roses trémières blanches dont il cassait les tiges qu'il mangeait lentement, en bavant. On arrivait à Fontenay-le-Comte. Les charrettes, les troupeaux, toute cette piétaille chargée de paniers s'engouffraient maintenant dans la ville. Tête-de-loup suivit le mouvement jusqu'au champ de foire. Mais les femmes ne connaissaient pas le marquis de la Jozelinière. Il les quitta donc, avec un peu de regret.

La foire occupait tout un grand pré entre les rives de la Vendée où des gabares s'amarraient et la caserne où les cuirassiers, coiffés de casques surmontés d'une crinière de cheval, montaient la garde en tenant leurs sabres dans des mains gantées de cuir blanc.

Tête-de-loup cherchait des métayers des cantons de Saint-Martin-des-Fontaines, de Pouillé-en-Plaine, de La Jaudonnière, qui sans doute connaîtraient l'adresse fontenaisienne du marquis. On se pressait, on se bousculait sur le champ de foire, avec tous ces campagnards venus des bourgs et des villages, dételant leurs mules ou leurs chevaux, déchargeant leurs paniers d'osier remplis de légumes et de fruits, leurs cages à poules ou à canards. Toute une partie de ce vaste espace était occupée par des bœufs, des chevaux, des mules, autour desquels des chalands discutaient avec de grands gestes. On identifiait à leurs bérets rouges les muletiers basques, grands amateurs des robustes baudets du Poitou, descendus de leurs montagnes avec, disait-on, les poches pleines de piastres d'or.

Une cacophonie de trompette et de cymbales dominait de temps en temps la rumeur qui s'élevait de la foire et où se mêlaient les exclamations des vendeurs et des clients aux beuglements des animaux. Tête-de-loup se dirigea vers la musique. Il vit près des baraques où les drapiers, les quincailliers, les vaisseliers exposaient leurs produits, un marchand d'orviétan qui faisait son boniment, ponctué par les éclats de la trompette et la stridence des cymbales de ses deux assistants. Le charlatan proposait des remèdes dont il vantait les propriétés miraculeuses. Coiffé d'un chapeau haut de forme, on voyait un collier de dents humaines sur sa veste rouge, signe qu'il arrachait aussi les dents. Bientôt la pratique afflua sur son estrade. Il faisait asseoir sur un tabouret le patient que ses deux acolytes maintenaient solidement par les bras et les jambes. Avec une tenaille qui ressemblait beaucoup à celle des forgerons, il extrayait la dent malade en poussant de grands cris pour que l'on ne puisse entendre ceux de l'opéré.

Tête-de-loup s'attardait à tous ces spectacles de la foire, fasciné par cette foule mouvante, cette débauche de victuailles si étrange pour cet homme des bois qui, depuis deux ans, ne vivait que de rapines, toute cette richesse aussi des costumes, cette joliesse des coiffes de tulle qui affirmaient de quelle région venait la femme qui la portait comme un emblème.

Si Tête-de-loup avait su la forme des coiffes portées dans les villages qui dépendaient du marquis, sa recherche eût été bien simplifiée. Mais il n'identifiait que la gâtinelle de Parthenay, avec son tulle gaufré en fins tuyaux et ses longs rubans de moire blanche.

Il se hasarda à interpeller des hommes, leur demandant s'ils venaient de Saint-Martin ou de Pouillé ou de La Jaudonnière. Il demanda aussi aux marchands s'ils connaissaient le marquis de la Jozelinière. La plupart en avaient entendu parler mais ignoraient où il demeurait à Fontenay. Tête-de-loup recherchait surtout des villageois de Saint-Martin-des-Fontaines, pensant qu'il ferait alors coup double, obtenant à la fois l'adresse du marquis et des nouvelles de son conscrit fugueur. Peut-être même le rouquin serait-il là, avec sa famille. Et la fureur le prenait contre ce salaud qui l'avait lâché et que les gendarmes allaient coffrer.

Finalement un maquignon le renseigna. Le marquis

habitait dans la vieille rue des Loges, une belle demeure, non loin de la venelle de la Pie.

Les tribulations de Tête-de-loup ne s'arrêtèrent pas là. Au château de la Jozelinière, les entrées, nombreuses, permettaient de déjouer l'attention des domestiques. Mais rue des Loges il fallait passer par une porte cochère et le portier jeta Tête-de-loup dehors lorsqu'il s'obstina à répéter que le marquis l'attendait. Toutes ses autres tentatives pour pénétrer dans l'hôtel particulier ajoutèrent à la suspicion des valets. Dès qu'il apparaissait ils tiraient les verrous.

Tête-de-loup en fut réduit à traînasser dans la rue, baguenaudant devant les étals des artisans, s'attardant à observer les scieurs de long qui manœuvraient leurs passe-partout dans l'atelier du charron, les foulonniers comprimant des étoffes dans la cour du drapier, les tonneliers qui cerclaient leurs barriques, les rémouleurs, les rétameurs, les chaudronniers, les cloutiers, toute une animation intense où les cris ne recouvraient pas le fracas des outils. On se bousculait presque autant dans l'étroite rue des Loges que sur le champ de foire. Dans cette animation populaire, les bourgeois passaient lentement, s'efforçant de paraître dignes (dignes de quoi ?). Tête-de-loup regardait avec stupeur les coiffures à toupet des hommes et leurs cravates « à la romantique » enroulées plusieurs fois autour du cou pour se terminer par un gros nœud. Leurs épouses n'étaient pas moins surprenantes avec leurs robes à vertugadin laissant deviner des bas de dentelle, leurs manches ballonnées dites « à la jardinière » ou « à la turque » et leurs coiffures à papillotes sous des capelines couvertes de rubans et de plumes, leurs chapeaux de paille d'Italie et leurs bonnets de blonde à guirlandes de roses. Il semblait à l'homme des bois que se pavanaient des dindons et des dindes ou ces oiseaux étranges aperçus dans le parc du château de la Jozelinière, balayant le gravier des allées de leurs grandes queues multicolores.

— Ça t'en bouche un coin, toutes ces hardes !

Un roulier, son fouet passé autour du cou, l'interpellait avec ironie.

Et comme Tête-de-loup ne répondait pas, il ajouta :

— Un bon pésan vaut mieux qu'un chétif meussieu. Toi tu n'es ni un pésan ni un meussieu, mais un homme de la route, comme moi. Que fais-tu là, à bayer aux corneilles ?

Tête-de-loup hésita, puis il dit son désarroi de ne pouvoir rencontrer le marquis avec lequel il avait affaire.

— Je le connais, ton marquis. Il est rond comme une futaille et toi tu es maigre comme un cent de clous. Qu'est-ce que vous pouvez bien trafiquer ensemble ? Moi je lui apporte du bois de ses forêts et du vin après les vendanges. Je ne lui ai jamais causé, mais si tu tiens vraiment à le voir et si tu es sûr qu'il ne te remettra pas à la maréchaussée, je peux t'indiquer le moyen d'entrer chez lui.

— Comment ?

— Tu payes un verre ?

Tête-de-loup disposait d'un peu d'argent, donné par Diot, bien qu'il eût laissé le principal du magot au tisserand de Maulévrier pour les besoins de la bande. Les auberges étaient nombreuses à Fontenay, aussi nombreuses qu'abondaient voituriers, bateliers, colporteurs. A la fois ville d'étape et ville-marché, Fontenay-le-Comte regorgeait de tavernes, d'hôtelleries, d'écuries où les rouliers et les postillons faisaient la loi. Depuis la construction de routes stratégiques dans l'Ouest, aux portages traditionnels à dos d'homme ou de mulet se substituaient des charrois tractés par des chevaux, ce qui intensifiait l'activité des marchés et des foires. Tête-de-loup eut un haut-le-cœur en pénétrant dans la taverne où le roulier le conduisit. Cette salle basse, presque en sous-sol, obscurcie par la fumée des pipes, sentait si fort la lie de vin et la sueur que l'on en suffoquait. Le roulier commanda un pichet de vin gris. Il ne restait plus aucune place sur les bancs pour s'asseoir. En ce jour de foire, les auberges ne désemplissaient pas. Beaucoup de marchés s'y terminaient dans des beuveries où commençaient à fondre les fruits des négoces.

Le roulier indiqua à Tête-de-loup que, derrière un mur de la rue de la Pie, on débouchait directement dans le jardin du marquis. Il verrait à gauche le bûcher, le traverserait, accéderait dans la souillarde et, là, il devrait se débrouiller. Les cuisines n'étaient pas loquetées.

Le pichet vidé, le roulier accompagna Tête-de-loup, lui fit la courte échelle et, avant qu'il ne disparaisse de l'autre côté du mur, le retint un moment par la jambe en lui soufflant à voix basse :

— Quand tu verras Diot, dis-lui que Gauvrit-le-voiturier le salue bien.

Dès qu'il arriva aux cuisines ce fut le drame. Les laquais se mirent à hurler. Tête-de-loup bondit vers le grand escalier qui sortait des communs, bouscula les valets qui s'interposaient, mais finalement des domestiques qui descendirent des appartements en courant l'agrippèrent solidement, criant qu'il fallait avertir les gendarmes. Alerté par le tumulte, le marquis, du haut de l'escalier, s'enquit de ce qui se passait :

— C'est le rabalou qui en veut à Monsieur le marquis. Prenez garde, il est peut-être armé !

— Amenez-le-moi.

Les domestiques ceinturèrent Tête-de-loup qu'ils livrèrent au marquis comme un paquet.

— Mais c'est mon ami Tête-de-loup !

— Monsieur le marquis, ils ne voulaient pas que je vous voye.

— Ah ! s'exclama La Jozelinière, agacé, pourquoi tant de manières ! Quand cet homme me demandera je serai toujours là.

Il eut envie de lui tendre la main, puis il se retint voyant que ses domestiques l'observaient avec une compréhensible stupeur.

— Venez, nous allons causer dans mes appartements.

Il congédia ses valets, ferma les portes, invita Tête-de-loup à s'asseoir. Mais celui-ci, comme d'habitude, s'accroupit sur le parquet.

— Je sais que Diot est parti avec La Rochejaquelein au Portugal. Puisqu'ils n'ont pu donner un trône à Henri Cinq, ils se sont mis en tête de défendre celui de don Miguel, avec l'arrière-pensée que le roi du Portugal leur prêtera en reconnaissance vingt mille hommes de troupe pour reconquérir la Vendée. Comme si la reconnaissance avait jamais fait partie de la vertu des rois !

« Mais vous, que faites-vous, comment vivez-vous ?

— On est tout près d'ici, dans la forêt de Mervent. Mais ma bande est bien trop grosse avec tous ces réfractaires qui sont venus. C'est pourquoi, monsieur le marquis, je vous demande ce qu'il faut faire. Où retrouver les chefs ? Si Monsieur de la Rochejaquelein s'en est allé, il reste Monsieur de Charette ? Et la duchesse ?

— La duchesse a quitté la Vendée. Son don du déguisement est tel qu'elle aurait pu jouer au théâtre. Arrivée en Petit Pierre, elle est repartie en Perrette, un panier d'œufs au bras, feignant d'aller les vendre au marché. Charette, lui, arrêté, s'est évadé. On l'a embarqué pour l'Angleterre sur un navire, caché dans un tonneau. Autichamp a fui en Italie. Je crains bien que vous restiez seul avec vos bandes. Tous les chefs disparus, le mieux serait de vous disperser. Louis-Philippe, qui n'aimait pas la Vendée, maintenant la déteste. Avant l'aventure de la duchesse, la justice avait condamné à mort un soldat qui avait tué un paysan, sous le seul prétexte, affirmait-il, de « se faire un chouan ». Philippe l'a non seulement gracié, mais réintégré dans son régiment. Les monuments à Charette et à Cathelineau, érigés sous Charles X, viennent d'être détruits. La chapelle dont la duchesse d'Angoulême avait décidé la construction sur le mont des Alouettes, pffutt, on ne la fait plus. Mais il y a pire. L'entreprise de la duchesse de Berry, loin d'être bénéfique à la cause carliste, va au contraire mettre à découvert ses faiblesses. Si Madame n'était point venue en Vendée, comme nous l'en avions priée, on pourrait toujours croire que la Vendée de 93 se trouve encore dans l'Ouest, prête à se soulever au moindre appel des Bourbons. L'échec de l'insurrection, après seulement trois jours de combats, dissipe bien des illusions.

— Mon père, dit Tête-de-loup, n'a pas voulu participer à la quatrième guerre, alors qu'il avait fait les trois autres. Il disait que les Bourbons étaient maudits et qu'ils trompaient leur monde.

— Maudits ? Comment cela ?

— Eh bien, le père disait que la malédiction de Dieu faisait que les Bourbons n'auraient plus d'enfants mâles pour régner.

— Votre père avait de l'à-propos, dit le marquis, surpris. Mais parfois Dieu lève sa malédiction et l'on assiste alors à un miracle Après l'assassinat du duc de Berry, nous avons bien cru que la lignée des Bourbons s'achevait dans le sang, une nouvelle fois. Et puis, sept mois après la mort du dauphin, le miracle se produisit : la duchesse accoucha du petit Henri. La malédiction, dont parlait votre père, a été levée.

Tête-de-loup regardait le marquis, coquet et parfumé ainsi qu'à son habitude. La belle étoffe de son costume bleu le fascinait. A chaque fois qu'il rencontrait l'aristocrate, il lui prenait une violente envie de le toucher, de palper le velouté de ce tissu, comme jamais il n'en avait effleuré. Le marquis lui paraissait trop beau pour être vrai. Il aurait voulu sentir si, sous cette belle étoffe, se trouvait de la chair. Le marquis bougeait peu, ne gesticulait pas, n'élevait pas la voix, ne semblait même éprouver aucune émotion. Tout cela l'intriguait. Mais en même temps il faisait confiance à cet homme qu'il croyait bon.

— Monsieur le marquis, il y a aussi ma femme, la Louison, qui est disparue. Ils ont brûlé notre borderie. Si vous pouviez retrouver la Louison...

— Comment ? Mais vous ne me disiez rien ! Je vais demander à Monsieur Berryer d'enquêter. Et votre borderie détruite ! Mon Dieu ! Ecoutez, liquidez votre bande. Dispersez-vous ! Vos chefs vous ont abandonnés. La duchesse doit elle-même se cacher aujourd'hui, on ne sait où, recherchée par toutes les polices. Je ne peux pas satisfaire tout le monde. Je suis moi-même suspect. On n'ignore pas que j'ai rencontré la duchesse. Mais je disposerai toujours d'une place pour vous et votre femme lorsque nous l'aurons retrouvée. Un braconnier fait toujours un excellent garde-chasse. Ne vous inquiétez pas. Allez. Liquidez votre bande au plus tôt et revenez me voir.

Tête-de-loup retrouva ses compagnons qui commençaient à s'ennuyer, confinés dans leur campement précaire. Trois rivières traversaient la forêt : le Vent, la Mère et la Vendée. Elles se rejoignaient dans une profonde vallée, au pied du village de Mervent, ce bourg fortifié issu du château des seigneurs du lieu, les Lusignan, qui longtemps conservèrent leur immense pouvoir du mariage de l'un d'eux, Raimondin, avec la fée Mélusine. La pêche dans ces trois cours d'eau et la chasse dans les massifs de chênes et de châtaigniers ne suffisaient pas à occuper une troupe aussi importante. Même en y ajoutant les expéditions pour les affiches du curé Barentin.

Ce que le marquis avait dit à Tête-de-loup lui paraissait en effet la meilleure issue. Reprendre sa vie solitaire et sauvage, avec à la rigueur deux ou trois compagnons, à l'exemple du Capitaine Noir, lui donnerait plus de souplesse pour rechercher Louison et le rendrait insaisissable. Si le conscrit de Saint-Martin n'avait décampé, il lui eût proposé aussitôt de faire route avec lui. Au tisserand de Maulévrier il dit seulement qu'il devait dissoudre la bande, que tous les chefs enfuis ils allaient être faits comme des rats.

Le tisserand de Maulévrier le regarda de ses yeux ternes avec stupeur :

— Où veux-tu qu'on aille ? Nous, on n'a pas de terre,

on n'a plus d'outils. Nos femmes ont vendu leurs cheveux, vendu leur lait. Leurs seins se sont taris et leurs cheveux repoussent tout blancs sur leurs têtes. Nos enfants sont devenus difformes à force de ramper sous les métiers pour rattacher les fils. Ceux qui ne sont pas morts de phtisie se traînent sur les routes en mendiant. Tout notre espoir disparut quand les canuts de Lyon se sont fait mitrailler par le fils de Louis-Philippe qui a gagné là sa première guerre. Tu connais le cri des canuts : « Vivre en travaillant ou mourir en combattant. » Demande aux autres tisserands, dans ta bande. On est tous prêts à vivre en travaillant. Mais on nous refuse le droit de vivre de notre travail. Alors il ne nous reste qu'à mourir en combattant.

Le curé Barentin n'accueillit pas mieux cette idée de la dispersion. Toujours reclus dans la grotte du père de Montfort, il calligraphiait laborieusement, en tirant la langue, une de ses épîtres tout autour d'un texte imprimé.

— Regarde, fils de Dochâgne, ce que nos brebis fidèles m'ont apporté !

Tête-de-loup lut le placard :

AVIS
Aux pères des jeunes gens
de la
Classe de 1833

Le sieur Chaussivert a l'honneur de prévenir les pères de famille que moyennant 1 100 francs déposés avant le tirage chez M. Guérineau, notaire royal à L'Hermenault, il garantit les jeunes gens, au cas qu'ils tombent au sort ; il s'oblige à les faire remplacer sans autre condition que celle énoncée ci-dessus, et garantit toute désertion.

S'adresser au notaire sus-indiqué, pour prendre connaissance des conditions.

— Tu vois, fils de Dochâgne, tout autour, dans les blancs, je place ma petite prose.

Le curé Barentin écrivait :

Philippe, morveux féroce à dix-sept ans, qui a claqué des mains à la décapitation de son grand parent, suçant les malheureux jusque dans le creux des veines, car l'éclair d'une pièce de monnaie le fait grandir comme un singe accroupi sur un cocotier...

— Notre brebis fidèle, reprit le curé, remportera l'avis du tirage au sort là où il l'a pris, avec en plus la monnaie de ma pièce.

— Mais les gendarmes cueilleront notre gars. Vous ne pouvez pas le renvoyer au même endroit.

— Homme de peu de foi, répliqua le curé, est-ce que jamais un de nos réfractaires s'est fait pincer, depuis le temps qu'ils véhiculent mes proclamations !

C'était vrai. Malgré le danger couru à sortir de la forêt et à se balader dans des bourgs pour y enlever ou y rapporter des affiches, placardées de surcroît sur les mairies ou les gendarmeries, aucun des émissaires n'avait été arrêté.

— Je veille. Je les vois comme je te vois, nos brebis fidèles, dans toutes leurs pérégrinations. Je les suis. Et si un gendarme apparaît je demande au Seigneur de le rendre aveugle, seulement un tout petit moment, juste le temps pour nos brebis fidèles de procéder à leur travail.

Tête-de-loup ne protesta plus. L'argument du curé Barentin paraissait irréfutable. Mais il en profita pour demander :

— Monsieur le curé, le Bon Dieu vous a-t-il avoué où la Louison se cache ?

— Ah ! ne m'en parle pas. A force d'y penser, à ta Louison, je ne vois plus que ses nichons et ses fesses. Une vraie tentation de saint Antoine. Il ne me manquait plus que ça, à mon âge ! Je suis obligé de bénir l'eau des rochers et d'en asperger l'image de ta Louison, qui se sauve comme le diable lorsqu'il a le feu au cul.

Tête-de-loup voyait bien qu'il devrait lui-même partir à la recherche de Louison. Raison de plus pour disperser la bande. Il fit part au curé des réflexions du marquis, mais le prêtre s'emporta :

— La Jozelinière c'est un mou ! Je n'ai pas confiance dans ses reliques. Que vous manque-t-il, ici ? Je vous fais la messe. Je vous entends en confession. Je vous donne généreusement l'absolution puisque vous êtes des réfractaires. Vous gagnez votre paradis, non !

Tout cela était encore vrai. Découragé, Tête-de-loup descendit de la grotte vers les loges. Le curé Barentin lui cria du haut des rochers :

— Descends dans la vallée, fils de Dochâgne, comme Moïse descendit du Sinaï et dis à ton peuple que le Dieu des armées nous accompagne. Fais-leur chanter le *Vexilla Regis* et tout ira bien.

Tête-de-loup trouva le campement dans une grande agitation. On venait d'apprendre l'arrestation du conscrit de Saint-Martin, et son emprisonnement à Fontenay-le-Comte.

Il décida aussitôt d'aller le délivrer.

Lorsque Tête-de-loup était entré dans la ville, conduisant le taureau à la foire, les paysannes qu'il accompagnait lui montrèrent en passant les hauts murs de la prison. Située providentiellement dans les faubourgs, avant d'arriver à cette butte que l'on appelle aujourd'hui la place Viète, ex-Bastion du Fort des Dames, où pendant la Révolution se dressait la guillotine, la maison d'arrêt ressemblait à une forteresse et une porte bardée de fer en constituait le seul accès.

Monter cette expédition redonnait à l'homme des bois ses instincts de fauve. Assis à l'écart, il dessinait ses plans avec une branche, dans la terre humide. Il n'avait jeté qu'un regard, qui pouvait paraître distrait, sur la prison lorsqu'il la longea ; mais l'essentiel se grava dans sa mémoire : les deux gardes qui faisaient les cent pas devant l'entrée, leurs fusils à baïonnette sur l'épaule, les fenêtres trop haut placées et garnies de barreaux de fer, le portail fermé. La prison guettait les hommes de son état et mieux valait en retenir l'aspect pour en chercher les failles.

Tête-de-loup ne voyait d'autre solution qu'une attaque

surprise, de nuit, en force : maîtriser les sentinelles, casser la porte, courir vers les cellules, briser les serrures. Il connaissait la topographie des geôles pour avoir séjourné assez longtemps dans celle d'Angers. Réflexion faite, il réunit le tisserand de Maulévrier et trois autres réfractaires promus chefs de section. Ils ne laisseraient que quelques hommes pour garder le campement et protéger le curé Barentin. Tous les autres partiraient de jour, par groupes de cinq. On se retrouverait à nuit noire dans un petit bois sur la route de Luçon, à un quart d'heure de marche de Fontenay. Puis on se glisserait sans bruit dans le faubourg.

Ce qui fut fait. Le tisserand de Maulévrier et ses hommes neutralisèrent les deux grenadiers qui montaient la garde. Puis ils frappèrent à coups de crosse dans la porte, demandant de l'aide. Un battant entrouvert, la moitié de la troupe s'engouffra à l'intérieur de la prison, l'autre moitié restant à l'extérieur pour en interdire l'accès s'il arrivait des renforts. Les gardiens bousculés, assommés, sans qu'un coup de feu soit tiré, les cellules décadenassées, on en sortit le conscrit de Saint-Martin plus quelques inconnus qui en profitèrent pour prendre le large. Tête-de-loup gifla le petit rouquin :

— Je t'apprendrai à t'ensauver comme un drôle !

A part ça, tout se passa dans le plus grand silence. La ville dormait. La caserne se trouvait loin, en bordure du champ de foire. Les gardiens, ligotés, bâillonnés, seraient découverts à l'aube, en bon état. Du travail propre, sans bavure.

Mais comme ils repartaient, Tête-de-loup revint sur ses pas, intrigué par la raideur des deux grenadiers allongés dans la rue. Retournant l'un d'eux, il reçut une giclée de sang au visage.

Ils avaient été égorgés.

7.

Depuis l'attaque de la prison

Depuis l'attaque de la prison, Tête-de-loup savait que les gendarmes et les soldats allaient se lancer à leur poursuite. Sans mort d'homme, comme il le souhaitait, peut-être les eût-on recherchés avec mollesse. Mais avec ces deux grenadiers tués on ne tarderait pas à jeter sur eux une véritable meute.

— Pourquoi as-tu saigné les soldats ?

Le tisserand de Maulévrier fit un geste vague :

— J'ai senti qu'ils crieraient. Je leur ai rentré leur hurlement dans la gorge avec mon eustache. Tu désirais qu'on n'entende rien. On n'a rien entendu !

Tête-de-loup s'apprêtait à demander au tisserand de Maulévrier de quitter la bande avec une partie des hommes et de former sa propre troupe, mais maintenant que celui-ci s'était chargé du sang du crime, comment l'obliger à partir, comment ne pas rester solidaires les uns et les autres de ce sang versé ?

Le curé Barentin donna l'absolution aux égorgeurs et on n'en parla plus.

De toute manière, le conscrit de Saint-Martin retrouvé, Tête-de-loup s'attendrissait. Il s'en voulait de cette faiblesse, boudant le petit rouquin, le houspillant. Et le jeune gars se faisait humble. Tout, dans son maintien, exprimait son regret d'avoir causé tant de soucis. Un jour que Tête-de-loup l'emmenait en lisière de la forêt pour poser des collets dans le vallon de la Mère, lui montrant comment tendre les pièges et à quels endroits, lui apprenant comment déceler les traces du passage des bêtes et vers quels refuges ces foulées conduisaient et de quel animal il s'agissait, le conscrit de Saint-Martin vit que le moment était venu de parler :

— Tu me dis que tu as été bordier, dans le temps, mais qu'un jour la maladie de la forêt t'avait repris et que tu t'en étais allé. Depuis, tu n'es plus retourné à la terre. Eh ben, moi, c'est pareil. Dans la forêt je me suis mis à étouffer. La terre me manquait. C'est pareil et c'est l'inverse, il faut que tu comprennes. A chaque fois qu'on sortait de la forêt vous étiez tous aux aguets pour guetter les gendarmes. Je te regardais et je voyais bien que tu marchais comme une bête qui a peur des pièges. C'est toi, le piégeur, qui allais à ton tour dans un terrain piégé. Et avec des pièges que tu ne connaissais pas. Moi, au contraire, tout me faisait signe. Je suis un homme de la terre, Tête-de-loup, il faut que tu me comprennes. Quand tu appelles en imitant le cri du loup, ça me mortifie. Pour moi, à ce moment-là, tu deviens un peu loup et le loup, pour nous, c'est le mal. C'est le diable. Oui, tu marchais dans la campagne, ton fusil à la main, étouffant tes pas, comme un renard qui flaire. Et moi tout me parlait. On passait dans la cour d'une ferme, déserte, parce que tu as beau marcher comme un renard les pésans ne sont pas nés de la dernière pluie et dès que tu sors de la forêt ils t'entendent; ils te voient. On passait et toi tu ne voyais que l'absence. Moi, le bouchon de paille pendu devant la porte de la métairie me disait que les fermiers avaient de la paille à vendre. Ailleurs, tes tisserands se mettaient à rigoler parce que de la bouse de vache s'étalait dans la cour d'une autre ferme; déserte elle aussi, comme par hasard. Ils disaient que les pésans aimaient tellement marcher dans la merde qu'ils en ramenaient jusque chez eux pour ne pas se sentir désorientés. Je ne répondais rien, mais moi je savais qu'on faisait sécher des bouses dans cette cour pour y préparer l'aire à battre le blé. La bouse séchée fait comme un tapis qui empêche le grain de se mêler à la poussière et aux cailloux. Tes tisserands se moquent toujours de la terre. Mais si tu te moques de la terre, elle aussi se moquera de toi. Si je suis parti, c'est parce que je n'ai pas pu résister à l'appel du blé. Il faut que tu comprennes.

— Je sais, dit Tête-de-loup, le père en devenait fou de son blé. Et pourtant que c'était dur à pousser, le grain, dans ce haut bocage. Je suis fils de métayer et sans doute, pour ça, je t'aime bien, mon petit gars. Mais je n'aime pas la terre. La terre vous attache comme une chèvre à son piquet. Je suis une chèvre qui a rongé la corde qui l'attachait au piquet. Regarde Vouvant, là-haut, derrière ses murailles. Regarde le couple de buses qui tourne au-dessus du bourg. Je me reconnais plus dans ces oiseaux du ciel que dans les gens enfermés derrière ces murs.

Du vallon de la Mère, où une dizaine de moulins faisaient crisser leurs ailes, on voyait en effet l'enceinte de Vouvant qui jadis soutint tant de sièges. Geoffroy la Grand-Dent, fils de Mélusine et de Raymondin de Lusignan, y résista victorieusement à Jean sans Terre, mais il y fut vaincu par Louis-le-neuvième qui, en tant que futur Saint Louis, brandissait à la place de l'épée un goupillon d'eau bénite faisant s'écrouler les plus massives murailles. Une haute tour ronde demeurait néanmoins intacte.

— C'est ça, la tour de la Mélusine ? demanda le conscrit de Saint-Martin.

— Dressée en une nuit, d'une dornée de pierres et d'une goulée d'eau. Oui, c'est ça, la tour de la Mélusine.

Les deux hommes, silencieux, observaient de l'autre côté de la large rivière la poterne étroite et basse par laquelle on accédait aux maisons du bourg perchées tout là-haut dans les ruines du château des Lusignan. Ils n'arrivaient pas à détacher leurs regards de ces buses qui virevoltaient et de cette tour Mélusine plantée comme un mât.

— Autrefois on croyait dans les fées, dit Tête-de-loup. Les fées, filles de la forêt. Il existait des dieux pour les hommes des bois. Enfin, des espèces de dieux : des enchanteurs, des fées, des ogres. Où s'en est allée la Mélusine ? Il n'y a plus de dieux pour les hommes des bois. La Mélusine m'aurait peut-être ben retrouvé ma Louison, elle !

Ils restèrent encore un long moment sans parler. Puis le conscrit de Saint-Martin :

— Je n'ai pas osé te dire que je partais. Tous ces épis de blé mûrs qu'on voyait en passant dans les champs, ce n'était plus possible de leur résister. Je savais qu'on se préparait aux métives à Saint-Martin-des-Fontaines et je n'avais jamais manqué les métives. Puisque tu as été bordier, tu te souviens quand même comme ça sent bon, la paille tranchée à la faucille et toutes ces gerbes qu'on entasse avant de les transporter sur l'aire où on les bat au fléau. Ta tour de la Mélusine, ça ne vaut pas une belle meule de huit mètres de haut, si haut que dessus, quand tu reçois les gerbes, le tournis te prend. Toute cette poussière sèche qui flotte, ça vous pique les yeux, ça vous racle la gorge, mais mon Dieu, que c'est bon !

— Je connais, dit Tête-de-loup, mais ça ne vaut pas la senteur humide de la fougère, ni des écorces que parfument les champignons, ni du fumet du lièvre qui a pissé sur la mousse.

Maintenant chacun ne parlait plus que pour entendre ses souvenirs. Le conscrit de Saint-Martin poursuivait :

— Freindre, c'est étendre sur l'aire, en couche épaisse, les gerbes déliées. On rompt d'abord au fléau. Puis on repasse pour rebattre. On secoue la paille pour la séparer du grain et on reçoit la balle plein les yeux, comme des flocons de plumes. Ah ! que je me suis bien plu ! Mais quand les métives ont été finies et le battage, eh ben, je me suis ennuyé de vous. Les gendarmes m'ont pris comme je revenais. Je t'apportais du pain comme jamais tu n'en as mangé, du beau pain de méteil avec ses trois farines : froment, seigle et orge. Du pain de méteil, tu te rends compte, comme chez les laboureurs de la plaine. Je crois bien que les gendarmes m'ont enfermé seulement pour pouvoir manger mon beau pain de six livres. C'était pour toi, Tête-de-loup. Je revenais.

Tête-de-loup se leva brusquement, coupant court à

cette tendresse du petit rouquin en âge d'être son fils (ou presque) et qu'il aimait bien. Cette folie de prendre d'assaut une prison, dans la plus grande ville du département, pour délivrer le conscrit de Saint-Martin, l'eût-il faite pour un autre gars de sa bande ? Sans doute non. Obéissant à une impulsion irrésistible, il se rendait compte maintenant que seul le hasard joua en leur faveur. Il ne se trouvait presque pas de gardiens à l'intérieur de la prison, les détenus étant très peu nombreux. Mais il aurait suffi qu'un détachement de grenadiers stationne à l'intérieur pour que la fusillade éclate et que la moitié au moins de la bande reste sur le carreau.

— Allez, on perd son temps, dit-il, bourru. Rentrons.

A Pierre Brune le campement était sens dessus dessous. Une agitation insolite animait les réfractaires qui couraient vers le sentier de la grotte ou en redescendaient en se bousculant.

On cria aux deux hommes dès qu'on les aperçut :

— C'est le curé qui prophétise !

— Quoi ?

— Il est entré en transes et il annonce des choses qu'on a du mal à comprendre.

Tête-de-loup et le conscrit de Saint-Martin escaladèrent le layon qui serpentait entre les rocs, écartèrent la foule des hommes massés devant la grotte et virent un spectacle incroyable. Le vieux curé se tenait en l'air, suspendu en l'air, debout, suffisamment haut pour que l'on voie les clous de ses souliers éculés. Les mains jointes, comme les statues des églises, il pérorait d'une voix aiguë en fermant les yeux.

— Prends garde, Philippe, tu crois que les hommes des champs veulent te prendre ta couronne et tu ne vois pas dans tes villes les barricades. Tu ne vois pas les pavés que l'on déterre. C'est pas ton cousin Charles qui te reprendra ta couronne. Il va mourir, Charles. C'est la République qui te chassera. Et Napoléon reviendra. Tu ris, Philippe roi de la crapule. Tu te moques du pauvre prêtre auquel Dieu accorde sa voix. Tu te réjouis parce que Napoléon II va mourir en Autriche, comme le pauvre roi Charles. Tu te crois sauvé. Mais il y aura un Napoléon III. Et après toi, plus de roi. C'est toi, le fossoyeur de la monarchie. Tu seras le dernier des rois, Philippe, et tes fils seront chassés de la terre de France. Tu es le fossoyeur des rois, Philippe...

Sur ce, le curé Barentin retomba brusquement sur le sol et se releva péniblement en se frottant les fesses.

Il regarda avec une vive surprise tous les réfractaires assemblés :

— Quoi ? Vous venez pour la messe. Bon, bon, on va vous la servir.

— Monsieur le curé, dit Tête-de-loup, vous avez volé comme un gros oiseau et vous disiez des choses...

— Sois poli, mon gars. D'abord je ne suis pas si gros que ça. Et si je volais je serais un ange, pas un oiseau.

Personne n'osa le contredire et on assista à sa messe.

Mais une semaine plus tard il entra de nouveau en lévitation.

La chose n'eût pas tiré à conséquence si les prédictions du curé, parvenant jusqu'au bourg de Vouvant, des villageois n'étaient apparus aux abords de la grotte dans l'espoir de voir le curé Barentin s'élever dans les airs. Puis rappliquèrent des habitants de Mervent, de Pissotte, de L'Orbrie. Certains finirent par tomber juste le jour où une nouvelle crise ascensionnait le prêtre et les curieux repartaient avec ces prophéties terribles qu'ils propageaient. Lorsque des citadins de Fontenay-le-Comte arrivèrent, certains à cheval, d'autres à dos de mule, il devint évident que les gendarmes ne se trouvaient pas loin. On détruisit les loges et la bande s'enfonça dans la forêt, loin de la grotte, sans réussir toutefois à en arracher le curé Barentin qui s'accrochait aux rochers et menaçait de déclencher un tremblement de terre si on l'en décollait.

Une semaine plus tard, le temps de calmer les esprits, Tête-de-loup, accompagné de son inséparable petit rouquin, et d'une dizaine d'hommes bien armés, remonta précautionneusement jusqu'à la grotte du père de Montfort. Il y trouva le curé Barentin, toujours aussi rougeaud, tranquillement assis sur un tas de fougères, en train de confectionner de curieux petits sachets avec la peau d'un cerf que Tête-de-loup lui avait donnée pour sa couche et qu'il découpait en petits carrés.

— Ah ! monsieur le curé, ils ne vous ont pas emmené !

— Qui ça ?

— Les gendarmes.

— Pas vu de gendarmes. Mais vous avez bien fait de partir parce qu'il est arrivé tellement de culottes-rouges qu'on avait l'impression que la forêt flambait. Ils m'ont demandé si j'étais le père de Montfort. Je leur ai répondu oui, pour ne pas les contrarier, bien que ce soit un peu vexant d'être pris pour un autre. Ils cherchaient des chouans à ce qu'ils m'ont dit. Je leur ai fait observer qu'un ermite ne serait pas ermite s'il vivait parmi des chouans qui, pour être chouans, n'en sont pas moins des hommes. Ils sont repartis. Mais il vient de plus en plus de pèlerins à la grotte qui me demandent mes prophéties. Alors, c'est vrai cette histoire que je monte dans les airs comme la Vierge Marie le jour de l'Assomption ?

— C'est pas croyable, monsieur le curé, mais on l'a vu, tous que l'on est.

— Si j'avais pas si mal au cul, à force de retomber, je croirais que vous vous moquez d'un vieillard. C'est bizarre, mais je ne me souviens de rien. Des prophéties non plus. J'en faisais dans le temps. Et je m'en souvenais. Ça doit être l'âge. Alors, vous revenez à point. Vous allez me dire exactement ce que j'annonce et on l'écrira dans ces petits sachets de cuir. Les gens veulent des talismans. Et puis, si j'annonce des catastrophes pour Philippe, je vais les lui écrire, comme je l'ai déjà fait pour le Buonaparté et le Louis XVIII. Doux Jésus ! Je vais reprendre ma plume pour le piquer dans le gras du ventre, ce poussah ! Ces temps ne dureront pas plus qu'une pissée de chat.

Au mitan du mois d'août, des rouliers qui chargeaient d'énormes grumes sur un trinqueballe tiré par quatre chevaux attelés en flèche, apprirent à Tête-de-loup que le Capitaine Noir et sa bande venaient de tuer le maire d'un village des Deux-Sèvres, non loin de Boismé. C'est ainsi que Tête-de-loup sut que Jacques Bory avait tenu sa promesse. Mais en même temps il comprenait que ce maire assassiné signifiait que Bory n'avait obtenu aucun indice sur le destin de Louison.

Tête-de-loup enrageait de demeurer enfermé dans cette forêt à cause du trop grand nombre de réfractaires placés sous sa protection. On ne pouvait faire sortir à découvert une véritable troupe, aussitôt repérée et décimée par les soldats. Tous les « retardataires » qui le rejoignaient pour échapper à la conscription ne savaient même pas se servir d'un fusil. Et comment leur apprendre à tirer sans que les détonations n'alertent les gendarmes ?

Des fusils, ils n'en manquaient pas. Paradoxalement, si les armes à feu firent défaut pendant les trois jours de la cinquième guerre de Vendée, elles dépassaient aujourd'hui, de beaucoup, le nombre des combattants.

Par contre, le pain manquait. Et pour ces hommes dont il constituait la nourriture essentielle et celle qu'ils préféraient, ni la venaison dont ils se rassasiaient, ni les poissons de rivière qu'ils appréciaient peu, ne leur rendaient tolérable l'absence de pain. Combien de chouans furent capturés parce qu'ils tentaient d'en obtenir dans des fermes !

Le conscrit de Saint-Martin s'était chargé du ravitaillement. Il partait avec quatre ou cinq jeunes paysans, réfractaires comme lui au service militaire. Sans armes, avec au bras de grands paniers d'osier, ils allaient d'autant plus facilement quêter du pain de ferme en ferme qu'ils avaient été dans leur enfance des cherche-pain, ces petits pauvres que leurs parents, bordiers miséreux ou journaliers sans travail, envoyaient sur les routes.

Mais le conscrit de Saint-Martin sut s'attirer la sympathie des fermiers par des échanges de services. Contre de belles miches chaudes, sortant du four, il leur proposait de les protéger de tout ce qui les exaspérait : la chasse à courre et les pigeonniers des maîtres, l'appropriation des forêts, la suppression des terrains communaux.

La bande de Tête-de-loup, tout comme d'ailleurs celles des autres chouans disséminés dans l'Ouest, jouait ainsi un rôle de redresseur de torts qui leur amenait la complicité des campagnes. Les paysans voyaient d'un mauvais œil tous ces grands travaux lancés par le gouvernement : les routes droites qui coupaient la contrée à grands coups de sabre, les landes défrichées, les marais asséchés, le chaulage des terres, l'abandon des jachères au profit des prairies artificielles. Les Conventionnels de 93 brûlèrent la Vendée, mais la terre féconde retrouva sa toison et les arbres, leurs fruits. Ils essayèrent de tuer la terre, mais ils ne la changèrent pas. Tandis que ce gouvernement de Philippe, voilà qu'il s'en prenait aux paysages, voulait araser le bocage pour en faire une plaine, transformer les marais en jardins. C'était défigurer l'œuvre du Bon Dieu.

Pire, le gouvernement de Philippe soutenait les bourgeois et les riches laboureurs qui convoitaient les biens communaux. Du temps où l'on ne parlait pas de communes mais de paroisses, il eût été impensable de convoiter pour soi seul ces espaces collectifs qui servaient à toutes sortes d'usages : aire à battre ou à danser; pré pour la foire ou pour les jeux de palet. Il eût été impensable d'interdire à la société villageoise le droit au libre parcours dans les bois, sur la lande, dans les bruyères et les ajoncs. Les pauvres, qui ne possédaient pas de pré en bien propre, y menaient leur bétail. Depuis toujours les communaux restaient la propriété du pauvre. Grâce à ces vaines pâtures, les journaliers, les bordiers misérables, les métayers endettés, pouvaient nourrir une vache, une chèvre, deux moutons, comme le faisait

Louison dans sa Gâtine. Ils pouvaient se chauffer gratuitement en se servant dans les friches.

Et voilà que le roi bourgeois qui avait échangé le sceptre des Bourbons pour un parapluie et la couronne de Saint Louis pour un haut-de-forme, cassait tous ces usages. Qu'une dynastie se substitue à une autre, finalement on n'en était pas à une révolution près et les roués de Paris ne valaient pas mieux que les bourgeois de Fontenay, mais que ce roué de Paris envoie ses gendarmes contre ceux qui chassaient des lièvres n'appartenant à personne, contre ceux qui ramassaient du bois dans une forêt dont Dieu seul assurait la croissance, ah ! cela donnait raison à ceux qui prenaient des fusils et devenaient chouans.

On applaudissait aux exploits des redresseurs de torts. Un pigeonnier en feu, une meute de chiens empoisonnée, des arbres abattus sur les routes barrant le chemin aux diligences, des digues crevées dans les marais, les gendarmes à chaque fois déjoués et la troupe impuissante, tout cela faisait la joie des veillées.

Mais la popularité des nouveaux chouans venait surtout de leur affrontement perpétuel avec les gardes-chasse et les gardes forestiers. Vivant dans les bois, ils se heurtaient fatalement à ces argousins que les paysans détestaient. Chouans et paysans luttaient les uns et les autres pour une appropriation collective de la forêt qu'on leur refusait pour la même raison que les communaux, au nom de ce droit sacré de la propriété privée, sanctifiée par les patauds de 93.

Ainsi Tête-de-loup entretenait le moral de sa bande en montant des raids, rapides et efficaces, qui lui donnaient l'aval des populations d'alentour et l'assuraient en pain.

Mais il bouillait de piétiner ainsi, dans cette grande forêt devenue une cage où ils s'étaient eux-mêmes enfermés. L'incertitude sur le sort de Louison le taraudait. Puisque le Capitaine Noir n'avait rien pu savoir, puisque le Bon Dieu refusait d'éclairer le curé Barentin, le marquis, grâce aux démarches de l'avocat Berryer aurait-il plus de chance ? Il confia une nouvelle fois sa troupe au tisserand de Maulévrier et partit pour Fontenay en se joignant à une équipe de forestiers qui allaient y livrer du charbon de bois, à dos de mulet.

Tête-de-loup connaissait bien ces bûcherons et ces charbonniers auxquels il rendait souvent visite dans leurs clairières. Il ne redoutait rien de ces hommes, hommes de la forêt comme lui et qui, même s'il ne leur viendrait pas à l'idée de s'associer aux chouans, ne les blâmaient pas et observaient à leur égard une neutralité plutôt bienveillante.

Tête-de-loup, qu'aucun métier n'avait pu fixer, eût aimé les apprendre tous. Instruit des travaux de la terre par son père, le vieux Dochâgne, il avait été aussi colporteur, sabotier, tisserand, braconnier, bordier. Son habileté manuelle, qui le rendait expert dans la confection de tous les pièges, l'incitait à aborder les tâches les plus diverses. Mais il s'en lassait vite et revenait à son goût de l'errance.

C'est ainsi qu'il lui arrivait de rester plusieurs jours avec des bûcherons, attiré par leurs coups de cognée, les aidant à faire du merrain ou du feuillard. Fendre les planches de chêne qui serviraient à confectionner les douves de barriques, ou les petites branches de châtaignier destinées à cercler les tonneaux l'amusait. Comme d'écorcer les troncs pour les tanneurs. Mais il préférait le travail plus minutieux des charbonniers qui, avec les morceaux de rebut, les nœuds, les fibres torses, édifiaient des meules circulaires autour des trois pieux qui feraient cheminée. Tête-de-loup trouvait toujours l'endroit idéal, proche d'une source, à l'abri du vent. Autour des trois pieux solidement enfoncés en terre, il rangeait méticuleusement les bûches d'égale longueur, inclinées vers le dehors. Il les serrait le plus possible, bourrait les vides de branchages et recouvrait la meule conique de gazon, de feuilles, de mousses. Mais les charbonniers ne laissaient à personne le soin d'enduire le tout d'une couche de terre très épaisse ni, de bonne heure et par beau temps, d'allumer les fagots secs enfouis entre les pieux. Le bois perdait son eau qui ruisselait au pied de la meule. Tête-de-loup restait avec les charbonniers trois à quatre jours. On surveillait la lente carbonisation, perçant de temps en temps des trous pour éviter que le feu ne dépérisse. Lorsqu'une fumée bleuâtre s'échappait des évents, on recouvrait toutes les surfaces pour les rendre imperméables à l'air. Tête-de-loup repartait avant que les meules se refroidissent, qu'on les éteigne en les aspergeant d'eau et que l'on retire le bois devenu charbon, qui se cassait comme du verre.

Le sol de la forêt de Mervent, trop accidenté, avec ses escarpements, ses sentiers ravinés par les pluies, où affleuraient des pierres dures, coupantes, ne permettait guère d'autre transport qu'à dos de mulet. Les grands chênes coupés pour devenir charpentes ou verges de moulins à vent, les troncs de pins pignons qui fournissaient les mâtures des vaisseaux de l'Empire ottoman, étaient néanmoins arrachés l'été aux bourbiers par des attelages de six à huit bœufs qui faisaient de longs détours pour éviter les pentes.

Tête-de-loup suivit donc la caravane de mulets transportant le charbon de bois bien noir, au son clair, sans poussière et qui, sans flamme comme il se doit, brûlerait doucement dans les chaufferettes des jeunes bergères et des vieilles fileuses, dans les énormes fers des repasseuses, dans les potagers recouverts de faïence bleue cerclée de cuivre des bourgeois de Fontenay et de La Rochelle.

Les mulets trébuchaient mais gravissaient néanmoins les plus rudes versants, évitant les rochers de granit, traversant les buissons d'épines, infatigables, leurs longues oreilles poilues dressées lorsqu'ils percevaient une vipère, mais dodelinant vite de la tête de l'air de celui à qui on ne la fait pas et qui est revenu de tout.

Manque de chance, cette fois-ci le marquis ne se trouvait pas à Fontenay, mais au château de la Jozelinière. Tête-de-loup repartit donc avec les muletiers et leur faussa compagnie dès que les dernières maisons de la ville disparurent derrière eux, pour prendre le chemin de Sainte-Radegonde.

En arrivant à proximité du château, Tête-de-loup aperçut deux hommes qui sortaient du parc, fusil à la bretelle. Il se cacha dans un fourré pour les observer et reconnut avec grand étonnement le marquis, vêtu d'un paletot vert, les jambes gainées de hautes guêtres, coiffé d'un curieux chapeau ressemblant à ceux des postillons. L'autre, de toute évidence, était un garde. Tête-de-loup les laissa passer puis il appela le marquis qui lui tournait le dos.

Le garde fit volte-face, pointa son fusil, prêt à tirer.

— Laisse, dit le marquis. Je connais cet homme. Je n'ai pas besoin de toi aujourd'hui. La forêt n'a pas de secrets pour lui.

Et comme le garde hésitait, son fusil toujours à la main, il ajouta sèchement :

— Retourne à la maison.

Puis à Tête-de-loup :

— Vous m'accompagnerez à la chasse. Avec vous, je suis sûr de ne pas rentrer bredouille.

Tête-de-loup se sentait tout décontenancé de voir pour la première fois le marquis hors de ses somptueuses demeures et dévêtu de son bel habit bleu. Si ce n'était ce chapeau, en costume de chasse il ressemblait à un homme ordinaire. De plus, ce fusil à l'épaule l'apparentait soudain aux hommes de la forêt. Ils allaient dans les prés, en lisière des bois et Tête-de-loup retrouvait immédiatement son instinct de pisteur.

Les débris de charogne, les crottes, les fientes, les plumes ou les poils accrochés aux ronces, tout lui parlait. Il se coucha soudain par terre, l'oreille collée au sol, écouta longuement, cherchant à surprendre les déplacements des bêtes. Lorsqu'il se releva, ce fut pour dire négligemment :

— Monsieur le marquis, une harde de cerfs broute pas loin d'ici.

— Je ne suis venu chasser que du petit gibier. Mais vous voulez sans doute savoir ce que Monsieur Berryer a pu connaître au sujet de votre femme. Hélas, rien. Il est sûr en tout cas qu'elle n'est ni emprisonnée ni exécutée. Il a fait consulter tous les registres.

— Vous savez, le Monsieur Tricolore qui m'avait tiré de prison... Il doit être un grand personnage à la cour du roué. Peut-être saurait-il où est la Louison ? Il m'avait donné son nom. Il se souviendra bien de moi.

— Quel nom ?

Tête-de-loup hésita :

— Lexandre Dumas.

Le marquis se mit à rire comme s'il s'agissait d'une plaisanterie. Pour la première fois Tête-de-loup le voyait perdre sa rigide contenance. Il ne comprenait pas les raisons de cette gaieté.

— C'était donc Alexandre Dumas, s'esclaffa le marquis ! Il n'a été philippiste que pendant deux mois. Républicain comme son père, il déteste aussi bien les bonapartistes que les Bourbons. Ah ! je comprends pourquoi il s'est intéressé à vous. Comme tous ses semblables, ces poètes et ces artistes qui se disent romantiques, il n'aime que les victimes de l'Histoire, les prisonniers, les proscrits. C'est en effet votre homme. Malheureusement, il vous a certainement oublié. Tous ces beaux esprits ne rêvent que de l'émancipation des peuples lointains, ce qui les dispense de regarder la misère de nos campagnes. Si on les écoutait, la France déclarerait la guerre à tout l'univers. Elle se serait déjà précipitée sur les Hollandais qui, paraît-il, oppriment les Belges, sur les Russes pour délivrer les Polonais, sur les Autrichiens pour arracher les Italiens de leurs griffes. Que la conscription demeure la hantise de nos contrées, ils s'en fichent. Ils veulent que vous alliez sur le Rhin venger la couardise des traités de

1815. Ces républicains sont des foudres de guerre, comme leurs modèles de la Convention. Votre Monsieur Tricolore, si bien nommé, doit palabrer dans les salons en en remontrant au gouvernement, se croyant un fin politique. Il ferait mieux de s'en tenir à ses romans.

Tête-de-loup ne l'écoutait plus depuis un bon moment, flairant une compagnie de perdrix comme un bon chien d'arrêt.

— Là, Monsieur le marquis, tirez !

Un envol froufroutant d'oiseaux lourds, rasant le sol, deux coups de feu, et Tête-de-loup se précipita pour ramasser les perdrix rouges que le marquis enfouit dans sa carnassière.

— Alors, mon ami, il paraît que vous en voulez à nos gardes ? Votre guerre est sans espoir. Votre Alexandre Dumas et tous ces beaux messieurs de Paris ne s'intéressent qu'aux guerres étrangères, je vous l'ai dit, ou à celles de l'ancien temps. Et même vos chefs royalistes sont saisis, eux aussi, de la même fièvre. La Rochejaquelein et Diot combattent au Portugal pour les beaux yeux de Bragance et négligent notre propre roi Charles X, exilé à Prague. Plus le temps passera plus vous serez oubliés, comme nous le serons aussi, nous autres gentilshommes campagnards. Comme Charles X sera oublié. L'avenir est dans les villes.

— On ne touche pas à vos gardes, monsieur le marquis, ni à vos terres !

— Je sais. Et tout le monde le sait. Votre faveur me rend suspect.

— Vos gardes, ça nous démange bien parfois de ne pas pouvoir leur tirer dessus. Mais vous êtes le seul maître à ne pas mordre sur les communaux.

— Les révolutionnaires voient le progrès dans l'appropriation individuelle et nous autres, contre-révolutionnaires, sommes pour le maintien du bien communautaire. Le gouvernement s'oppose à ce qu'il considère comme les vestiges d'un temps où le propriétaire ne régnait pas au-dessus de tout. Où s'arrêtera l'insatiabilité des bourgeois ? Ils se sont accaparé en 93 les biens nationaux, ils veulent maintenant s'approprier les biens communaux. Les vaines pâtures les rendent malades. Ces terres qui n'appartiennent à personne et sur lesquelles les pauvres réussissent à subsister en vagabondant, c'est du vice. Ils ne veulent plus de pauvres dans les campagnes. Ils vous réduiront à la mendicité ou à l'exil dans leurs usines, loin d'ici.

— Jamais, monsieur le marquis, dit Tête-de-loup, farouche. Jamais. Nous tiendrons dans nos bois tant qu'il le faudra.

— Vous ne tiendrez pas. Je vous ai conseillé de vous disperser. Pourquoi ne l'avez-vous pas fait ?

Tête-de-loup ne répondit pas. Il tenait dans ses mains une motte de terre et la humait.

— Un lièvre, une hase et des levrauts.

Tendant le bras, il lui fit décrire un arc de cercle et soudain pointa du doigt :

— Là !

Le marquis tira sur un gros lièvre qui détalait et dont l'élan fut brisé net dans une dernière cabriole.

— Il paraît que vous avez récupéré le curé Barentin, dit le marquis en glissant le lièvre ensanglanté dans sa gibecière. On ne parle que de ses prophéties à Fontenay. Il ne vous manquait plus que ça ! Le curé Barentin se fait bien vieux. Son temps est fini. La plus grande de ses prouesses tient dans son obstination à rester dans ce monde. Mais tous les conscrits qui vous rejoignent perdent leur jeunesse. Renvoyez-les chez eux.

— Un de mes conscrits s'en était revenu dans son village. Les gendarmes l'ont pris. Si on ne l'avait pas tiré de prison, il serait aux galères à c't' heure.

— Nous réussirons bien à obtenir une amnistie. Je m'y emploie avec Monsieur Berryer. Mais une affaire comme celle de la prison de Fontenay n'est pas propice à convaincre le préfet. Le mieux serait de vous tenir tranquilles. Si les bandes se dissolvent, si on n'entend plus parler de vous, nous obtiendrons le pardon et vous pourrez sortir impunément de vos bois.

— Et la Louison ?

Le marquis réprima un mouvement d'humeur qui n'échappa pas au regard toujours aux aguets de Tête-de-loup.

— Allez, dit-il, ne me raccompagnez pas au château. On ne sait jamais ce que vous y trouveriez.

— J'aurais pourtant bien aimé remporter des gazettes...

— Qu'avez-vous besoin de gazettes ? Moi je n'en reçois plus. Leur lecture m'ennuie. Quand je veux savoir les dernières nouvelles je relis ma Bible. Avez-vous une Bible, dans vos bois ?

— Le curé Barentin a son missel.

Le marquis tira d'une de ses poches un livre à reliure noire et le tendit à Tête-de-loup.

— Prenez. Vous ne ferez pas de meilleure lecture.

Tête-de-loup resta longtemps planté dans les guérets, immobile, son livre noir à la main, regardant le marquis qui s'éloignait, son fusil sur l'épaule, coiffé de son curieux chapeau de postillon. Il le regarda jusqu'à ce qu'il disparût derrière une rangée de peupliers, sans jamais s'être retourné.

8.

Une force irrésistible continuait régulièrement à aspirer le vieux curé vers le firmament

Une force irrésistible continuait régulièrement à aspirer le vieux curé vers le firmament. Mais une contre-force, non moins vigoureuse, le faisait retomber sur ses fesses. Dans cette lutte du ciel et de l'enfer, le curé Barentin s'exaspérait :

— Enfin qu'ils se décident, explosait-il. J'ai l'impression qu'ils ne me veulent ni en haut ni en bas. Lucifer, je comprends, je lui fais peur. Mais saint Pierre devrait me tendre ses clefs.

Puisque les autorités célestes semblaient lui refuser l'accès à la sainteté, il se résolut à accomplir des miracles Comme on venait en pèlerinage, lui donnant des oboles contre ses talismans cousus dans des carrés de peau de cerf, attendant patiemment ses accès de lévitation pour écouter ses prophéties, il était fatal que l'on escompte voir l'ermite guérir les douleurs que l'on traînait avec soi. Il se débarrassa d'abord de ces quémandeurs en leur recommandant de prier le saint guérisseur de chaque maladie : sainte Claire pour les yeux, saint Maur pour les rhumatismes, saint Ouen pour la surdité, sainte Radegonde pour les dartres, saint Cloud pour les furoncles, saint Fiacre pour la dysenterie. Mais comme la plupart connaissaient déjà cette recette, comme ils pratiquaient eux-mêmes la médecine par les plantes, complément naturel de la médication par les saints, ils espéraient du curé Barentin beaucoup plus ; au moins l'équivalent des prouesses des toucheux imposeurs de mains, des dormeuses et des nombreux rebouteux-sorciers qui attiraient de si loin les malades que, le temps de venir, certains se sentaient guéris.

Le sentier qui montait à la grotte s'encombra bientôt de paralytiques poussés dans des brouettes, d'aveugles guidés par des sourds, d'épileptiques qui parfois tombaient en cours de route et se tordaient en bavant dans leurs convulsions, de dysentériques marquant le parcours de leurs fientes comme le Petit Poucet de ses cailloux blancs.

Le curé Barentin les reçut d'abord fort mal. Il aimait avant tout parler au peuple, lui dénoncer Philippe « roi de la crapule ». Il s'était lassé de ses placards calligraphiés que d'ailleurs les réfractaires rechignaient à aller poser, les risques devenant trop grands pour une aventure aussi médiocre ; fatigué aussi d'écrire à Louis-Philippe lui-même qui jamais ne répondait. Alors, lorsque les pèlerins se trouvaient assez nombreux, il se lançait dans des improvisations superbes :

Habitants des campagnes,
Celui dont le père traîna votre roi à l'échafaud,
L'usurpateur du trône d'Henry Cinq...

Ou bien :

Le boucher permet aujourd'hui à ses brebis timides de paître encore une fois une herbe qu'il a flétrie de sa bave sanglante. Peuple, il a craché sur toi, Peuple, relève-toi, montre à tes bourreaux les étendards troués par les balles françaises...

Les pèlerins écoutaient sagement puis demandaient qu'on les confesse. Le curé Barentin opérait des confessions rapides avec, disait-il, le tamis à passer les citrouilles. Mais ce lavage des péchés faisait monter la température. Des femmes sanglotaient. D'autres se tordaient dans des accès hystériques. Les malades gémissaient. Les paralytiques essayaient de remuer dans leurs brouettes. Les aveugles se mettaient à chanter des cantiques et les sourds les regardaient bouche bée. C'est alors que, comme poussé par cette ferveur, le curé Barentin s'élevait dans les airs, prédisait l'agonie de la Monarchie et le retour de la République et de l'Empire.

Lorsqu'il retombait rudement sur les rochers, un grand cri jaillissait de la foule. Un grand cri de frustration, de déception. Chacun s'attendait à ce qu'un jour il disparaisse dans le ciel comme une fumée et toujours il s'affalait, empêtré dans sa soutane défraîchie comme une vieille femme saoule. Enfin le jour arriva du premier miracle et les pèlerins surent que si le Bon Dieu renvoyait sur terre le curé Barentin, c'était afin qu'il devienne un saint guérisseur. Un paralytique bougea dans sa brouette et se redressa en joignant les mains. Puis le curé guérit les « afflictions de poitrine », les « démanchures » (luxations), les « oralgies » (névralgies), les « cassures » (fractures), les « maux à la nature » (aux organes génitaux féminins), les « efforts » (hernies), soulagea les « coliques cordées » (appendicites) et le « haut mal » (épilepsie) et repoussa comme il put la « picotte » (variole) et le « mauvais mal » (cancer).

Tête-de-loup regardait toutes ces prouesses du curé Barentin avec suspicion. Puisque le prêtre, dans ses voyances, ne retrouvait jamais Louison. Et parce que, dans le livre à couverture noire donné par le marquis, les miracles abondaient.

C'est encore par un roulier, venu avec trois couples de bœufs charger du bois dans une clairière et que Tête-de-loup rencontra par hasard en relevant ses collets, qu'il apprit l'arrestation du Capitaine Noir.

— Ils l'ont débusqué dans un souterrain creusé sous une meule de foin. Jamais ils ne l'auraient trouvé sans mouchardage. Ils l'ont emmené à Niort chez les juges. Tu sais, avec son cadavre d'un maire sur le dos, son compte est bon.

— J'irai le délivrer, dit Tête-de-loup.

— Laisse tomber. On doit déjà monter l'échafaud. Tu te feras pincer, c'est tout ce que tu gagneras.

Mais Tête-de-loup savait qu'il ne pouvait pas abandonner le Capitaine Noir. Si Bory avait tué ce maire du village dont dépendait sa borderie, n'était-ce pas pour tenir sa promesse ? N'avait-il pas voulu lui arracher le secret de la Louison ? En même temps Tête-de-loup comprenait que la mort du maire signifiait son refus d'avouer le destin de Louison. Qu'importe ! Il renouvellerait l'exploit de la délivrance du conscrit de Saint-Martin.

Emiettant sa bande en groupuscules, il fixa comme point de rendez-vous la région d'Echiré, non loin de Niort. Mais un aussi long déplacement à travers le département des Deux-Sèvres ne pouvait passer inaperçu. Plusieurs groupes se heurtèrent à des patrouilles de gendarmes et ne leur échappèrent qu'en criblant la maréchaussée d'une volée de balles. Si bien que lorsque Tête-de-loup retrouva le tisserand de Maulévrier, le conscrit de Saint-Martin et toute la bande, l'alerte générale avait été déclenchée dans le département. Ils ne firent pas deux toises en direction de Niort qu'apparut un régiment de voltigeurs déployé en éventail comme s'il s'attendait à l'assaut de la Grande Armée catholique et royale ressuscitée. Chargeant à la baïonnette, les voltigeurs dispersèrent la cinquantaine de chouans qui se jetèrent dans les fossés ou les buissons. Beaucoup ne se relevèrent pas, blessés ou morts, après que l'infanterie eut déblayé le terrain et que les hussards, rouges de leur shako à leur pantalon, arrivèrent au galop de leurs chevaux, poursuivant les fuyards.

La retraite vers la forêt de Mervent dut se faire en déjouant de continuelles embuscades, ne se frayant un chemin qu'à coups de fusil et complètement débandés, chacun courant pour soi. Peu nombreux ceux qui réussirent à passer à travers les mailles de ce filet : une vingtaine sur les cinquante. Tête-de-loup, le tisserand de Maulévrier et le conscrit de Saint-Martin étaient de ceux-là. Les pertes affligeaient surtout les jeunes réfractaires inexpérimentés qui, pour la plupart, reçurent là leur baptême du feu.

Eux, réfugiés dans la forêt pour ne pas devenir soldats, moururent dans leur première guerre. Sans trop savoir ce qu'ils faisaient. Epouvantés par ce grand drapeau rouge des hussards couchés sur leurs chevaux et dont les sabres étincelaient comme des ostensoirs.

Et encore, heureux les morts dans cette déroute, car bien plus terrible fut le sort des blessés et des prisonniers. Dans la forêt les nouvelles arrivaient aux survivants comme un glas funèbre. Le petit Polyte, tiré comme un lapin en cherchant à s'évader ; son corps ensanglanté jeté sur la place du marché de Secondigny. Zidore, qui aimait tant plaisanter avec son parsonnier, le conscrit de Saint-Martin, crut sans doute amadouer les soldats par ses reparties. Ils lui crevèrent les yeux, tailladèrent son visage à coups de sabre et réduisirent finalement sa tête en bouillie à coups de crosse de fusil.

Tête-de-loup, furieux de son échec, s'en prit au curé Barentin auquel il reprocha de ne pas protéger la bande par ses prières.

— Il fallait m'emmener avec vous.

— Mais vous ne devez plus savoir marcher depuis que vous restez incrusté dans votre grotte comme un luma dans sa coquille.

— Homme de peu de foi ! Tu aurais vu les soldats de Philippe foudroyés lorsque je me serais élevé devant eux dans les airs !

Une pareille réplique restait sans appel. D'autant plus que le curé Barentin poursuivit :

— Tu possèdes une Bible et tu ne sais pas t'en servir. A chaque interrogation de notre vie une réponse s'y trouve. Tiens, donne-moi ton livre noir que je l'ouvre au hasard.

Le curé Barentin lut :

— Samson ne reçut point cette excuse. Il protesta qu'après cet outrage que les Philistins lui avaient fait, ils seraient à l'avenir cause de tout le mal qui leur arriverait ;

il se vengea d'abord de ce peuple d'une manière bien extraordinaire. Il prit trois cents renards, les lia par la queue l'un à l'autre, leur attacha un flambeau et les lâcha au milieu des blés des Philistins qui furent réduits en cendres...

Le curé referma le livre, le rendit à Tête-de-loup et dit :

— Tes ongles ne sont plus ceux d'un loup, mon gars, et tes dents se gâtent. Comment peux-tu accepter que l'on martyrise tes hommes ? Dans la Bible tu trouveras aussi : « Œil pour œil, dent pour dent. » Au lieu de chercher à délivrer le Capitaine Noir tu ferais mieux de châtier celui qui l'a dénoncé. Diot est parti au-delà des mers, Béché et Jean-Baptiste se terrent comme des fouines, Bory aura le cou coupé. Mais toi, fils de Dochâgne, ta tête n'est même plus celle d'un renardeau, alors que dans le haut de la Gâtine l'épée de Dieu frappe encore les maudits. Et celui qui tient cette épée c'est... c'est Judith. Tout ça ne durera pas plus qu'une pissée de chat.

— Qui c'est, Judith ?

— Quoi ? Quelle Judith ?

— Vous avez parlé d'une Judith !

— Moi ?

— Vous avez terminé par la pissée de chat, comme quand vous voyez ce qu'on ne voit pas.

— Je n'ai pas prophétisé.

— Ça y ressemble.

— Mais je ne suis pas retombé sur le cul, ça me fait assez mal aux reins à chaque fois, cette sacrée Ascension ; si je me permets cette comparaison, doux Jésus !

— Vous n'êtes pas monté en l'air, mais vous avez vu quelque chose, quelqu'un. Cette Judith, c'est qui ?

— Ma foi je n'en sais rien, mon gars. Tu sais bien que je ne me souviens jamais de ce que j'annonce puisque c'est Dieu qui parle par ma bouche, mais qu'il ne m'accorde pas son éternelle mémoire.

Tête-de-loup espérait que le curé, se trompant de nom, voyait enfin Louison. Mais, une fois de plus, son espoir fut déçu.

Après le massacre d'Echiré, un autre malheur frappa la bande de Tête-de-loup. Un paludier d'Olonne, arrivé depuis peu, avec sur la conscience le meurtre d'un douanier assommé d'un malencontreux coup de ningue, s'agita un soir d'un frémissement que l'on mit sur le compte des fièvres familières aux hommes des marais salants. Mais le lendemain matin il se plaignit de ressentir un froid digne des Saintes Glaces alors que la chaleur s'insinuait déjà sous les frondaisons. Ensuite survinrent des crampes telles qu'on le crut proche de la paralysie. Mais il réussit à se lever, hébété par des coliques qui se transformèrent vite en dysenterie comme tous ces diarrhéiques n'en avaient jamais vu. On ne se souciait guère des malades au campement, car tout le monde était plus ou moins patraque. Les abcès dentaires, les yeux infectés, les maux de poitrine et de ventre, les ulcères, sans parler des blessures, faisaient partie des misères de l'existence que l'on traînait aussi bien à la ferme et à l'atelier que dans les bois. On n'en parlait pas. On ne remarquait les maladies que lorsqu'on en hurlait. Sinon, sans se plaindre, on se purgeait avec des tisanes de chiendent, on se saignait tous les ans préventivement au mois de mai, on se décongestionnait avec des sangsues, on désinfectait ses plaies en pissant dessus, on dégorgeait ses tumeurs en buvant de la crotte de chèvre délayée dans du vin blanc, on tentait de calmer ses douleurs dentaires si fréquentes et insupportables en mettant une gousse d'ail, en bouchon, dans l'oreille opposée à la dent malade. On ne se révoltait pas contre la douleur. On ne s'indignait que de l'injustice. C'est pourquoi l'existence précaire dans les bois (et dangereuse) paraissait préférable à l'arbitraire du tirage au sort.

Mais ce paludier qui se vidait sans discontinuer, chiant tripes et boyaux, cette colique ininterrompue, énorme, dans laquelle l'homme se dégonflait comme une vessie, perdant ses glaires et son sang, inquiétait les réfractaires.

Ils venaient voir cette loque affalée sur le sol, chiffe innommable vautrée dans ses déjections, attirés par la puanteur, fascinés par cette maladie qu'ils ne connaissaient pas. Bientôt le visage du malade et ses mains se mirent à noircir. Il mourut avant la fin de la soirée.

Des réfractaires emportèrent le corps pour l'enterrer à une demi-lieue du campement. Lorsqu'ils revinrent, l'un d'eux se sentit pris de frissons. Puis le froid et les crampes le saisirent et, pendant la nuit, cette même chiasse fantastique qui avait poussé le paludier à l'agonie. Le lendemain matin l'homme, noir comme une taupe, mourait.

Tête-de-loup se précipita à la grotte du père de Montfort pour demander au curé de venir protéger le campement de la maladie. Mais lorsqu'il lui raconta les symptômes du mal le curé Barentin s'écria :

— Misère ! C'est le choléra. C'est le choléra de Paris ! Philippe a voulu se débarrasser du peuple en jetant du poison dans les fontaines, c'est bien connu. Et voilà qu'il empoisonne maintenant la Vendée ! Il faut quitter tout de suite votre campement, fuir la forêt, en priant Dieu que le choléra ne vous suive pas.

— Appuyez-vous sur mon épaule, monsieur le curé, je vous emmène.

— Jamais de la vie. Ma grotte sera mon tombeau.

— Nous avons besoin de vous.

— Pour qu'un jour vous m'enterriez dans un champ, comme une bête, alors qu'ici j'ai toutes les chances d'être canonisé !

Tête-de-loup essaya d'enlever le vieux curé de la grotte en le tirant, en le poussant, mais il semblait scellé à cet énorme agglomérat de rochers couverts de mousses, de petites fougères et de chênes tordus insérés dans la pierre. La cavité y était peu profonde, mais bien aussi vaste quand même qu'une cabane de charbonnier.

— On n'a jamais vu ça, glapissait le prêtre de sa voix suraiguë, les pires tyrans de l'Antiquité eux-mêmes n'osèrent arracher les ermites de leur caverne. Un ermite c'est sacré, entends-tu, fils de putain ! C'est sacré un ermite ! Laisse-moi. Tu commettrais un péché mortel. Tu irais en enfer. Tu brûlerais parmi les damnés. Tu entends, lâche-moi !

— Alors bénissez-moi, monsieur le curé, et bénissez ma bande de bons chrétiens.

— Bon. J'aime mieux ça ! Mets-toi à genoux, fils Dochâgne, que je te bénisse au nom du Père et du Fils et du Saint-Esprit Amen. Allez en paix !

Tête-de-loup rejoignit ses compagnons, la guerre au cœur. Un troisième homme atteint par l'épidémie, on s'enfuit du campement plutôt qu'on le quitta. Les dix-sept réfractaires, survivants de l'équipée d'Echiré et du choléra, se répartirent en trois groupes. Tête-de-loup en conduisait un, le tisserand de Maulévrier et le conscrit de Saint-Martin les deux autres. Il fut décidé de se retrouver dans la forêt de l'Absie, près du Gros Châtaignier ; de ne se déplacer que la nuit ; de ne tirer des coups de feu sous aucun prétexte, se défendant au couteau si besoin était. Mais d'un lieu à l'autre, on ne comptait pas plus de trois heures de marche. Le parcours se fit sans encombre.

De la forêt de Vouvant-Mervent à la forêt de l'Absie, des coulées de bois de chênes et de châtaigniers formaient d'ailleurs un couvert végétal presque ininterrompu. A tel point que l'horizon paraissait barré par une ligne de verdure très haute, comme une falaise de branches et de feuilles ondulant au vent.

Tête-de-loup et sa bande ne construisirent pas de loges dans la forêt de l'Absie, beaucoup moins épaisse que celle de Vouvant et donc plus perméable aux incursions des autorités, mais creusèrent des souterrains qu'ils camouflèrent avec des branches et de la mousse. Le conscrit de Saint-Martin, loin de son bocage, ne disposait plus de son réseau de sympathies paysannes et ne savait donc où trouver du pain. Il se rendit néanmoins seul, sans arme, dans quelques fermes et apprit que d'autres réfractaires se terraient dans la région. Il vit même dans un village une affiche placardée par des chouans et, ne sachant pas lire, l'arracha pour l'apporter à Tête-de-loup.

Ecrite à la main, dans une grande calligraphie pointue, elle disait seulement :

Vive Challe dix roi de france
la paix et le comerce

Et elle était signée :

Les chouans soldats d'Henry V

Tête-de-loup reconnut l'écriture de Ferdinand Béché. Il n'eut alors de cesse que de le joindre.

Des bergers voulurent bien établir le contact en allumant des feux sur les collines qui se répondirent comme autant de signaux. Les deux hommes se rencontrèrent dans le bois des Gâts. Béché dit que Jean-Baptiste tenait la région de Parthenay et que, dans le nord de la Gâtine, une bande dont il ignorait tout, sinon qu'une femme la commandait, donnait du fil à retordre aux gendarmes.

— Judith ? demanda Tête-de-loup.

— On ne sait pas son nom. En tout cas ça n'est pas la duchesse de Berry qui a été vendue par un Juif pour cinq cent mille francs. Tu te rends compte ! Cinq cent mille francs ! Le prix de... de mille deux cents paires de bœufs, si on peut rêver pareil troupeau. Mille deux cents métairies recevant chacune une paire de bœufs gratis. Tu imagines ! Il paraît que le préfet de Nantes a payé Judas en lui tendant les billets de banque avec des pincettes. Elle croupit en prison, à l'heure qu'il est, la duchesse. Comme le Capitaine Noir. Comme Bouchet, à Bourbon-Vendée, qu'on va guillotiner, comme Renaud François qui va partir aux galères.

Béché sortit une pièce de monnaie de sa poche, à l'effigie de Louis-Philippe et cracha dessus.

— Il ne me reste presque plus de poudre, dit Tête-de-loup.

— On peut acheter du salpêtre chez les épiciers de Niort. C'est loin, c'est cher, c'est risqué, mais je te donnerai la filière.

— Il ne me reste plus un seul denier.

Béché regarda Tête-de-loup comme s'il ne comprenait pas. L'ancien domestique du baron de Mallet-Roquefort, jadis affilié à la bande de Jean-Baptiste, avant de monter la sienne avec feu Secondi-le-Corse, avait tout perdu de son raffinement de laquais. Barbu, les cheveux en broussaille, vêtu de loques encroûtées de terre, à force de vivre dans des terriers il s'était recroquevillé, tassé, comme un vieux paysan englué dans ses labours.

— Je n'ai plus d'argent, répéta Tête-de-loup.

— Fais comme nous, répliqua Ferdinand Béché, agacé. Agrippe l'argent où elle est. Les recettes des impôts n'en manquent pas. Et ça ne vole personne. On ne reprend que ce qui nous a été pris. Avec l'argent tu obtiens ce que tu veux. Des armes, du pain... Mais, de l'autre côté, l'argent délie les langues. La duchesse a été vendue, le Capitaine Noir aussi. Les gardes champêtres qui guident les soldats dans leurs battues reçoivent des gratifications. Les gendarmes et les douaniers qui capturent les réfractaires touchent des primes. La chasse aux chouans est ouverte, l'appât si vif que les indicateurs se glissent même dans nos bandes. Fais bien attention à tes hommes. N'en prends pas de nouveaux. Il se fourre des espions partout. Le plus terrible des agents secrets du préfet de la Vendée est une femme...

— Une femme encore, comme cette Judith...

— Assuline, qu'elle s'appelle. On n'a jamais réussi à la démasquer. On connaît seulement son nom. Elle fait parler les hommes tu devines comment.

— Tu ne sais rien, au sujet de ma Louison ?

— Rien.

— Et cette Judith de la Gâtine ?

— Rien. C'est toi qui dis Judith. Je n'ai jamais entendu ce nom-là, sinon dans la Bible.

Tête-de-loup comprit alors que la lecture de son livre

noir devait le troubler. Oui, bien sûr, Judith et Olopherne... Le curé Barentin avait-il prononcé Judith ? Ce nom lui serait-il apparu dans un songe ?

— Il n'y a plus d'espoir pour nous, reprit Tête-de-loup, se souvenant des paroles du marquis. Mais comment retourner en paix dans nos villages, avec ces deux grenadiers égorgés par mes hommes et après cette bataille pour délivrer le Capitaine Noir ? Il y a trop de morts, maintenant, entre eux et nous. L'échafaud nous attend à Fontenay, à Niort, à Parthenay, à Bourbon. Les bourreaux ne chôment pas par les temps qui courent. On se croirait revenu au temps de Robespierre.

— Quoi, tu te décourages ! Mais tu dois tenir. Tu dois piquer aux fesses tous ces culs-blancs...

— Il n'y a plus de culs-blancs.

— C'est pas parce qu'ils portent des pantalons rouges. Par-dessous, c'est toujours des culs-blancs. Il faut que Philippe pense que nous sommes des milliers. Il faut attaquer partout, toujours, ne pas laisser le pays se ressaisir. Il faut les aiguillonner comme des taons sur une raballée de chevaux.

— Tous nos chefs sont partis. Même Diot...

— Ils sont partis au Portugal chercher des renforts. Diot et Monsieur de la Rochejaquelein reviendront avec vingt mille hommes qui savent mener une guerre. Ils vont débarquer aux Sables et je te dis qu'on les fera danser, les patauds ! Comme en 93 ! Moi qui me suis battu en Espagne, avec mon marquis, en 1823, je sais ce que j'avance. Les Portugais que va ramener Diot seront terribles. Et si nous réussissons à entretenir jusque-là le mécontentement des paysans, la Vendée entière se soulèvera pour marcher avec eux. Et avec nous.

Tête-de-loup ne savait que penser. Son tempérament le portait à croire Béché, mais il se souvenait du pessimisme du marquis de la Jozelinière. Comment cet aristocrate, qui parlait à la duchesse, qui connaissait Monsieur de Chateaubriand et Monsieur Berryer n'aurait-il pas été plus informé sur la marche du monde que Béché terré comme un blaireau ? Les propos de Béché, tenus par le Capitaine Noir auraient été acceptés sans réserve par Tête-de-loup. Tous les deux sortaient du même milieu et le Capitaine Noir n'aimait ni Diot, ni Béché, ni Jean-Baptiste, trop liés aux nobles et qui, insurgés, lui paraissaient demeurer valets. Mais le Capitaine Noir ne sortirait plus jamais de prison, sinon pour baiser le couperet de la veuve.

LIVRE SECOND

LOUISON

1.

Mais ce n'est pas de la place du Drapeau, à Parthenay, où la guillotine attendait ses clients

Mais ce n'est pas de la place du Drapeau, à Parthenay, où la guillotine attendait ses clients, que vinrent les nouveaux événements. L'autre grande place de Parthenay, entre l'église Saint-Laurent et la rue du Sépulcre, celle du Champ-de-Foire, comme tous les mercredis grouillait de paysans en blouses bleues toutes neuves rêches comme des chasubles, de paysannes arborant sur leurs têtes leurs gâtinelles aux longs rubans de moire blanche, de maquignons, leurs fouets autour du cou, de bouviers, l'aiguillon à la main comme une lance, de bergers encombrés de leurs houppelandes, de commerçants habillés en bourgeois avec leurs chapeaux en tuyaux de poêle. Leurs marchandages, leurs cris, leurs appels, le mugissement des bœufs, tout cela faisait un joyeux tintamarre qu'interrompit soudain une grande clameur venant des tripots et des échoppes de la rue de la Vau. Un piétinement de foule, insolite, figea les conversations au marché. Puis une rumeur déferla : le setier de seigle passait de vingt à vingt-cinq francs. Sur la place Vauvert, des ménagères criaient que les prêtres et les nobles achetaient le grain en masse pour le jeter dans la Loire et faire monter les prix. Bientôt, de la ruelle des Pèlerins, dans le quartier de la Porte-Saint-Jacques, arrivèrent des ouvriers lainiers, réduits au chômage depuis que des machines accomplissaient leur travail. Comme le voiturier Michon se trouvait malencontreusement sur leur chemin, sa charrette en travers de la rue, ils le prirent à partie et brisèrent le véhicule après avoir dételé le cheval sur lequel l'un d'eux monta. La troupe d'ouvriers, avec son capitaine improvisé, apparut sur la place de la foire comme une horde barbare. Les paysans s'enfuirent en débandade, abandonnant leurs bœufs.

Pendant quelques jours Parthenay fut la proie de ses pauvres, sortis comme des cloportes de leurs masures de la rue du Pied-de-Bouc. Renfermés derrière les volets clos de leurs maisons aux belles façades de briques et aux colombages de chêne, les bourgeois philippistes entendaient comme monter du Thouet qui ceinture la ville ces monstres des marécages, toutes ces figures infernales de la misère et de la révolte qu'ils croyaient devenues désuètes depuis la fin de la chouannerie. Il subsistait bien quelques bandes éparses pourchassées par les gardiens de l'ordre, mais elles se terraient dans des bois. Alors cette subversion, issue de la ville même, les stupéfiait. C'était le monde à l'envers. Il ne s'agissait plus des paysans qui encerclaient les localités de leurs fourches et de leurs faux, mais du petit peuple de la cité, de cette lie des faubourgs à laquelle ils ne prêtaient pas attention, croupissant dans sa pauvreté, trop-plein d'une main-d'œuvre que l'on tenait à merci pour des tâches éphémères et presque gratuites.

Les greniers à blé pillés, les échoppes de la rue de la Vau défoncées, les barriques des tavernes vidées, la ville retrouva son calme. Un matin, les bourgeois de Parthenay n'entendant plus hurler dans les venelles, ouvrirent précautionneusement leurs volets de bois. Les cloportes étaient de nouveau rentrés dans leurs trous. Appelés à l'aide, les hussards amenèrent bientôt la quiétude par le bruit rassurant du piétinement de leurs chevaux effectuant les rondes.

Mais peu de temps après, à Niort, les gantiers se soulevèrent à leur tour. Sur trois mille trois cents ouvriers façonnant des gants de cuir, la moitié ne recevait plus de travail depuis que la mode poussait les élégantes à recouvrir leurs doigts de coton ou de fil.

Puis les rouisseurs de chanvre, dépossédés de leurs profits saisonniers, investirent les agglomérations où des ateliers de rouissage chimique industriel se montaient.

Des échos de ces événements arrivaient jusque dans la forêt de l'Absie, amplifiés, déformés. Si bien que la réflexion du marquis de la Jozelinière à Tête-de-loup : « L'avenir est dans les villes », trottait dans la tête de l'homme des bois. Il se souvenait aussi des prophéties du curé Barentin : « Prends garde, Philippe, tu crois que les hommes des champs veulent te ravir ta couronne et tu ne vois pas dans tes villes les barricades. Tu ne vois pas les pavés que l'on déterre. »

Tête-de-loup se souvenait de tout ce qu'on lui disait, de tout ce qu'il entendait. Son instinct de chasseur lui faisait ainsi absorber toutes ces informations, tous ces repères. Il parlait peu, préférant écouter. Mais ce phénomène nouveau des révoltes ouvrières le conduisait à causer avec le tisserand de Maulévrier qui lui rétorquait qu'elles n'étaient pas si nouvelles. Lui-même, ouvrier sans travail, ne se trouvait-il pas dans sa bande et la Grande Armée catholique et royale de 93 ne se composait pas uniquement de paysans, de nobles et de prêtres, mais de forgerons, de maréchaux-ferrants, de tonneliers et surtout de tisserands des Mauges. Il est vrai qu'alors, les ouvriers, comme les nobles, suivaient les paysans. Tandis qu'aujourd'hui les paysans semblaient s'être lassés et les ouvriers prenaient le relais de la révolte.

— Moi je suis du métier du fil, disait le tisserand de Maulévrier. Mais je connais bien les métiers de la fibre. Ces rouisseurs de chanvre qui envahissent les prés au milieu de l'été, qui transforment les terrains en routoirs, qui pataugent dans l'eau croupie et qui meurent de fièvres et de diarrhées, ils feraient mieux de venir avec nous plutôt que de s'échiner à des besognes qui les mènent tout droit à la tombe. Vois-tu, Tête-de-loup, nous autres les ouvriers, on ne meurt pas de sa vraie mort. Jamais. On se tue au travail.

Tête-de-loup regardait son vieux compagnon, qui déjà lorsqu'il le rencontra dans l'auberge de Boismé, lui parut sans âge. Toujours aussi pâle, malgré sa vie au grand air, racorni, les cheveux jaunes et les yeux ternes, il n'en restait pas moins l'un des hommes les plus solides de la bande. Précis, efficace, ne s'embarrassant pas de scrupules, le tisserand de Maulévrier représentait pour Tête-de-loup un compagnon sûr, mais quelque chose le retenait toujours qui l'empêchait de se laisser aller à cette tendresse éprouvée pour le conscrit de Saint-Martin. Bien qu'ayant jadis exercé des métiers d'artisan saisonnier, il sentait les ouvriers encore plus loin de sa nature que les paysans. Entre l'homme de la terre et l'homme des bois ne se trouve que la vieille rivalité du pasteur et du nomade. Mais tous les deux sont des hommes de la nature. Le tisserand prisonnier des fils de sa navette, comme la mouche dans la toile de l'araignée, lui paraissait un être incompréhensible. Il se voyait du côté de l'araignée. Ces tisserands qui formaient le corps le plus dur de sa bande, le plus aguerri, le plus cruel à l'occasion étaient des mouches qui avaient réussi à crever la toile d'araignée et à fuir. De fortes mouches. Des mouches piqueuses.

Assis sur le tronc d'un châtaignier abattu par la foudre, les deux hommes, leur fusil entre les jambes, devisaient, très calmes. Ils se trouvaient loin du campement, venus en observateurs. On n'entendait aucun bruit, sinon le frémissement des feuilles des plus hauts chênes et le martèlement du bec d'un pivert sur un tronc. Tête-de-loup aimait ce calme et ces odeurs de champignons et de mousses. Le soleil ne pénétrait jamais dans cette forêt très épaisse, sinon par halos dorés. Une herbe drue, coupante, tapissant abondamment le sol malgré les ronces, formait une végétation si dense au pied des arbres que l'on ne voyait plus rien au-delà de dix mètres. Même au plus chaud de l'été la forêt conservait une fraîcheur de caverne.

Le tisserand de Maulévrier parlait de nouveau, comme seulement pour lui-même :

— Nous autres, on ne compte pas. On nous déplace comme des pions sur le jeu de l'oie. Moi, vois-tu, il paraît que mes anciens sont venus de Flandre parce qu'un frère de ce Colbert qui était le ministre du roi avait acheté la seigneurie de Maulévrier et qu'il voulait y installer du tissage et que les tisserands flamands ne se faisaient pas payer cher. On nous a demandés. On est venus. On avait besoin de toiles et de mouchoirs de lin pour envoyer dans la Nouvelle-France, de l'autre côté de l'Océan. Puis les armées du roi ont été battues au Canada et les tisserands de Maulévrier n'ont plus reçu de travail. Ils ne sont pas retournés en Flandre. Ils sont devenus mendiants en Anjou. Et un jour le tissage des mouchoirs de Cholet a refait de nous des ouvriers. Au commencement de la Révolution quarante mille bonshommes et bonnes femmes tissaient des mouchoirs. Il n'y en a plus que le quart depuis les machines mécaniques. Les autres sont morts de faim ou se cachent dans les bois.

« Vois-tu, Tête-de-loup, les retardataires qui sont dans la bande, ils ont un feu, un lieu. Quand ils regardent derrière eux, ils voient la fumée de leur métairie. Parfois ils s'en retournent, comme le conscrit de Saint-Martin. Ils s'en retournent parce qu'ils ont un lieu où s'en retourner. Mais nous, on n'a rien, ni feu ni lieu. On est venus vers toi les mains nues et tu nous as donné un fusil. C'est notre seul outil, désormais.

— Moi non plus je n'ai rien, répliqua Tête-de-loup, bougon.

Il se releva brusquement et les deux hommes repartirent observer la lisière de la forêt, là où les fragonelles et les houx abondent, avant que ne commence le débordement des hautes fougères qui mordent sur les prés.

Tête-de-loup n'arrivait pas à se délivrer de cette image de la femme chef de bande dans le nord de la Gâtine. Son père, le vieux Dochâgne, ancien cavalier de Stofflet en 93, lui avait parlé d'autres chouannes : Marie-Antoinette-Pétronille Adams, dite le chevalier Adams, marchande à Puybelliard, dont le mari, pataud, s'était enfui à La Rochelle, et qui se présenta à l'armée de Sapinaud à cheval, vêtue en homme, un pistolet à la ceinture (Sapinaud lui donna un sabre et l'incorpora à sa cavalerie) ; Renée Bordereau, dite Brave l'Angevin, paysanne des Ponts-de-Cé qui, après le massacre de ses parents et de quarante-deux membres de sa famille, s'acheta un fusil à deux coups, s'habilla aussi en homme et suivit comme cavalier l'Armée catholique et royale dans la Longue Virée de Galerne, sabrant les hussards de Kléber, puis ceux de Bonaparte en 1799, puis ceux de Napoléon pendant les Cent-Jours, après avoir été, sous l'Empire, enchaînée pendant six années au Mont-Saint-Michel.

Mais le chevalier Adams fut fusillé en 93 et Brave l'Angevin, ne pouvant se consoler de la mort de Louis XVIII (elle était bien la seule !), mourut la même année que le roi, en 1824.

Tête-de-loup relisait dans sa Bible l'histoire de Judith. La Bible abondait en images de femmes fortes et, en surimpression, se plaquait toujours le souvenir de la Louison, femme forte elle aussi. Il se remémorait la manière dont il avait connu la fille du forgeron Chante-en-hiver. Il s'en méfia d'abord, parce que sa liberté d'allure l'intimidait. Mais lorsqu'ils se retrouvèrent seuls dans la forêt du haut bocage, chassés l'un et l'autre par la méchanceté des gens, lorsqu'il la débusqua dans les ronces, apeurée, prête à griffer et à mordre et qu'il partagea avec elle son quignon de pain, il comprit tout à coup que cette femme, aussi sauvage qu'il était sauvage, serait sa louve.

La Louison, chassée du village comme une gourgandine, lui parut plus belle dans ses haillons, les pieds nus ensanglantés par les ronces, ses yeux marron noircis par la colère et la peur, que lorsqu'elle paradait dans le cabaret de son père le forgeron, reine de la bachellerie des filles. Et si Tête-de-loup se montrait toujours maladroit avec les femmes, que son allure sauvage repoussait, il savait apprivoiser les louves.

Ils vécurent dans la forêt en désapprenant le monde. Il lui fit oublier sa peur. Sauvages et heureux comme des bêtes, se nourrissant de baies, de champignons, de glands et d'une orgie de viandes (ce gibier que Tête-de-loup capturait dans les lacets de ses pièges avec tant de dextérité). Ils se laissèrent envahir par la sensualité de cette terre forestière toujours humide où l'abondance des feuilles mortes leur offrait un lit immense toujours ouvert pour l'amour. Ils se laissèrent gagner par la sexualité diffuse de toutes ces bêtes qu'ils ne voyaient pas, mais dont ils entendaient le souffle, les poursuites, les cris, de tous ces appels d'oiseaux, de tous ces frémissements d'insectes, de ces reptations visqueuses de serpents. Engloutis par la forêt, ils en devinrent un élément de même nature que les branches d'arbre qui, imperceptiblement, mais seconde par seconde, millimètre par millimètre, bougeaient et dirigeaient leurs rameaux vers la lumière; de même nature que ces hardes de sangliers fouissant le sol de leurs hures noires, se vautrant dans les souilles et dont les laies mettaient bas dans leurs bauges fangeuses des marcassins jolis comme des jouets d'enfant; de même nature que ces lierres et ces lianes qui montaient à l'assaut des arbres, s'incrustant aux écorces, d'une telle étreinte que certains périssaient étouffés.

La fécondité de la forêt les emportait dans une découverte éperdue de leurs corps. Dans sa vie de vagabond, Tête-de-loup ne connut que des accouplements rapides. Louison, plus délurée, avait déjà vécu, comme on dit. Mais ni l'un ni l'autre ne soupçonnaient que la sexualité puisse devenir aussi irradiante, dévorante, torride.

Ils gîtèrent ainsi longtemps dans la forêt du haut bocage, d'une durée qui ne se pouvait mesurer, se laissant aller au cours des saisons, comme ces arbres, ces plantes, ces animaux, pour lesquels le temps ne comptait pas. Et puis un jour Tête-de-loup sentit monter en lui ce flux qui l'étouffait comme si un garou, une galipote ou toute autre bête maudite issue des terreurs de la nuit l'étranglait. La forêt, dans laquelle il vivait un épanouissement lui faisant atteindre de ses quatre membres les quatre points cardinaux, se rétrécit brusquement. Il se crut prisonnier. Une grande aspiration à se jeter dehors, ailleurs, à repartir sur les chemins, le précipita à la recherche de sa tribu des Dochâgne, oubliée avec Louison, si délicieusement oubliée.

Son intuition, son instinct disaient à Louison que sortir de la forêt serait s'exposer à des dangers sans fin, que tous ces arbres et ces bêtes sauvages les protégeaient de la méchanceté des hommes, que sans doute les grands, les riches, les puissants, ceux qui font ce qu'ils appellent l'Histoire devaient encore avoir manigancé des malfaisances et qu'ils en seraient égraffignés.

Mais comment retenir un homme que le démon de la mouvance tenaille ? Louison supplia, hurla, menaça, mais déjà son compagnon écoutait au loin une meute de loups dont il suivait le déplacement. Déjà il modulait un appel auquel les loups répondirent. Déjà la meute galopait en brisant les bois morts. Déjà apparaissaient dans les broussailles les fins museaux, les oreilles droites et l'éclat de vingt yeux obliques dorés. Louison se souvenait de ce que l'on disait des loups au village, que leur regard insoutenable perçait les ténèbres, qu'ils incarnaient des démons venus de l'enfer et que les sorciers qui se rendaient la nuit au sabbat se juchaient sur leurs échines. Maintenant elle les voyait tout autour d'eux, comme de simples chiens. Son compagnon leur parlait. Il allait les emmener avec eux pour qu'ils les protègent et aussi pour que, grâce à la peur qu'ils suscitaient chez les paysans, ils puissent obtenir de quoi se vêtir. Tête-de-loup ne restait jamais en peine de nourriture, mais leurs vêtements n'étaient plus que des loques auxquelles se substituaient des peaux de bêtes cousues avec des crins.

Leur apparition dans les premières fermes, avec leur accoutrement de dépouilles de cerfs, leurs cheveux comme des crinières, la couleur terreuse de leur peau, causa sans doute plus de terreur et de stupeur que les loups qui les accompagnaient. On leur jeta des hardes, du pain et l'on ferma en toute hâte les volets, fourches à la main.

Tête-de-loup, Louison et leur dizaine de fauves descendirent vers le sud, vers la plaine de Luçon, laissant derrière eux une traînée de soufre. Aux fermiers récalcitrants, Tête-de-loup rappelait que les loups vivent neuf jours de chair, neuf jours de terre et que les neuf autres jours ils ont les dents serraillées. Il menaçait de les lâcher si les paysans rechignaient à leur faire l'aumône. Ainsi purent-ils retrouver des vêtements de chrétiens et même des sabots ; empocher quelque menue monnaie. Mais personne n'avait entendu parler de la tribu des Dochâgne pourtant émigrée vers le sud avec toute une suite de voisins, dans une longue caravane de charrettes, de bœufs, de chèvres et d'enfants.

Comme le vieux Dochâgne et son escorte demeuraient tous fidèles de la Petite Eglise, Tête-de-loup, Louison et leur meute obliquèrent vers le Bressuirais, remontant jusqu'à cette région de Courlay où le plus grand nombre de dissidents se regroupaient. Ils n'y trouvèrent pas les Dochâgne et, rendant les loups à la forêt, se fixèrent finalement là, pour leur plus grand malheur.

Revenu en lisière de la Sèvre Nantaise, Tête-de-loup rêvait du pays des étangs. Il lui semblait voir monter dans la noirté du jour qui se couchait derrière la forêt de l'Absie, la lueur des chandelles de cire des mirolaines, ces dames blanches accompagnatrices des lavandières de la nuit.

La Judith qui menait une bande là-bas, au-delà des étangs, dans la région où il avait créé avec Louison leur petite borderie, était-elle une mirolaine ?

Il lui fallait savoir. Il lui fallait rencontrer cette femme. Par un accord tacite chaque bande s'octroyait un terrain sans mordre sur celui de l'autre. Tête-de-loup savait que Ferdinand Béché régnait sur le Bressuirais et Jean-Baptiste sur la Gâtine. Personne ne lui avait jamais contesté la région de Vouvant. Il allait provoquer cette femme sur son territoire, la forcer à lui répondre, à se montrer peut-être.

Emmenant le conscrit de Saint-Martin, deux retardataires et deux tisserands, il se glissa vers Boismé. L'envie lui prit alors d'aller menacer le fermier chez lequel jadis Louison travaillait et qui refusa de lui parler lorsqu'il vint une première fois à sa recherche. Avec ses hommes, il saurait bien le rendre bavard. Mais à sa grande surprise, il ne retrouva pas la ferme. Il crut avoir oublié, tourna, revint sur ses pas, reconnut enfin les grands noyers qui se trouvaient près de la bergerie. Mais il n'existait plus de bergerie. S'approchant, ils virent des pierres calcinées et tout un amoncellement de ferrailles tordues, de roues de charrettes et des cadavres de chevaux en putréfaction sur lesquels des nuées de mouches bourdonnaient.

— La femme que tu cherches vient de passer, dit le conscrit de Saint-Martin.

— On va ben savoir, répondit Tête-de-loup.

Il emmena sa bande à la gendarmerie du prochain bourg qu'ils investirent en quelques secondes. Les trois gendarmes de garde furent tondus ras, sans que les couteaux bien aiguisés des tisserands ne leur laissent un soupçon de cheveu sur la tête. Puis on leur prit leurs fusils et surtout les provisions de cartouches. Avant de repartir Tête-de-loup signa de son surnom, en grandes lettres, sur le registre ouvert, devant les gendarmes ligotés et bâillonnés dont les yeux écarquillés exprimaient leur certitude de voir leur dernière heure arrivée.

Quelques jours plus tard, comme s'il s'agissait d'une réponse, le fils du fermier d'un hameau proche de la gendarmerie eut les cheveux coupés en présence de son père.

Ces pratiques de Peaux-Rouges (mais les Peaux-Rouges enlevaient le cuir chevelu avec les cheveux) ne représentaient pas une innovation ou une fantaisie propre à Tête-de-loup. Les Vendéens de 93 les employaient déjà sur leurs prisonniers républicains qu'ils relâchaient parfois tondus, persuadés en cette époque où toutes les classes de la société portaient cheveux longs ou perruques que des soldats libérés sans cheveux ne se relèveraient pas de cette humiliation.

Sans leurs boucles, leurs rouflaquettes sur les joues et leurs fières moustaches, les gendarmes rasés du crâne au menton par Tête-de-loup devinrent en effet, tout au long de la repousse, l'objet de la risée des villageois. Rien ne faisait plus rire alors qu'un homme sans cheveux. Perdre ses cheveux signifiait perdre sa virilité. Les chauves se couvraient le crâne de mouchoirs, de grands chapeaux, de bicornes.

Le père du paysan tondu, tondu pour cause de mouchardage au sujet d'un retardataire, déclara que les chouans qui « mutilèrent » son fils étaient commandés par une femme que la rumeur publique appela, d'un même élan, Dalila.

Après Judith, Dalila...

Tête-de-loup lisait dans son livre noir :

« Samson ne put résister aux plaintes et aux prières dont elle l'importunait jour et nuit et il lui découvrit enfin la vérité. Il lui dit que le fer n'avait jamais passé sur sa tête et que si on le rasait toute sa force s'en irait avec ses cheveux... »

Tête-de-loup se disait qu'il lui faudrait raser tous les gendarmes, tous les hussards, tous les dragons, tous les voltigeurs ; raser les rouflaquettes et le toupet du roué Philippe ; tondre les gardes-chasse et les gardes forestiers ; tondre les agents du fisc...

Il s'imaginait être Samson et voyait sous les traits de Louison, la Dalila-Judith qui répondait à son message. S'ils s'associaient ne formeraient-ils pas un couple de justiciers invincibles ?

Ne sachant où la joindre, il continua à lui envoyer des messages par une succession de petits raids auxquels elle répondait à chaque fois. Des expéditions sans autre cruauté que celle de la dérision. Des expéditions pour rire, pour jouer, pour établir un dialogue entre eux deux et pour signifier en même temps à la population de la contrée que rien ne leur échappait, qu'ils savaient tout au sujet des délations de plus en plus nombreuses.

Tête-de-loup et sa bande enlevaient une femme dont on savait qu'elle entretenait des rapports condamnés par l'Ecriture avec un gendarme, la conduisaient dans la lande d'ajoncs, la déshabillaient, la forçaient à se rouler dans les épines, puis la renvoyaient à son village, nue et rouge comme la fesse d'un bœuf. Le moment ne tardait pas où une jeune fille qui avait refusé du pain à un chouan était enlevée à son tour, dénudée dans un bois et fustigée avec des branches de houx. La jeune fille disait qu'elle avait craint d'être fouettée par la femme qui commandait la bande. Les hommes portaient un fusil sur l'épaule mais, elle, tenait à la main un fouet, dont elle ne s'était pas servie.

L'une des bandes désarçonnait un percepteur en tournée, le délestait de sa bourse, chassait son baudet dans la lande. L'autre venait distribuer à des malheureux cherche-pain croupissant dans leurs creux-de-maisons de belles pièces d'argent toutes neuves, après avoir toutefois demandé aux bénéficiaires de cracher consciencieusement sur l'effigie de Louis-Philippe.

Visiblement, Tête-de-loup et Judith-Dalila se faisaient la cour, chacun surenchérissant sur les coups de l'autre. Ce duel amusait les villages et les bourgs puisqu'il ressemblait plus aux facéties des bachelleries qu'à des mœurs de brigands.

Mais pour Tête-de-loup, homme privé de femme depuis si longtemps, homme privé de sa Louison, l'inconnue au fouet devenait une géante, Mélusine et Gargamelle, fée et Vierge Marie, sorcière et druidesse. Toutes ces fortes femmes qu'il rencontrait dans la lecture journalière de sa Bible se mélangeaient, Salomé et les filles de Loth, Ruth et la reine de Saba, Marie-Madeleine en ses longs cheveux et Eve notre mère lointaine.

Il imaginait finalement la Louison-Judith-Dalila s'élevant dans les airs à califourchon sur une acouette (qui n'est autre que le manche à balai des sorcières), rapide comme l'éloïse (qui n'est autre qu'un éclair), suivie de ses gibiers de potence comme autant de gros chats noirs et arrivant un soir dans sa forêt de l'Absie, le fouet à la main.

La rencontre fut plus banale. Un jour Tête-de-loup entendit hurler d'amour une louve dans le bois des Gâts. Il y répondit comme répondent les loups en pareille circonstance. Il sut très vite qu'il ne s'agissait pas d'une vraie louve. Elle comprit qu'il ne s'agissait pas d'un vrai loup. Ils se rapprochèrent, guidés par leurs plaintes amoureuses et soudain Tête-de-loup vit apparaître, écartant les branches d'un buisson de noisetiers, une femme qui se tenait très droite, retenant d'une main ses longs jupons qu'accrochaient les épines, rieuse de ses yeux marron et qui se jeta contre lui de tout le poids de sa chair. La chaleur de Louison, son odeur, la tendresse de sa peau pourtant couverte de ses vêtements rudes, toute l'ivresse de leurs étreintes dans la forêt du haut bocage le saisirent d'un coup. Lui qui ignorait la peur se mit à trembler. Elle dit :

— Je savais bien que c'était toi.

Et lui :

— Je savais bien que c'était toi.

L'hiver amena sa désolation sur la Gâtine. Dans la forêt les chênes et les châtaigniers dénudés n'offraient plus le voile opaque des feuillages de l'été pour cacher les réfractaires. Une pellicule de glace recouvrit les étangs. Une pluie fine, continue, avec des nuages si bas que le jour se distinguait à peine de la nuit, délaya la terre des chemins creux, transformés en torrents ou en bourbiers. Les bandes de Tête-de-loup et de Louison n'en formaient maintenant plus qu'une. Louison avait amené avec elle cinq hommes et trois femmes. Au début, les femmes furent nombreuses dans sa bande, toutes épouses de conscrits ayant tiré le mauvais numéro et qui, partis faire leurs sept ans, ne donnèrent plus de nouvelles. On disait que le roi envoyait ses soldats de l'autre côté de la mer, en Algérie, et que ceux qui ne mouraient pas dans les combats contre les Turcs recevaient des terres si grandes et si fertiles que jamais plus ils ne reviendraient.

Les réfractaires craignaient moins d'être découverts l'hiver que l'été. Les chevaux des gendarmes ou des hussards s'embourbaient dans les chemins détrempés. Il suffisait seulement de s'enterrer, de creuser des trous, de les masquer sous la mousse et le bois mort, d'effacer les traces de ses pas dans la boue. Les caches assuraient à la bande abri et chaleur. Sauf les tisserands qui, jadis, n'arrêtaient jamais leur labeur, la plupart des réfractaires étaient habitués à hiberner. Les paysans sortaient alors peu l'hiver, se conformant au raccourcissement des jours, engourdis et dormeurs comme des loirs. Mussés dans leurs boyaux de terre, tous somnolaient, attendant patiemment que le soleil revienne.

Mais paradoxalement, alors que la chouannerie semblait s'éteindre, dans les villages de la Gâtine, comme dans ceux du bocage et des Mauges, l'insubordination se réveillait. Les prêtres refusaient en effet de chanter le *Domine Salvum fac Regem Ludovicum Philippum,* comme les maires le leur demandaient. Les gendarmes dépêchés dans les églises rappelaient cette obligation aux curés qui les rembarraient. Des incidents se produisaient pendant les messes, au grand scandale des fidèles exaspérés par ces intrusions pendant les offices.

Le 28 janvier 1833, le 44e régiment de ligne arriva à Saint-Laurent-sur-Sèvre, cerna les deux couvents et menaça d'y mettre le feu si les moines et les religieuses ne dénonçaient pas les brigands qu'ils cachaient. Or ces couvents n'accueillaient aucun hors-la-loi comme les perquisitions le prouvèrent.

Les paysans qui, dans l'ensemble, s'accommodaient de Louis-Philippe furent ulcérés de ce que l'on touche à leurs prêtres. Et les réfractaires, dont on commençait à se lasser, bénéficièrent de nouveau de la complicité des campagnes. D'autant plus que, tout l'hiver, ils se contentèrent de venir au secours des ecclésiastiques persécutés, recevant en retour du ravitaillement sans devoir menacer pour l'obtenir.

C'est ainsi que la bande de Tête-de-loup et de Louison alla rechercher le curé Barentin dans la forêt de Mervent. Ses miracles indisposant l'évêque de Luçon, celui-ci le fit déloger de la grotte du père de Montfort par les gendarmes. Emmené à Fontenay-le-Comte, il s'échappa en cours de route, à la stupéfaction de ses convoyeurs qui virent soudain détaler le petit vieillard, véloce comme un fradet. Errant depuis dans la forêt, des bûcherons l'accueillirent dans leur campement et l'un d'eux prévint Tête-de-loup dans la forêt de l'Absie.

Tête-de-loup conduisit le curé Barentin dans un village près de Courlay et l'aida à chasser du presbytère le curé catholique romain. Les rites de l'Eglise française du temps de Louis XVI rétablis, les fidèles accoururent en foule de tous les alentours.

Le premier sermon transporta d'enthousiasme les assistants à un tel point qu'on le copia sur des parchemins pour l'envoyer à Bressuire. Le voici :

Mes chers frères,

Philippe a violé son serment. Il avait promis, en usurpant la couronne, de faire le bonheur de la France, de la rendre libre, de diminuer les impôts, de songer au peuple, de veiller à ses besoins, d'observer dans toutes ses parties la nouvelle charte : il avait promis ; et depuis que son pouvoir existe, voici le bonheur dont nous jouissons : les impôts sont doublés, la misère est à son comble, la charte est violée ; le sang du peuple a coulé à Paris, à Lyon, à Nîmes... les prisons se remplissent ; et si les citoyens se taisent encore, un despotisme avilissant pèsera sur notre belle patrie...

Suivait une prophétie par laquelle le curé Barentin promettait à Philippe « roi de la crapule » le sort de Nabuchodonosor qui, comme on le sait, fut chassé d'entre les hommes et condamné par le Tout-Puissant à habiter avec les bêtes farouches, à manger du foin comme un bœuf, trempé de la rosée du ciel.

Chose curieuse, depuis qu'on l'avait arraché de la grotte du père de Montfort, le curé Barentin, s'il continuait à prophétiser, ne lévitait plus. Ses dons miraculeux semblaient aussi disparus. L'exercice de son ministère, la Petite Eglise retrouvée faisaient de lui un autre homme. Comme le chevalier de la Boulardière, rallié à la famille d'Orléans, se permettait de se moquer de sa messe, disant qu'elle sentait l'Ancien Régime et que d'ailleurs ce pauvre curé Barentin devenait si vieux que l'on voyait sur ses mains « les taches du cimetière », sa nouvelle lubie fut de s'en prendre à la noblesse. Ce qui contribua à augmenter son crédit auprès des paysans que la morgue des fils d'émigrés réinstallés dans leurs terres et la fuite des responsables de la cinquième guerre de Vendée exaspéraient.

Il interpellait la noblesse dans ses sermons, tout particulièrement si un aristocrate venait à sa messe, chose rare car les meussieu avaient abandonné la Petite Eglise depuis le nouveau concordat de Louis XVIII. La Rochejaquelein-le-troisième lui-même, après la messe de minuit de l'an 1819, à Boismé, ne demanda-t-il pas à ses paysans de rejoindre l'Eglise de Rome ! Il arriva même au curé Barentin de donner un coup de goupillon sur les doigts du chevalier de la Boulardière, à l'église, pendant l'office, parce que ce dernier se permit d'y amener son chien.

Les excentricités du curé Barentin attirèrent fatalement de nouveau l'attention des autorités sur son ministère. La paire de gendarmes, venue enquêter, expulsée vigoureusement par les villageois, le sous-préfet de Bressuire appela la troupe. Un rapport du colonel, commandant le régiment de hussards, relate un incident qui mit fin une nouvelle fois à la carrière publique du curé Barentin :

La vue des couleurs nationales produit sur M. le curé un effet affreux ; en arrivant à l'hôtel (le sous-préfet a corrigé en rouge : autel) *M. le curé pose un calice, vient droit au sous-*

officier présent dans l'église, le prend par les épaules, le met à la porte du chœur et ferme la balustrade. M. le capitaine Didier le fit de suite revenir dans l'église, accompagné de deux soldats pour empêcher de nouvelles insultes.

Le Te Deum, en action de grâces, pour la conservation des jours du roi n'a pas été chanté par M. le curé. Ce prêtre s'est tout à fait mis, par sa conduite, en opposition avec la garnison et les amis du gouvernement.

A la suite de ce rapport le préfet des Deux-Sèvres ordonna de déloger Barentin de sa cure. Ce qui amena un raid conjugué des bandes de Ferdinand Béché, de Tête-de-loup et de Louison qui bousculèrent les hussards surpris, promenèrent pendant une heure le curé en procession, suivis par toute la population du village et des environs, chantant des cantiques. Pour la première fois depuis l'équipée de la duchesse, des chouans réapparaissaient au grand jour, en formation de combat. La population s'en montra ravie. Dispersées, fractionnées en minuscules unités, cachées dans les bois, les bandes avaient perdu peu à peu leur caractère insurrectionnel aux yeux des paysans et villageois pour prendre l'aspect de simples brigands de grands chemins. Ce retour en formation militaire et pour, de surcroît, protéger un curé persécuté par le gouvernement, leur redonna un prestige terni.

Tête-de-loup et Louison remmenèrent le curé Barentin avec eux, dans la forêt de l'Absie. Il voulut absolument enlever de l'église un grand crucifix de fer, qu'il porta sur son dos, tout le long du chemin.

2.

Le printemps et l'été de 1833 donnèrent l'illusion aux réfractaires

Le printemps et l'été de 1833 donnèrent l'illusion aux réfractaires que les beaux jours amenaient avec eux le bon temps.

Tête-de-loup et Louison retrouvaient les saisons heureuses où, seuls dans la forêt du haut bocage, ils avaient vécu les débuts de leurs amours. Le boyau de terre, dans lequel ils se glissaient le soir venu, formait un nid douillet où leurs sens s'éveillaient comme cette germination du sol qu'ils sentaient croître tout contre leurs corps. De ces racines, sur lesquelles ils butaient souvent, la sève montait vers les plus hautes branches où des bourgeons éclataient en s'ouvrant comme des doigts. Le printemps rosissait les joues de Louison. Elle perdait cette raideur de guerrière qu'elle devait afficher avec sa bande. Sa présence et celle des trois femmes qui l'accompagnaient transformaient d'ailleurs la vie au camp qui devenait moins sauvage.

Tête-de-loup sut enfin ce qu'il était advenu de Louison pendant sa longue disparition. Bien sûr leur borderie avait été brûlée par les soldats qui le recherchaient pendant la cinquième guerre, le bétail dispersé, les arbres fruitiers sciés. Louison réussit à fuir, puis revint pour travailler chez les fermiers qui l'employaient épisodiquement. Mais ceux-ci la chassèrent, ne voulant pas d'histoires avec les gendarmes. Elle s'acharna à demander de la besogne dans les alentours, où tout le monde la connaissait. On la rejeta de partout. Une animosité inexplicable braquait une population jusque-là plutôt bienveillante envers ce couple de gueux. La colonne de soldats incendiaires, les perquisitions opérées dans toutes les fermes d'alentour, les interrogatoires toujours rudes terrorisèrent à tel point que ce passage et l'arasement de la borderie prirent une allure d'apocalypse. On avait vu pire en 93, mais 93 se situait bien loin. Ces soldats à la poursuite de ces rabalous acceptés par charité ressuscitaient tous les démons que l'on croyait défunts dans la nuit des temps. La Chasse-Gallery revenait du fond des enfers. Et Louison, aux portes des fermes où elle demandait du pain, subissait la vieille malédiction jetée sur le seigneur Gallery qui, pour avoir poursuivi un cerf avec sa meute, à l'heure de la grand-messe, doit encore aujourd'hui chasser sans rien prendre et pour l'éternité : « Va, maudite, va, cherche ton homme à la tête de loup. Le Tout-Puissant te condamne à le chercher toujours, du coucher du soleil à son lever. »

Un soir un homme se moqua de Louison, lui disant : « Tu m'apporteras demain la moitié de ta chasse. » Le lendemain, à l'aube, ne trouvant pas son épouse près de lui, dans leur lit clos, il sortit dans la cour et, horrifié, vit la moitié du cadavre de sa femme pendu à la porte.

A partir de là, Louison, considérée comme sorcière, ne fut plus rejetée car on fuyait dès que l'on apercevait sa silhouette. On se souvenait que Tête-de-loup recevait une gazette, dont il effectuait une lecture publique certains jours. Etrange singularité à laquelle s'ajoutait celle-ci, beaucoup plus grave : il lisait dans des livres. Puisqu'il n'était pas prêtre, n'était-ce pas là le signe évident du sorcier qui, comme on le sait, possède de mauvais livres pour faire du tort ? Comment purent-ils acheter une borderie et quelques bestiaux, eux qui vinrent dans la Gâtine comme les plus pauvres des pauvres, sinon en commerçant avec le diable ? Tête-de-loup hérita de son nom, dès son enfance, à cause de son curieux visage allongé comme un museau, qui détonnait en un pays de têtes rondes et de ses yeux bleus inhabituels en une région d'yeux noirs ou bruns (les loups n'ont pas les yeux bleus, mais allez comprendre les idées des gens !). Dans la Gâtine on l'appelait Tête-de-loup plutôt à cause de sa familiarité avec ces chiens de l'enfer. N'aurait-il pas trouvé un de ces trésors que gardent les chiens noirs, dans lesquels passent les âmes des scélérats ? Les démons usent de trente-six manières pour se montrer. Les chiens noirs en sont une. Tête-de-loup savait apprivoiser les chiens noirs.

De l'éconduire comme sorcière la fit sorcière. On n'osait prononcer son nom de peur d'attirer sur le voisinage les plus grands malheurs. Redevenue la Louve, vivant de rapines, ignorant tout de la marche du monde, croyant Tête-de-loup mort ou dans le meilleur des cas prisonnier, elle rencontra d'autres femmes errantes et elles finirent par former une petite bande. Regroupées, elles obtenaient plus facilement du pain et de la poudre pour les fusils dérobés aux gendarmes. Sa connaissance parfaite du monde de la forêt, son endurance, la haine qu'elle éprouvait envers ceux qui l'avaient chassée et ceux qui lui avaient pris son homme, la manière dont elle se tenait toujours très droite, et qui lui donnait une allure altière, déterminèrent la bande à la choisir comme chef. A un charretier rencontré sur la route, elle dit d'un ton qui n'admettait aucune réplique : « Donne-moi ton fouet. » Il le lui donna. Et depuis elle se servait de ce fouet comme d'une arme. Plus d'un gendarme de la région portait sur son visage une balafre, souvenir d'un coup de cette terrible lanière qui claquait dans un déchirement de cartouche.

Ces femmes errantes terrorisaient la région car personne ne les croyait chouannes. Demoiselles blanches, lavandières de la nuit, compagnes de Mélusine, elles arrivaient d'un autre monde, de ce monde des fées et des enchanteurs que l'on supposait disparu, dompté par les saints prêtres. Si tous les morts de 93 revenaient, pensait-on, si ces centaines de milliers de morts, enfouis dans les champs, se relevaient soudain, tout ensanglantés, pour redemander des comptes aux vivants ! Déjà des bûcherons, en abattant de vieux chênes, découvraient parfois dans les troncs creux des squelettes debout, restes de chouans morts dans leur cachette. L'arbre s'était peu à peu refermé sur celui qui, trouvant en son mitan son dernier refuge, s'y endormit d'un éternel sommeil. Si tous les morts de 93 revenaient... Les morts et la mort, les morts et la guerre, les morts et les temps affreux que l'on espérait oubliés !

La petite bande de ces femmes, toutes veuves ou délaissées par des maris enrôlés dans l'armée d'Afrique et que l'on n'avait jamais revus, traînant des enfants en bas âge, terrifiait à tel point la Gâtine que l'on y dépêcha des dragons, des voltigeurs et même de l'artillerie. Ils se déployèrent en bataille, comme s'ils devaient s'attaquer au roi de Prusse, délogèrent les femmes du petit bois où elles se cachaient, les poursuivirent dans les landes de genêts et d'ajoncs avec la cavalerie comme des renardes débusquées par une meute. La plupart furent sabrées, foulées aux pieds par les chevaux. Louison, derrière le haut talus d'un chemin creux, resta longtemps près d'une de ses compagnes qui, la jambe brisée par un boulet de canon (car on avait tiré au canon sur ces sorcières), tenait serré sur sa poitrine son enfant de deux ans et lui plaquait la main sur la bouche pour l'empêcher de hurler. Elles entendaient tout près le galop des chevaux, la course des voltigeurs qui s'appelaient en jurant. La femme blessée souleva sa robe, arracha sa jarretière de sa jambe déchiquetée, la passa au cou de l'enfant et l'étrangla. Puis, avant que Louison fût revenue de sa surprise, mit le canon de son fusil dans sa bouche et se fit exploser le crâne.

Après ce carnage, il ne resta plus que trois femmes avec la Louison. Auxquelles se joignirent bientôt cinq réfractaires. Elles (et ils) ignoraient tout des autres bandes. Jusqu'au jour où les messages de Tête-de-loup, par tondus interposés, leur parvinrent.

— Je t'ai cherchée dans la ferme aux trois grands noyers, dit Tête-de-loup.

Louison eut un mouvement de colère :

— On ne peut pas toujours se fier à Dieu pour qu'il damne les mauvais. Faut parfois l'aider.

La nouvelle complicité paysanne offrant une relative sécurité aux bandes, Tête-de-loup, Louison et leurs acolytes sortirent de leurs trous. Ils recommencèrent à construire des huttes au plus profond de la forêt. A la lisière des landes de genêts des sentinelles veillaient, observant les collines où les bergers allumaient des feux en cas de danger.

Les coucous ouvrirent leurs premières fleurs dans les prés et le jaune cru des grands ajoncs donna un éclat doré à tous les buissons. Il pleuvait une petite pluie fine, douce, qui lavait d'une caresse le rude hiver. Un dimanche, on entendit sonner les cloches de tous les villages, longuement, dans un joyeux carillon. Le curé Barentin, qui avait planté sa grande croix de fer au milieu du campement, tintinnabulait en la frappant avec une pierre. Grâce à la présence du prêtre, les réfractaires disposaient maintenant de tous les secours de la religion. Ils ne se sentaient donc plus exclus du monde. A l'appel du curé, chacun venait pour assister à sa messe. Mais ce matin-là le curé Barentin annonça avec beaucoup de gravité le début de la semaine sainte. Les cloches sonnaient une dernière fois, en ce jour des Rameaux, avant de carillonner de nouveau à Pâques.

— Les cloches vont s'en aller à Rome, dit le conscrit de Saint-Martin.

Le curé Barentin faillit le gifler.

— Imbécile ! Tu peux aller voir dans tous les clochers. Les cloches ne vont plus à Rome depuis que le pape a reconnu pour roi l'Antéchrist. Les cloches restent avec nous. C'est bien la preuve que Dieu nous aime.

Le conscrit de Saint-Martin se retira tout triste au fond de la clairière. Le printemps lui donnait une nouvelle fois la nostalgie de son bocage. Une violente envie de partir l'étreignait. Il se souvenait qu'en ce dimanche des Rameaux, à Saint-Martin-des-Fontaines, pendant la procession qui sortait de l'église, on regarderait le sens du vent car toute l'année il soufflerait dans cette direction. Puis chacun irait porter le buis bénit au cimetière, sur la tombe des parents, dans sa vigne, dans son jardin, dans son champ et même sur son tas de fumier. Le goût de l'alise, cette brioche pâcaude, parfumée d'une goutte d'eau-de-vie, lui remplissait la bouche. Pâques ! Toutes les fermes du bocage redeviendraient d'un blanc éclatant, reblanchies à la chaux, une grande croix blanche dessinée sur la pierre de la voûte d'entrée. Pourrait-il résister au déferlement joyeux des cloches de Pâques ? Leur son arriverait, de clocher en clocher, du plus loin des villages qui vont jusqu'à la mer. Celles de Saint-Martin-des-Fontaines s'uniraient aux autres et il recevrait dans ses oreilles leur tintement. Il se bouchait les oreilles. Il ne voulait pas entendre ces cloches des Rameaux. Il ne voulait pas assister à l'office du curé Barentin. A défaut de buis, les réfractaires entouraient le curé avec des branches de houx et de fragonelle. Ils chantaient des cantiques du père de Montfort sur des airs de chansons à boire, comme l'avait recommandé le saint prêtre. Ce qui donnait à ce début de messe une allure de kermesse. *O très doux Jésus, levez-vous,* sur l'air de *Paie chopine, ma voisine,* loin d'égayer le conscrit de Saint-Martin le rendait infiniment triste. Il avait le mal du pays, la nostalgie lancinante de ce petit village à l'extrême limite du bocage, de l'autre côté de la forêt de Mervent, à huit ou neuf lieues seulement d'ici.

Il se ressaisit brusquement, une main se posant sur son épaule. Tête-de-loup s'accroupit près de lui :

— Tu ne vas pas encore t'en aller.

Le petit rouquin répondit, boudeur :

— T'as plus besoin de moi.

— Pourquoi ?

— T'as la Louison.

— J'ai besoin de toi, dit Tête-de-loup.

— La guerre est finie. A quoi ça sert de rester dans nos bois ?

— Y a une accalmie, je ne dis pas. Mais peut-être ben que c'est un piège des patauds. Toi qui es un retardataire et un échappé de prison, tu ferais mieux de ne pas montrer le bout de ton nez. Faut consulter Jean-Baptiste, ou Béché, et décider pour l'avenir. Le curé, lui, dit que tant que Philippe sera roué il nous faudra attendre. Il paraît que le petit prince va être majeur cet automne et qu'alors on proclamera Henri Cinq. M'est avis qu'il faut attendre.

On attendait depuis si longtemps ! Mais la plus grande liberté de déplacement dans la forêt et même à l'entour, le meilleur ravitaillement en pain et même en lait et en lard, provoquaient un relâchement qui rendait pénible cette réclusion dans les bois. La présence aussi de quatre femmes, parmi ces quinze hommes frustrés, transformait complètement les relations entre ces êtres depuis trop longtemps tendus, aux aguets, épiant les moindres bruits. La zizanie succédait à la crainte. On se disputait souvent. Les vieux compagnons de Tête-de-loup toléraient mal que les trois femmes de la Louison soient déjà appariées aux mâles de l'autre bande. Une sexualité longtemps atrophiée par une vie trop rude, où la peur nouait tous les organes, se réveillait en force dans ce calme printemps. Mais Louison et les survivantes de sa horde étaient suffisamment aguerries pour que les hommes trop empressés se fassent taper sur les doigts d'un revers de main ou se retrouvent bousculés dans les fougères d'un coup d'épaule.

La présence des femmes énervait, mais elle apportait aussi des douceurs. Depuis qu'ils se terraient dans les bois, les hommes devenus des fauves déchiraient le gibier de leurs dents et, de temps en temps, y ajoutaient un morceau de pain comme une friandise. Maintenant qu'ils recevaient du lait, des légumes et que les gendarmes fermaient les yeux lorsqu'ils voyaient de la fumée dans la forêt, on se mit à faire de la soupe dans un chaudron, avec des choux, des haricots, des fèves. Un réfractaire, assigné à la surveillance du pot de mojettes qui bouillottait devant les braises, pendant des heures, l'abreuvait en eau au fur et à mesure des besoins. Les femmes préparaient du mijé de lait caillé dans lequel on trempait de larges tranches de pain. Si bien que, de la claustration, on passa brusquement à la fête.

On chantait après le repas, à deux voix, les femmes répondant aux hommes :

Quand c'était le printemps
J'avais trois amoureux
J'étais fière en ce temps
Un partit ; j'en eus deux

Quand arriva l'été
Le second s'en alla
Vaincu par ma fierté
Lors un seul me resta

On chantait, puis on dansait. La danse défaisait les couples. La bonne chère et le vin aidant, on se demandait pourquoi les femmes n'ouvriraient pas leurs boutiques à tout un chacun. Et à l'heure de la mariennée, les jurons et les cris fusaient, les disputes et les coups.

Le curé Barentin, bien que de plus en plus vieux, n'était pas totalement sourd. Ni aveugle. Il réunit sa « paroisse » et lui tint ce discours :

— Mes enfants, nous entrons dans la semaine sainte où, vous le savez, la passion de Notre-Seigneur Jésus-Christ nous invite à la tristesse. Nous serons privés de chansons et de danses. Vous, les femmes, bien que vous ayez depuis trop longtemps perdu l'habitude de vous rendre au lavoir, n'oubliez pas que, pendant la semaine sainte, on ne fait pas de lessive car ce serait laver son suaire et mourir dans l'année. Vous, les hommes, jeudi, vous irez chasser le lièvre de Pâques. Mais le vendredi, vous savez que la terre saigne et que les laboureurs se reposent. Alors, vous aussi, vous déposerez vos fusils et joindrez vos mains pour passer votre journée en prières. Les deux derniers jours nous ne mangerons pas d'œufs, car l'œuf vient de la poule qui est une fumelle, et les fumelles ont causé la perte de plus d'un pécheur depuis que le monde est monde. Tête-de-loup, qui est un bon chrétien puisqu'il lit souvent sa Bible, je le vois, vous racontera l'histoire de la Putiphar qui conçut pour Joseph, vendu par ses frères, une affection impudique ; et celle du roi David, pourtant si juste, qui commit l'adultère avec Bethsabée, femme d'Urie... Mes enfants, Dieu vous a envoyé une nouvelle épreuve en plaçant parmi vous ces femmes qui excitent votre concupiscence. On ne peut pas demander à Dieu de tout arranger. Il a bien assez à faire à gouverner ses anges, et ses chérubins et tous les élus qui chantent sa gloire. Il ne vous a pas fourni un bon nombre de femmes, j'en conviens. Il n'y en a pas pour tout le monde. Ceux qui en seront privés n'auront que plus de mérite dans leurs mortifications. Je vois bien que les couples se font et se défont, ce qui, vous ne l'ignorez pas, est un péché mortel. Avez-vous songé à ce qui adviendrait demain, si vous mouriez ? La paix que nous recevons n'enlève pas le danger d'une attaque de nos ennemis. La balle qui vous tuera a déjà été fondue. Mais la Providence m'a conduit parmi vous pour vous éviter de tomber en enfer. Sans parler de la Louison qui est déjà mariée à Tête-de-loup, il y a trois femmes parmi nous. Elles choisiront une fois pour toutes trois hommes. Je vous marierai à la fin de la messe.

Le tonnerre tombant dans la clairière et carbonisant Barentin eût causé moins de surprise. Mais le curé récitait déjà l'*Introït,* assisté de deux retardataires qui lui servaient d'enfants de chœur. Ce qui fit taire les récriminations. Néanmoins, pendant tout le temps de l'office, les trois femmes dont on tiraillait les jupons durent jouer des coudes. Le curé ne remarqua pas les perpétuels déplacements puisqu'il tournait le plus souvent le dos à ses fidèles, face à l'autel improvisé sur une souche de vieux chêne. Lorsque l'on dépassa le *Sanctus,* les enfants de chœur abandonnèrent la cérémonie pour se précipiter vers les femmes, essayant de les tripoter en plaidant leur cause. Quand le curé pivota pour l'*Ite missa est* il vit ses paroissiens et ses trois paroissiennes qui se tiraient par leurs hardes, se bousculaient, se rejetaient, dans une gesticulation folle rendue encore plus étrange par le silence total dans lequel cette dispute se déroulait. Le curé pensa être frappé d'une soudaine surdité. Mais lorsqu'il prononça l'*Ite missa est* l'assemblée, figée tout à coup devant le prêtre, répondit par un vibrant *Amen !*

Le curé Barentin s'avança :

— Et maintenant les mariages...

Trois couples se présentèrent, dans un bruit de linge déchiré. Ils ne correspondaient pas à ceux venus avec Louison et les robes des femmes, comme les blouses des hommes, tombaient en lambeaux tellement les autres paroissiens s'y étaient accrochés.

Suivirent Tête-de-loup et Louison.

— Pourquoi vous ? s'étonna le curé.

— Bien sûr qu'on est mari et femme, dit Tête-de-loup. Mais on n'avait jamais pensé à se faire bénir par un curé.

Le 13 octobre 1832, sous l'influence du marquis de la Jozelinière, le tribunal de Fontenay-le-Comte interdit les garnissaires, ces soldats logés chez les suspects et aux frais de ces derniers, résurgence des dragonnades de Louis XIV. Le rappel des hommes de troupe dans les villes et les bourgs contribua beaucoup à ce relâchement qui se produisit au printemps de 1833. Le pays cessant d'être quadrillé (des soldats contrôlaient même les plus petits hameaux), la population se montra plus compréhensive aussi bien pour les autorités que pour les réfractaires. Ces derniers, qui n'étaient plus traqués, commettaient moins de délits, ou en tout cas des coups de main qui ne relevaient que de la gendarmerie et non de l'armée.

Si bien qu'au milieu de juin, le préfet Paulze d'Ivoy leva l'état de siège, s'opposant toutefois à la restitution des dix mille sept cents fusils réquisitionnés, ce qui mécontenta fort la paysannerie à laquelle la Restauration s'obstinait à refuser le droit de chasse accordé jadis par la République.

Dans cette détente, le marquis de la Jozelinière jouait un rôle très actif, secondé par l'action de Berryer à Paris qui, bien que marqué par son rôle d'agent de liaison auprès de la duchesse de Berry, harcelait le gouvernement pour que les trois mille trois cent vingt-deux hommes de troupe occupant encore la Vendée (sur les quarante mille envoyés en 1830) voient leur nombre réduit de moitié.

L'objectif du marquis de la Jozelinière et d'un certain nombre de notables, bonapartistes ou républicains, visait à l'obtention de l'amnistie générale, persuadés que celle-ci viderait les bois de leurs derniers réfractaires. Monseigneur Soyer, évêque de Luçon, sollicita cette amnistie du gouvernement. Mais Paulze d'Ivoy refusa de transmettre cette demande qui lui paraissait prématurée. C'est pourquoi le marquis fit le voyage à Bourbon-Vendée pour y plaider lui-même la cause du pardon et de l'oubli.

Louis-Philippe avait envoyé Paulze d'Ivoy en Vendée afin qu'il le débarrasse d'un cauchemar. Il tenait son pouvoir des barricades de 1830, pourtant les nouvelles barricades républicaines qui s'élevaient tantôt à Paris, tantôt à Lyon, ne l'émouvaient guère. La troupe savait les balayer dans une de ces charges de cavalerie dont elle aimait le panache. Le dauphin n'avait-il pas écrasé l'insurrection des canuts de Lyon ? Par contre ces sauvages de l'Ouest, ces paysans d'un autre âge, ces résidus de faux sauniers, ces réfractaires à la conscription, lui donnaient des haut-le-cœur. La Vendée demeurait un monstre.

Paulze d'Ivoy exerçait son administration comme un gouverneur romain en Judée. Il accepta de rencontrer La Jozelinière, eu égard à son titre de marquis et parce qu'il lui connaissait une grande influence aussi bien à Paris qu'en Vendée. Mais il savait que la noblesse vendéenne ne l'aimait pas. Il s'en ouvrit d'ailleurs tout de suite à son visiteur :

— Monsieur, votre demande restera irrecevable tant que l'on conspirera dans les châteaux. Tous les suspects sont épiés. Je sais, monsieur, que vous vous placez au-dessus de ceux-là, mais il n'empêche que mes espions m'ont relaté vos étranges relations avec un chef de bande qui s'appelle... comment déjà (il se pencha sur son bureau, mit à son nez son binocle), oui, c'est cela : Tête-de-loup... fils d'un vieux chouan nommé Dochâgne... Bon, n'en parlons plus puisque vous ne l'avez pas revu depuis l'été dernier. Je suis au courant de toutes les réunions carlistes, des personnes présentes, des propos que l'on y tient, des insignes séditieux portés sur les habits. Saint-Cyr-des-Gâts est bien un village inclus dans votre domaine. Vous y connaissez donc le notaire Bienvenu ?

Le marquis opina de la tête.

— Eh bien ! reprit le préfet, il annonce dans tout le bocage l'avènement d'un prétendu Henri Cinq pour le mois d'octobre prochain. Vous devriez surveiller vos gens. Je vous dis que l'on conspire dans les châteaux, voulez-vous des noms ? Bien sûr vous les connaissez aussi bien que moi, mais je vous les rappelle pour que vous sachiez que rien ne m'échappe : Monsieur de Lépinay au Moulinet, Monsieur de Chabot à Venansault, Monsieur de Carcouet à la Nouet...

— Monsieur le préfet, les paysans qui formaient des bandes l'an dernier ont presque tous regagné leurs villages. Il ne reste que des réfractaires et de malheureux égarés qui, les uns et les autres, se savent passibles du bagne ou même de la peine de mort. C'est pourquoi une amnistie me paraît nécessaire. Il ne subsiste plus aujourd'hui que des échauffourées entre ces hommes traqués et les gardes-chasse. Ces rixes se placent dans le contexte d'une très vieille opposition, bien antérieure à la chouannerie et qui lui survivra longtemps.

Paulze d'Ivoy se leva, contourna son bureau, prit un siège qu'il apporta près du marquis et s'assit presque contre lui, d'une manière peu conventionnelle, comme pour bien lui signifier qu'ils appartenaient à un même monde et devaient donc finir par s'entendre. Il leva la main et le marquis craignit qu'il ne lui tape familièrement sur la cuisse. Ce geste lui eût paru déplacé. Car il ne se considérait pas du tout du même monde que Paulze d'Ivoy. De plus, il trouvait l'élégance du préfet choquante dans ce pays si pauvre, avec sa redingote trop cintrée laissant apparaître un gilet de moire à dessous de piqué blanc. Contre son étroit pantalon de casimir une épée de théâtre lui battait le flanc.

— Mon cher La Jozelinière, dit le préfet, comme en confidence, je sais que vous n'aimez guère notre roi, mais que vous n'approuvez pas les aventures. Je suis prêt à l'indulgence à l'égard des égarés, ce qui ne peut que multiplier les soumissions et les ralliements. Mais je vous avoue que je considère vos Vendéens comme plus arriérés que la population des autres départements français. Il y a, dans le caractère de la masse de la population, de la brutalité, de la mauvaise foi, de l'immoralité et une absence d'intelligence qui contrastent d'une manière étrange avec les récits des historiens des guerres de Vendée.

Le marquis maîtrisa la colère qui le gagnait :

— Vous êtes enfermé dans une ville napoléonienne qui n'est qu'un camp militaire. Comment espérez-vous connaître la Vendée ? La Vendée a une grande vertu : la fidélité. Et si vous lui déniez l'intelligence, vous ne pouvez lui refuser la mémoire. Elle pourrait dire, comme le vicomte de Chateaubriand aime le répéter : “ On n'a pas oublié le temps où la mort, entre la liberté et l'égalité, marchait appuyée sur leurs bras. ”

« Je n'accepterai jamais que votre roi-citoyen étouffe cette mémoire. Ne vient-il pas d'écarter les portraits des chefs vendéens des Galeries historiques du château de Versailles ! Et je voudrais protester, une fois de plus, ne serait-ce que comme propriétaire rural, contre cette loi d'exception pour les routes stratégiques...

Le préfet lui coupa la parole, d'une voix trop mielleuse :

— Vous n'allez pas nous reprocher nos belles routes, qui pénètrent, intègrent et éclairent les campagnes. Nous perçons des routes et nous ouvrons des écoles. Grâce à Monsieur Guizot chaque commune disposera bientôt d'un instituteur...

— En réalité, repris le marquis, vos routes crèvent et décloisonnent le bocage. Elles rompent l'univers traditionnel de l'enclosure. Lorsque toutes les haies et tous les bois seront rasés, il n'y aura plus en effet de chouannerie. Et il n'y aura plus de Vendée. Ce que je ne peux admettre.

Le préfet se releva en dodelinant de la tête d'un air consterné. Il repassa derrière son bureau d'acajou aux belles ferrures dorées où les abeilles remplaçaient les lys, ouvrit des dossiers, prit une liasse de papiers qu'il brandit dans ses mains, comme des pièces à conviction :

— Vous demandez une amnistie. Mais le pays est encore plein d'armes !

Il se mit à lire les rapports qu'il enlevait de ses doigts au fur et à mesure :

— Tenez, ici, un réfractaire de la classe 30, arrêté *porteur d'une jolie carabine, d'un poignard, de cartouches et d'un chapelet...*

— Si vous considérez un chapelet comme une arme ! ironisa le marquis.

Le préfet haussa les épaules :

— Soit ! Mais pour la seule commune de Saint-Père-en-Retz, dans vingt maisons perquisitionnées, mes gendarmes ont trouvé onze fusils de calibre, quinze de chasse et sept sabres... Là un individu porteur d'un sabre-briquet et d'un pistolet.

— Ce ne sont pas de telles armes qui menacent la tranquillité de la nouvelle dynastie !

— Peut-être ? Mais il y a plus grave. Je lis : « *On a trouvé trois carabines anglaises neuves et deux sabres cachés dans un tas de fagots. Un autre tas de fagots a été reconnu pour avoir recelé un plus grand nombre d'armes... La gendarmerie de Pontchâteau a trouvé chez Monsieur Dufresne, cinq fusils de chasse, deux sabres, deux épées, un pistolet, une giberne, une grande quantité de pierres à feu, du plomb, des balles, une cocarde blanche, cinq tableaux de la famille déchue et plusieurs brochures henriquinquistes...* »

— Comment dites-vous ? s'exclama le marquis, sortant pour une fois de sa réserve, tellement sa surprise était grande.

— Henriquinquistes...

— Quelle trouvaille ! Je crains fort que notre pauvre petit prince ne s'en relève pas.

— Je l'espère aussi, monsieur le marquis.

— Rien, dans tout ce que vous m'opposez, ne justifie le maintien de cet état de guerre en Vendée. Les rapports de vos gendarmes, je les connais et je connais aussi le niveau intellectuel de votre gendarmerie. Le lieutenant qui commande à Fontenay est bien fatigué, mal remis d'une maladie mentale fort préjudiciable à sa fonction, vous l'avouerez. Quant à celui des Sables, il fait la joie des contrebandiers par sa mollesse, sa lenteur, son incapacité à monter à cheval des suites d'un accident dont les réfractaires ne sont pas responsables. Depuis l'automne dernier, vous ne pourriez me citer un seul assassinat. Les exposés de vos gendarmes ne relatent que de petits incidents, relevant de délits courants : vols, blessures, recels d'armes. Si nous ne nous trouvions pas en Vendée, personne n'en parlerait. Tous les départements fourmillent de témoignages de ce genre. Et puisque vous m'avez fait l'honneur de me lire les procès-verbaux de vos gendarmes, vous me permettrez d'y ajouter celui-ci, qui ne vous est pas encore parvenu puisqu'il se trouve par inadvertance entre mes mains. Le capitaine Fouré l'adressait directement à Monsieur le Ministre, secrétaire d'Etat à l'Intérieur. Je lis : « *Je m'empresse de vous rendre compte, que le 28 du mois d'avril dernier, il a été trouvé dans un arbre, situé sur la place de Vernansault, arrondissement de Bourbon, un drapeau blanc, ou pour mieux dépeindre la chose, je dirai un sale mouchoir de vingt-cinq pouces de long sur vingt et un de large, duquel quelqu'un s'était servi pour se moucher.* » Que le capitaine, commandant la gendarmerie de votre département, perde son temps à déranger par de telles fadaises le ministre de l'Intérieur, qui en rit encore et risquerait de rire aussi de vous, Monsieur d'Ivoy, montre bien que l'on entretient en Vendée un état d'insurrection factice et que l'amnistie se justifie pleinement.

Paulze d'Ivoy, vexé par l'allusion au ministre de l'Intérieur, répondit sèchement :

— Non.

3.

Dans l'attente de l'amnistie l'Ouest devint si calme

Dans l'attente de l'amnistie, l'Ouest devint si calme que Louis-Philippe envisagea une visite en Vendée. Mais ce beau mouvement ne dura guère. Lorsque sera inauguré le premier chemin de fer français, le 26 août 1837, le roi poussera aussi la témérité jusqu'à vouloir prendre place dans le train de Saint-Germain-en-Laye. La peur du déraillement lui fit au dernier moment envoyer la reine Marie-Amélie à sa place. De même, pour la Vendée la crainte d'être assassiné le décida à se faire représenter à tour de rôle dans l'Ouest par ses fils.

Ainsi, des trois rois qui succéderont à Louis XVI, aucun n'aura l'élémentaire reconnaissance de venir saluer en personne les derniers survivants de l'Armée catholique et royale et les ultimes défenseurs de l'idée monarchique. Mais sans doute les Vendéens étaient-ils plus royalistes que les rois.

Tête-de-loup, lui, profita de cette accalmie pour se rendre à Niort où, avec les recommandations de Jean-Baptiste, les bourgeois philippistes pourraient lui vendre du salpêtre. Le salpêtre, alors indispensable à la fabrication de la poudre, servait aussi à conserver les viandes lorsque l'on manquait de sel. D'où son extrême importance pour les réfractaires. Mais se procurer du salpêtre, resté monopole d'Etat jusque sous Louis XVIII, demeurait difficile. Toutefois, avec Louis-Philippe, commençait le règne de l'argent. Tout s'achetait. Un bon nombre de chouans de 1832 n'avaient-ils pas été enrôlés par les nobles moyennant huit sols par jour ? Et la duchesse de

Berry, elle-même, avait été vendue ! Quant à Louis-Philippe, si, en 1830, il différa de deux jours son acceptation de la couronne, ce ne fut pas comme on le croit communément par scrupule d'évincer ses cousins de la branche aînée, mais tout simplement pour trouver le temps de mettre sur la tête de ses enfants la plus grosse partie de son immense fortune, la soustrayant ainsi à la loi qui exigeait que les biens particuliers du prince parvenant au trône entrent à l'instant même dans le domaine national.

Jean-Baptiste, homme de son temps, possédait un trésor de guerre. Il avança quelques centaines de livres tournois à Tête-de-loup moyennant une ristourne sur ses futures prises, lorsque le maréchal de Bourmont viendrait du Portugal avec ses vingt mille hommes, avec La Rochejaquelein, avec Diot, avec les deux Cathelineau qui l'avaient suivi ; car Jean-Baptiste ne croyait ni à l'amnistie, ni à la cessation des combats. On devait se servir de ce relâchement du service d'ordre pour bien se préparer au contraire à la reprise de la guerre. Comme le curé Barentin tenait le même langage, comme le tisserand de Maulévrier grognait parce qu'il ne restait plus de poudre pour les cartouches, comme Louison lui serinait qu'il ne fallait pas se laisser aller à la mollesse, Tête-de-loup partit pour Niort, bien entendu à pied, les orteils au frais dans la paille de ses sabots.

Dès les abords de la préfecture des Deux-Sèvres, il fut englouti par une foule de piétons, de charrettes attelées, de voitures poussées à la main, de portefaix disparaissant sous leurs charges, de cavaliers, d'animaux en troupeaux. Les mulets, achetés dans la plaine vendéenne, étaient emmenés à Niort où on les cédait à des négociants nantais qui les exportaient dans les Amériques où, paraît-il, ils aidaient les nègres à cultiver le sol. Tête-de-loup entendit un muletier dire que sur trois mille mulets amenés sur le champ de foire, le tiers était déjà vendu, mais que l'on espérait bien voir l'armée acquérir le reste pour l'expédier en Algérie. Passaient aussi de grands charrois de peaux malodorants qui entraient dans la ville où les chamoiseurs du quai de la Regratterie les transformeraient en culottes d'officiers et en gants de dandys. Des maraîchins apportaient à dos d'âne des cages recouvertes de fougères dans lesquelles grouillaient des anguilles et des écrevisses.

Le contraste apparaissait si grand entre la vie de sauvages qu'ils menaient dans les bois et cette animation où, malgré les cris, les invectives, on sentait une joie de vivre, de se parler, de s'échanger des produits et des nouvelles, qu'un désir de fuite le taraudait. Trop de monde, trop de bruit, trop d'agitation. Il n'avait peur de rien, sauf de la foule. La foule, c'était comme l'orage, comme la crue des eaux, comme l'incendie. On ne pouvait se protéger de cette houle qui vous emportait, vous absorbait, vous annihilait. Il se hâta de traverser la Sèvre Niortaise, se dirigea vers les tours et les mâchicoulis de l'hôtel de ville, sur la place du Pilori.

Dans une rue étroite bordée d'échoppes, des hommes ivres sortaient pliés en deux, par de petites portes basses et vomissaient dans le ruisseau. Des cordes pendaient du dernier étage des maisons, saisies par des manœuvres actionnant des poulies qui servaient à monter les ballots dans les greniers. Très vite, une bande d'enfants surgissant des caves comme des rats encercla Tête-de-loup. Ils le tiraient par sa blouse, le regardant comme hébétés, de leurs yeux rouges. Le visage bouffi, la plupart contrefaits, vêtus de haillons, ils piaillaient : « Don' me do sous ! Don' me do sous ! » L'un d'eux, pourtant bossu et boiteux, réussit à l'arracher à ses autres solliciteurs et l'entraîna dans une ruelle où l'on entendait le battement sec des métiers à tisser. L'agrippant par la blouse de ses petites mains maigres, il le força à pénétrer dans une chambre ouverte sur le passage. Une femme, assise sur le sol, dévidait un rouet. Tête-de-loup remarqua une paillasse éventrée sur laquelle trois marmots se vautraient. Les murs de la chambre, si humides, se couvraient de mousse. Le petit bossu le lorgnait bouche bée, cramponné à ses vêtements. Quant à la femme, elle le dévisageait avec des yeux fixes, comme une chouette surprise par la lumière. Elle dit seulement :

— Le p'tiot, y n'a jamais su causer. Le père est parti dans les bois avec les brigands et voilà comment on vit.

Tête-de-loup restait cloué sur place. C'est un fradet, se disait-il, un fradet sorti de terre, né de la fée Carabosse. Une véritable panique le saisit. Ce que le tisserand de Maulévrier essayait de lui faire comprendre, il le voyait tout à coup dans toute son horreur. Sortant quelques pièces de monnaie de ses poches, il les lança à la femme et s'enfuit, glissant sur les ordures qui empestaient la venelle. Epouvanté, il courait dans la rue pavée, serrant sa blouse contre lui, comme s'il eût voulu arracher la main du petit bossu qu'il croyait sentir encore agripper l'étoffe. Il fuyait la misère, comme il avait fui le choléra, sachant bien que la misère est aussi une épidémie qui tue.

L'air égaré, il arriva rue du Faisan, où son épicier habitait.

Parmi les sacs de fèves, de grains, de mil, de mojettes écossées, de sel, des commis s'affairaient qui hélèrent le patron. Celui-ci arborait à la fois le toupet de cheveux, les favoris et le ventre de son royal modèle. Pour faire bonne mesure de ses opinions, il portait de plus des bretelles tricolores, alors fort à la mode et qui rappelèrent à Tête-de-loup ce Lexandre Dumas dont il n'avait plus jamais entendu parler, sinon une fois par le marquis. Mais ce bourgeois philippiste n'hésitait pas à commercer avec ceux qui rêvaient de renverser la Monarchie de Juillet. Mieux, il leur fournissait du salpêtre qui servirait à confectionner les explosifs destinés à combattre les soldats du roi.

Prudent, le commerçant entraîna Tête-de-loup dans son arrière-boutique, lui demanda de lui montrer d'emblée ce qu'il apportait comme argent, lui promit ensuite de racler tous les murs humides de la région niortaise, tous les soubassements de cave, tous les vieux plâtres, pour lui fournir un salpêtre de première qualité. Restait le problème du transport. Bien sûr Tête-de-loup payait d'avance, mais les commerçants qui auraient failli à leur parole n'ignoraient pas que les bandes chouannes leur feraient passer le goût du pain. On respectait donc les contrats. Toutefois un tel trafic vers une forêt ne pouvait manquer de susciter la curiosité de la gendarmerie. On décida donc que le chargement participerait à un convoi de charrettes se rendant prochainement à Bressuire et que le transbordement s'effectuerait de nuit, passé Secondigny, à charge bien sûr pour Tête-de-loup de venir chercher les sacs avec des mules.

Son marché conclu, Tête-de-loup acheta avec les deniers qui lui restaient une petite bouteille d'angélique des bois pour Louison et chez un libraire plusieurs de ces livres bleus qu'il avait jadis colportés. Le libraire lui apprit que la duchesse de Berry, prisonnière dans la citadelle de Blaye, venait d'y accoucher d'une fille, le 10 mai dernier. Ce qui étonna un peu Tête-de-loup qui croyait le duc de Berry mort depuis plus de dix ans.

Dès qu'il arriva au campement, il en informa le curé Barentin qui s'écria : « C'est encore un enfant du miracle ! Nous remercierons Dieu dans nos prières de l'attention qu'il porte à nos vrais rois ! »

Mais le tisserand de Maulévrier et ses collègues se gaussèrent sous cape du vieux prêtre, chantant en catimini ces peu respectueux couplets :

En re'venant dans ma patrie
J'aperçus deux enfants d' cinq ans
Qui gardaient six ou huit moutons
Peu à peu j' m'approchai d'eux
J'ai demandé mes p'tits enfants
Vot' père est-il à la maison ?
Vot' père est-il à la maison ?

Non non meussieu vous n'saurez crère
Que de papa nous n'avons point
L'y a sept ans qu'il est parti
A c' que nous a dit not' mère

L'y a sept ans qu'il est parti
Nous n'avons pas vu parler d' lui

Le petit Henri, exilé à Prague avec son grand-père Charles X, né sept mois et demi après l'assassinat de son père, n'était qu'un relatif enfant du miracle, bien qu'on l'appelât ainsi ; mais ce nouvel enfant, né treize ans après la mort du duc de Berry et, symboliquement, juste une année après l'équipée de la duchesse en Vendée, apparaissait bien comme l'enfant d'un vrai miracle. Le curé Barentin célébra une messe d'actions de grâces autour de la grande croix de fer. Et l'on entonna en chœur ce noël poitevin dans lequel les tisserands, à l'esprit décidément mal tourné, virent encore des allusions égrillardes :

Ne voulez-vous point bergère
Aller vers ce beau poupon
Qu'a fait une Vierge mère
Cette nuit du nouvel an ?

Que l'est joli, que l'est beau
Ce p'tit enfant nouviau.

Il est vrai que les tisserands, dans la bande de Tête-de-loup, montraient de plus en plus tendance à faire bande à part. Plus frondeurs que les retardataires, moins jeunes aussi que ces derniers, ils gardaient une perpétuelle propension à l'insoumission, n'acceptant à la rigueur que les observations du tisserand de Maulévrier dont ils faisaient leur porte-parole plutôt que leur chef. Indignés de ce que, sur les trois femmes venues avec Louison, aucune n'échût à l'un d'eux, ils construisaient leurs loges à l'écart. Et alors que tous les retardataires de la bande se réjouissaient de la paix presque revenue, de l'amnistie qu'ils espéraient et qui les ramènerait dans leurs foyers, les tisserands se préparaient à de futurs combats qu'ils jugeaient inéluctables. Ayant tout perdu, il ne leur restait plus rien à perdre, sinon leur vie à laquelle ils attachaient peu d'importance. Mais, reprenant la devise de leurs semblables, les canuts de Lyon, puisqu'ils ne pouvaient plus vivre en travaillant, ils s'étaient résolus à mourir en combattant.

Une telle détermination les amenait à solliciter les actions les plus dangereuses, dont ils se tiraient d'ailleurs toujours avec brio. Ce sont eux qui allèrent avec des mules « réquisitionnées » dans les métairies d'alentour, chercher les sacs de salpêtre à Secondigny. Leurs méthodes expéditives auraient dressé contre la bande la population paysanne si le conscrit de Saint-Martin ne s'était souvent employé à raccommoder les liens de sympathie tissés dans la paix revenue.

Lui et quelques autres retardataires ne résistèrent pas à se rendre dans les fermes voisines pour participer aux métives. Loin de leurs propres villages, le danger s'amenuisait. Se retrouver en nombre pour couper le blé à la faucille, rentrer les gerbes, battre les épis au fléau, élever les paillers, autant d'événements qui réjouissaient ces jeunes paysans que la vie dans les bois assombrissait.

Au mois d'août, les sorbiers des haies se couvrirent de grappes de baies rouges et près des étangs les duvets blancs des reines-des-prés, sur leurs hautes tiges, odoriférèrent le miel. Les talus sentaient aussi la menthe, fleurie en pompons blanc-rose. L'ordinaire du campement s'agrémentait des paniers de mûres récoltées sur les ronciers, comme le mois précédent il avait été égayé par les fraises des bois. Puis vinrent en abondance les noisettes, en bordure des chemins, ce qui fit dire qu'il naîtrait dans l'année beaucoup plus de filles que de garçons. Les grands poiriers offraient une infinité de petites poires et les treilles des vignes leurs raisins sucrés.

Un grand relâchement donnait à la bande une allure de fête champêtre. Tête-de-loup et Louison participaient à cette liesse en se laissant aller à la douceur de leurs retrouvailles Tête-de-loup profitait aussi de cette détente pour lire ces opuscules apportés de Niort. Mal brochés, imprimés grossièrement, vendus à bas prix par des colporteurs, des merciers ou des vendeurs d'images qui circulaient avec leurs ballots dans les foires, cette littérature populaire apparue dès les débuts de l'imprimerie, sous la forme des almanachs et des calendriers de bergers, arrivait alors à son apogée. Les petits livres bleus traitaient de tout : la médecine des pauvres, les conseils d'apothicaires, l'histoire des herbes et celle des grands hommes, les récits criminels et les légendes pieuses, les contes drôlatiques et les traités de morale, les noëls à chanter et les chansons grivoises. Tête-de-loup connaissait depuis longtemps ces livres bleus où il découvrit les histoires de Cartouche et de Mandrin qui contribuèrent certainement à renforcer la sauvagerie de son caractère.

Pour l'heure, dans le campement, les tisserands s'employaient à activer des feux sur lesquels fondaient des cuillers et des plats d'étain dont il valait mieux ne pas demander la provenance. Ils versaient le métal en fusion dans des moules à balles, transformaient le salpêtre en explosifs, aiguisaient des poignards et des cannes à épée, démontaient pour les dérouiller et les graisser avec de l'huile de noix de vieux pistolets et des fusils de gendarmes. Les beaux fusils anglais des débuts de la rébellion avaient été perdus dans les embuscades ou bien abandonnés puisqu'on ne trouvait plus de munitions de leur calibre. Louison et les trois autres femmes faisaient de la charpie et des compresses. Car Louison tombait d'accord avec le tisserand de Maulévrier pour supposer cette accalmie passagère et dire que l'on devait se préparer à de nouveaux assauts de la répression.

Au début du mois de septembre, un des tisserands qui aidait un fermier à arracher à la main des tiges de chanvre revint précipitamment au campement avertir Tête-de-loup qu'à l'orée de la forêt se tenait une calèche attelée à deux chevaux conduits par un cocher.

— Y a dedans un meussieu qui t'attend.

Tête-de-loup prit son fusil et partit seul malgré les protestations de Louison qui voulait l'accompagner.

Caché derrière les feuillages, il examina d'abord la voiture. Les chevaux qui le sentaient se mirent à frapper du pied et à hennir. Le cocher, descendu de voiture, se précipita pour les retenir par la bride. Mais de l'intérieur de la calèche un homme se leva, regarda vers la forêt et dit :

— Calme les chevaux. Il n'y a aucun danger. C'est notre ami Tête-de-loup qui arrive.

Tête-de-loup, reconnaissant le marquis de la Jozelinière, s'avança sur la route.

L'aristocrate et le brigand s'observèrent un bref moment, puis le marquis tendit la main à Tête-de-loup qui la serra gauchement. Il n'avait pas l'habitude des poignées de main. Les paysans se donnaient des claques dans le dos en signe d'amitié ou, joyeux et trop excités, se bourraient de coups de poing, se topaient les mains l'une contre l'autre pour les accordailles de fiançailles ou de marchés, mais ils se les serraient rarement, sinon toujours mollement, du bout des doigts, comme une concession à une coutume qui n'était pas la leur.

Le marquis et Tête-de-loup perpétuaient une entente étrange, qui stupéfia les hommes de la Révolution, celle des paysans et de leurs nobles. Si bien que les Vendéens, que les républicains appelaient brigands, relevèrent le défi et se dirent crânement brigands ET aristocrates. Tout comme les nobles se proclamèrent aristocrates ET brigands.

Mais aujourd'hui, cet aristocrate dans sa calèche, conduit par son cocher, et ce paysan proscrit accouru à sa rencontre en sortant de la forêt, si d'incompréhensibles liens les unissaient encore, l'aristocrate n'en était pas moins redevenu seulement aristocrate, comme avant 93 et le paysan seulement brigand.

Tout les séparait : le vêtement, le langage, l'histoire. Ils vécurent pendant quarante ans une même aventure, mais cette épopée, construite ensemble en 93, se travestit en opérette dans cette cinquième et dernière guerre de Vendée. Il ne se trouvait plus un seul noble dans les forêts avec ces réfractaires qu'ils levèrent pour une fantasia éphémère. La défaite inéluctable, ils fuirent, le panache à leurs chapeaux, laissant leurs troupes empêtrées et traquées par les gendarmes comme de simples voleurs de poules.

Le marquis de la Jozelinière restait bien l'un des rares nobles à se soucier des brigands.

— A la fin de ce mois, dit-il à Tête-de-loup, la majorité de Henri Cinq sera proclamée à Prague par son grand-père Charles-le-dixième. Il est de notre devoir de dépêcher auprès de nos princes des députations qui affirment notre dévouement à la cause carliste. Chaque département de l'Ouest envoie des délégués. Il y aura Burolleau, Pinault, Mignonet, Macquillé, dont vous avez sans doute entendu parler. Il nous manque un représentant des fidèles du département des Deux-Sèvres. Vous me semblez le plus indiqué.

— Pourquoi pas Béché, ou Jean-Baptiste, ou encore Bory qu'on pourrait sortir de prison ?

— J'ai tout tenté pour qu'une amnistie libère les prisonniers et dissolve les bandes. On me l'a refusée. Béché et Jean-Baptiste sont des gens de La Rochejaquelein qui se trouve toujours au Portugal, avec Diot et Bourmont. J'ai bien peur que le roi du Portugal leur fasse pour le moment oublier notre petit roi.

Tête-de-loup resta un moment silencieux, assis au bord du fossé, son fusil entre les mains comme une canne de berger.

— Le Portugal, Prague..., dit-il d'un air las. Pourquoi sont-ils tous partis si loin, le roi et les maîtres ? Nous, on tourne en rond comme des écureuils en cage. On ne sait même pas où ça se trouve le Portugal et Prague !

Le marquis, debout devant sa calèche, se sentait mal à l'aise. Il avait désapprouvé aussi bien l'équipée de la duchesse de Berry que l'accession au trône de Louis-Philippe. Et s'il demeurait fidèle à Charles X c'est parce que l'honneur lui semblait l'exiger. Comment aurait-il pu expliquer à Tête-de-loup cette nécessité de se rendre à Prague faire signe d'allégeance au futur roi Henri V alors qu'en lui-même il pensait peu probable le règne du petit prince ? La restauration louis-philipparde lui apparaissait certes comme un interlude, mais il ne croyait plus à l'avenir de la monarchie. Depuis le retour des rois, depuis que les pitoyables frères de Louis XVI tentèrent de ressusciter les fastes, les hiérarchies et la morale de l'ancien temps, le marquis vivait dans le cauchemar de voir sombrer un monde inconscient d'aller à sa perte. Attaché aux vieilles valeurs, tout en les estimant caduques, replié sur ses terres chaque année plus dévaluées, il savait que l'avenir se trouvait dans les villes, que l'avenir serait au commerce et à l'industrie. Les paysans de 93 avaient bien eu raison de s'insurger contre les villadins et d'entraîner avec eux la noblesse pour lutter contre cette bourgeoisie républicaine qui, aujourd'hui, régnait quand même par le truchement des Orléans, leurs alliés. Mais les Vendéens perdaient toutes leurs guerres, aussi bien la première de 93, soldée par le génocide de la Vendée, que cette cinquième de 32 qui s'effilochait dans ces bandes traquées dans des forêts rendues d'ailleurs de plus en plus petites par les défrichements. Il n'y aurait bientôt que des bois et de grandes routes tracées comme des allées de parcs. Le marquis osait se dire que l'avenir n'appartenait ni aux fils de Louis-Philippe, ni au petit-fils de Charles X, mais sans aucun doute à ces bourgeois et à ces ouvriers qui, pour l'instant, se disputaient dans les villes et qui, un jour, arriveraient bien à s'entendre pour rétablir la république.

Le marquis regardait Tête-de-loup, regardait son cocher. Autant l'homme des bois, maigre, efflanqué, mal rasé, les vêtements fripés et en partie déchirés, semblait inquiet, autant le domestique, aussi rond que son patron, semblait heureux de son sort, intrigué seulement par cette étrange rencontre, habitué toutefois à ne s'étonner de rien devant les extravagances des maîtres et sachant qu'en toute circonstance il devait d'abord se montrer discret.

« Nous disparaîtrons tous les trois, songeait le marquis, cet idiot de cocher ne comprend pas que la ruine des châteaux causera la misère des domestiques. Nous sommes tous les trois des hommes du passé. Tête-de-loup, lui, le sent comme moi. Il ne se l'explique pas. Il se bat comme un animal sauvage pressentant qu'il n'y aura plus dans le futur que des animaux domestiques. Nous luttons tous les deux pour l'honneur et c'est pour cela qu'il lui faut m'accompagner à Prague. Nous y verrons le dernier de nos rois et nous crierons une dernière fois : " Vive le roi quand même ! " Le lieutenant de louveterie et le loup, venus ensemble faire la révérence au petit prince, c'est d'un drôle ! »

— Prague, dit Tête-de-loup, voilà un pays dont j'ai pas entendu parler. C'est où ?

— Très loin. En Autriche. De l'autre côté du Rhin. Je me charge de tout. J'apporterai un passeport qui vous mettra à l'abri des curieux.

— Autrefois, dit Tête-de-loup, j'ai suivi des routes très loin, jusque dans les Vosges, à deux pas des Prussiens.

— Eh bien, justement, nous irons au-delà des Vosges.

— C'est pas possible. J'ai retrouvé la Louison, je ne peux pas la laisser dans les bois.

— Ah ! vous avez retrouvé votre femme ? dit le marquis, étonné.

Puis, se ravisant :

— Alors tout est bien. Vous n'avez plus d'inquiétude. Vos hommes veilleront sur elle...

— Non, coupa Tête-de-loup brutalement, c'est elle qui veillera sur eux.

— Montez avec moi dans la calèche. Mais vous n'avez pas besoin de ce fusil.

— Il faudra combien de temps pour aller à Prague ?

— Nous reviendrons en octobre. J'espère que, d'ici là, Monsieur Berryer aura obtenu à Paris l'amnistie que le préfet de la Vendée m'a refusée.

— Attendez-moi, monsieur le marquis, je vas donner mon fusil à la Louison.

Dans la calèche refermée par une capote de toile, Tête-de-loup se trouvait assis à côté du marquis. Devant, tout en haut sur son siège, en plein air, le cocher fouettait les deux chevaux qui galopaient vers la Suisse. Au dernier moment le marquis décida d'éviter Strasbourg, venant d'apprendre l'arrestation à la douane et l'emprisonnement de Burolleau, Mignonet, Macquillé et Pinault.

Tête-de-loup avait confié le commandement de sa bande à Louison, bien que Louison se soit révoltée contre ce départ, lui objectant avec véhémence qu'il se laissait manipuler par les nobles, comme jadis son père le vieux Dochâgne, qu'un miracle les avait fait se retrouver, elle et lui, et qu'il s'en allait déjà, Dieu seul sait où, courir après un roué qui s'était ensauvé, comme ils font tous, quand le temps devient mauvais, laissant le pauvre monde dans sa bauge.

Emmené par le marquis au château de la Jozelinière, Tête-de-loup échangea ses haillons contre un costume de valet de chambre, bien coupé dans un droguet de belle qualité. Bien sûr, lui dit le marquis, vous ne serez pas mon domestique, mais nous ferons comme s'il en était ainsi pour que votre présence à mes côtés n'éveille pas les soupçons.

Tête-de-loup s'adaptait à toutes les circonstances. Cette fois-là, encore, il ne s'étonnait de rien, sauf de sa difficulté à endurer ces chaussures qu'il portait pour la première fois de sa vie et qui lui donnaient l'impression de traîner à ses pieds un boulet de forçat. Il eût préféré aussi s'asseoir à l'extérieur de la calèche, à côté du cocher avec lequel il aurait pu causer, plutôt que de rester coincé à l'intérieur de la voiture, près du marquis qui lisait un livre. Mais sa prétendue condition de valet de chambre demandait qu'il se tienne à cette place. De toute manière, à partir de Bâle un postillon, un cor en bandoulière, monta à côté du cocher. Il parlait allemand et servirait à la fois de guide et d'interprète.

De temps en temps, le marquis levait la tête, regardait le paysage et le commentait pour Tête-de-loup, avec son habituelle courtoisie. La calèche quitta les hautes collines bâloises pour longer la rive droite du Rhin. C'est donc là que la République voulait envoyer nos anciens, se disait Tête-de-loup. C'est pour ne pas y aller que nos anciens se sont battus. Les secousses de la voiture, le bruit grinçant et monotone des roues, la fatigue du voyage et cette si longue station assise inhabituelle pour l'homme des bois, le plongeaient dans une douce torpeur. L'envie de palper la belle étoffe de l'habit du marquis le reprenait. Cette fois-ci il lui suffisait d'un petit geste de la main. La Jozelinière et Tête-de-loup, coincés dans l'étroite voiture, se touchaient en effet à chaque cahot. Mais l'homme des bois hésitait. Plus il retardait son geste, plus celui-ci devenait obsédant. A la fin, il n'y tint plus. Son mouvement, trop brusque, surprit le marquis.

— Oui, mon ami, que voulez-vous ?

Confus, Tête-de-loup bredouilla et se trémoussa pour sortir de sa poche la Bible noire offerte jadis par le châtelain. Celui-ci ne trouverait donc pas anormal, ni impoli, qu'il la lise. Mais l'engourdissement du voyage le paralysait. Dans les plaines du royaume de Wurtemberg les masses noires des sapins lui rappelèrent ces Vosges vers lesquelles il s'était enfui lors de ses vingt ans. Pourquoi ce goût de l'errance ? Pourquoi ne s'attachait-il pas à la terre, comme son père ?

Un autre fleuve apparut que le marquis nomma Danube. Puis on traversa une ville qu'il appela Ratisbonne et l'on arriva à Waldmünchen, dernier village de Bavière, à cinquante lieues de Prague. Une barrière abaissée fermait la route. Les douaniers autrichiens, fusil sur l'épaule, demandèrent les passeports que leur remit le postillon-interprète. On leva la barrière et la calèche prit la route de Prague au milieu des forêts de conifères de la Bohême.

Tête-de-loup somnolait lorsque la calèche le réveilla brusquement, roulant avec fracas sur des pavés. Le postillon les guidait vers la vieille ville, sur la rive gauche de la Moldau. Soudain Tête-de-loup aperçut tout en haut d'une colline la masse noire, sinistre, d'un immense château et un pressentiment funèbre le saisit. Cette forteresse ressemblait à une prison. Comme la calèche s'en approchait, il vit tout autour des rondes de soldats, vêtus d'uniformes entièrement blancs.

— C'est le Hradschin, lui dit le marquis, jadis château des rois de Bohême, lorsque la Bohême avait encore des rois. Aujourd'hui c'est notre roi qui l'habite.

— Ces soldats blancs, c'est quoi ?

— Des soldats autrichiens, répondit La Jozelinière, gêné.

Tête-de-loup ne comprenait plus rien, mais n'insista pas, remarquant l'émotion du marquis.

— Je descends de la calèche pour annoncer notre visite au duc de Blacas qui veille sur le roi. Le postillon vous conduira à l'auberge où vous séjournerez. On vous amènera au château le moment opportun.

A l'auberge, dans la vieille ville, au pied du Hradschin, Tête-de-loup se retrouva en compagnie de Vendéens et de Bretons qui, comme lui, apportaient leur allégeance à Henri Cinq. La plupart, beaucoup plus jeunes que Tête-de-loup, s'étaient cotisés pour s'offrir ce long voyage. Paysans ou artisans, la majorité d'entre eux avait aussi quitté les bois où se cachaient ces irréductibles pour venir féliciter l'enfant de quatorze ans que sa majorité faisait théoriquement roi. Bien que de tempérament taciturne, Tête-de-loup se réjouissait de pouvoir causer avec des hommes de sa condition, après ce long silence auprès du marquis. Son corps se déployait. Il se laissait enfin aller à des gestes brusques, à des éclats de voix. Tous ses compagnons d'auberge discutaient d'ailleurs fort, avec des exclamations, des jurons, en se poussant du coude, en se donnant des claques dans le dos. Il se serait cru transporté par enchantement dans l'auberge de Diot, si à l'odeur du vin ne se substituait la senteur âcre et lourde de la bière. Tête-de-loup n'en avait jamais bu et trouva cette boisson étonnamment amère. Mais il savait depuis longtemps, par ses longues errances sur les routes, que dès que l'on quitte son coin de terre tout devient étrange et peu compréhensible.

Ses compagnons parlaient avec colère des obstacles rencontrés le long de leur route.

— On a pu échapper au sort des délégués arrêtés à Strasbourg en traversant clandestinement la frontière française, s'écriait un Breton si fier de son chapeau enrubanné qu'il ne se découvrait jamais, sauf lorsqu'il évoquait la Sainte Vierge ; mais on croirait l'Europe truffée de sbires de Louis-Philippe. On nous suspecte. On nous harcèle de questionnements. On nous refoule. Heureusement qu'on a l'habitude de sauter les haies.

Certains délégués, qui s'amusaient à fumer dans de longues pipes en porcelaine ornées d'images peintes, se moquaient des. Autrichiens qui croyaient Louis-Philippe roi de France, alors que le vrai roi se trouvait parmi eux.

— Louis-Philippe n'est pas roi de France, protesta un Manceau du pays de Jean Chouan, il n'est roi que de Paris.

Pour entrer en Bohême, il leur avait fallu user de tels stratagèmes que Tête-de-loup taisait son voyage en compagnie du marquis, gêné de ce que ce dernier l'ait ainsi privilégié.

— Tu ne dis rien, compère, lui lança un délégué, avec cet accent du pays de Retz qui lui remit en tête toute son enfance. Tu ne dis rien et pourtant on t'a vu parler aux gardes du château. Sais-tu quand Henri Cinq va nous recevoir ? On attend depuis déjà une semaine.

— Ils m'ont dit que le roué et sa famille ne sont pas à Prague.

— C'est faux, clama le Breton au chapeau enrubanne. J ai pu joindre un domestique originaire de chez nous. Il m'a assuré qu'on nous mentait.

On leur mentait au château ! Mais pourquoi ? Dans la

fumée du tabac qui rendait la salle d'auberge comme obscurcie de brouillard, Tête-de-loup ne comprenait plus rien. La véhémence de ses compagnons qui, chaque jour, s'énervaient un peu plus de n'être point reçus au Hradschin, lui cassait la tête. Tous s'exaspéraient de ces rondes ininterrompues des sentinelles autrichiennes autour du château.

— M'est avis, dit un vieux délégué, que Charles X et sa cour sont prisonniers de l'Autriche.

— P't'être ben, reprit un autre. L'Autriche a toujours été l'ennemie de la France, à ce qu'on sait.

On se rapprocha autour d'une table, chope de bière en main, et le vieux délégué chuchota, comme s'il craignait que les espions de François Ier soient à l'écoute :

— Le roi de Rome, fils unique du Buonaparté, vient de mourir ici, sans jamais avoir pu retourner en France. Souvenez-vous-en, les gars. Les Autrichiens l'ont séquestré, ce fils de roué français, comme ils séquestrent encore notre petit roué Henri. C'est moi qui vous le dis.

Tête-de-loup n'osait s'éloigner de l'auberge où il attendait l'appel du marquis. Le temps passant, il s'inquiétait. Il avait l'impression, lui aussi, d'être un otage, parmi ces derniers chouans échoués au pied de la forteresse où manifestement on retenait captif leur dernier roi. Allaient-ils tous être abattus là et enterrés contre ces murailles, comme un dernier rempart au dernier des Bourbons ? Autant Tête-de-loup se sentait invincible dans ses forêts, autant là, endimanché, maladroit avec son vêtement trop neuf, ne comprenant pas un mot du langage des habitants de ce pays dès qu'il s'écartait de quelques mètres de l'auberge, sans même un simple pistolet ou un couteau, il se voyait infirme.

Certains délégués finirent par entrer au Hradschin. Ils y échangèrent quelques mots avec des valets de pied français, mais l'étiquette ne leur permettait rien de plus. Le roi ne recevait en audience que les membres du clergé et de la noblesse. Ils s'en retournèrent le soir même, fort amers, mais on but néanmoins à la santé de Henri Cinq. Certainement le petit roi ignorait tout de ces manigances. S'il les savait là, il les recevrait de suite. Mais comment crever cette enceinte pour lui faire connaître ses fidèles, venus de si loin, le voir enfin en chair et en os ? Certains en arrivaient à se demander si l'enfant du miracle existait vraiment. Ne les avait-on pas bernés en 32, en leur parlant d'un imaginaire héritier du trône ? Ou peut-être était-il trépassé dans cette forteresse, prisonnier comme Louis XVII au Temple alors qu'on l'attendait en Vendée ? Les suppositions allaient leur train. Le ton montait. Plusieurs délégués, mutilés d'un bras ou d'une jambe, dans les combats de 1832 et qui avaient voulu accomplir ce pèlerinage malgré leur mauvais état de santé, ne se relevaient plus de leur lit qu'avec peine. Ils craignaient de mourir loin de leur terre, cette terre où, pourtant, la justice les attendait pour exécuter les sentences de mort prononcées contre eux par contumace.

Au bout d'une longue semaine, le postillon vint chercher Tête-de-loup qui entra enfin au château des rois de Bohême où le marquis l'accueillit dans un petit salon du rez-de-chaussée. Il se sentit intimidé et mal à l'aise, car il pensait que Henri Cinq recevrait les délégués tous ensemble et qu'ils lui feraient en chœur leur compliment. Le marquis montrait un visage sinistre. Tête-de-loup crut qu'il allait lui annoncer le décès du roi. Mais non. La Jozelinière s'excusait de cette si longue attente :

— Je me suis multiplié en démarches pour que la famille royale reçoive tous les délégués, mais le roi n'a rien voulu entendre, disant de l'aventure de la duchesse de Berry qu'il s'agit d'une folie désapprouvée par toute la cour. La Vendée, a-t-il ajouté, par son insubordination compromet le futur règne de mon petit-fils. Et comme je lui objectais que la députation des derniers chouans ne pouvait que l'honorer, il m'a répliqué : “ Que ces gens retournent chez eux. Arrivés ici contre les ordres formels de l'empereur d'Autriche qui veut bien accorder asile à notre famille, ils ne nous attireront que des ennuis. "

« J'ai cru bien faire, continua le marquis, en demandant audience à Madame Royale, que je supposais attendrir en lui rappelant son voyage en Vendée, il y a juste dix ans.

— Qui c'est, cette Madame Royale ? demanda Tête-de-loup qui sentait la colère l'énerver.

— Mais... (le marquis s'étonna) mais c'est Marie-Thérèse de France, voyons, la fille de Louis XVI, l'épouse du duc d'Angoulême, son cousin germain. Vous vous souvenez bien de sa visite au mont des Alouettes où Sapinaud et douze mille rescapés des guerres de Vendée lui présentèrent les armes.

— J'y étais, dit brutalement Tête-de-loup. On est venus avec nos faux, nos fourches, nos bâtons. Elle n'a pas voulu des fleurs des champs cueillies par nos femmes, ni recevoir les veuves et les orphelins. Ah oui ! je m'en souviens !

Etonné de cette véhémence, le marquis tenta de disculper la princesse :

— Madame la dauphine a beaucoup souffert. Elle a vu son père et sa mère partir pour l'échafaud, son jeune frère mourir au Temple. Tout ce qui lui rappelle la Révolution lui fait horreur. Si vous la rencontriez vous verriez que c'est une sainte. Mais il est vrai, comme l'a dit Monsieur de Chateaubriand, que c'est la plus maussade et la plus irascible des saintes. Son influence demeure grande à la cour de Charles X. Je pensais lui arracher la permission d'une audience des délégués vendéens auprès de Henri Cinq, mais elle resta de glace...

Il lui vint alors à l'esprit le surnom donné à la fille de Louis XVI : « Madame Rancune », mais il s'abstint bien sûr de le prononcer.

— Alors comme ça, reprit Tête-de-loup, on va s'en retourner sans même savoir si cet Henri Cinq existe !

— Mais bien sûr qu'il existe. Je lui ai parlé hier encore..

— Vous l'avez vu, vous, monsieur le marquis. Pourquoi pas nous ? Dans l'auberge ils en sont malades d'être repoussés parce qu'ils sont des gueux.

La Jozelinière ne pouvait exprimer son amertume, ni expliquer ce qu'il ne ressentait que confusément. Sa fidélité inaltérable à une dynastie malheureuse tenait plus de l'attachement à une famille, à un souvenir, qu'à la croyance en une vérité constitutionnelle. Il dit seulement :

— Croyez bien que j'en suis navré. J'ai fait tout ce que j'ai pu. Je trouve cette attitude du roi indigne. Vous êtes ici une poignée de Vendéens et vous faites peur à Charles X comme si l'Armée catholique et royale ressuscitée venait demander des comptes à ses rois qui ne vous ont jamais compris. Je vous avais prié de m'accompagner parce que je crois encore au symbole de la paysannerie et de la noblesse unies dans une même fidélité au roi. Mais vous et moi et aussi vos compagnons dans cette auberge de la basse ville, nous devons être les seuls à y croire encore. Le roi, lui, n'y a jamais cru. Mais c'est mon roi. Je n'en aurai jamais d'autre, sinon cet enfant dont nous fêtons la majorité.

— Comment est-il ? demanda Tête-de-loup, radouci à l'évocation de l'enfant.

— Il est mince, agile, blond, avec des yeux bleus.

Puis surpris, regardant Tête-de-loup comme s'il ne l'avait auparavant jamais très bien vu :

— Mais oui, il a les cheveux blonds et les yeux bleus, comme vous.

— Alors on n'a plus qu'à s'en retourner, demanda Tête-de-loup qui sentait de nouveau la colère le gagner.

— Nous repartirons demain.

— Monsieur le marquis, dit Tête-de-loup en se plantant bien en face de La Jozelinière, dès que je serai au pays je vas renvoyer ma bande et j'emmènerai la Louison. On vivra dans la forêt, seuls avec les bêtes. Je les comprends mieux que tous ces gens-là.

4.

Pendant le voyage de Tête-de-loup à Prague

Pendant le voyage de Tête-de-loup à Prague, Jacques Bory, dit le Capitaine Noir, avait été jugé à Niort et condamné à mort. Le procureur général de Poitiers opposa dans son réquisitoire l' « héroïsme » de la duchesse de Berry à la « barbarie » du rustre. Bory fut exécuté à Parthenay, place du Drapeau, le 18 septembre 1833. Le charpentier Boudon qui monta les bois de la guillotine toucha cent francs.

En représailles, le tisserand de Maulévrier organisa un raid sur Parthenay, voulant y tuer le charpentier et si possible le maire. Repéré avant d'arriver à la ville, une charge de dragons dispersa sa bande. Traqué alors qu'il se repliait sur l'Absie, il s'ensuivit une fusillade dans laquelle deux gendarmes restèrent sur le carreau. Le préfet des Deux-Sèvres envoya alors la troupe qui cerna la forêt.

Exaspéré par la proclamation de Henri V, roi en exil, le gouvernement de Louis-Philippe resserrait la vis sur tous les anciens territoires de la Vendée militaire. Les assises de Bourbon-Vendée venaient de prononcer dix condamnations à mort par contumace, dont celle de Auguste de la Rochejaquelein. Une nouvelle mesure frappait les « vieux chouans » : déportés en Algérie, ils disparaissaient ainsi définitivement de la circulation.

Tête-de-loup avait quitté le pays presque pacifié et il le retrouvait sur pied de guerre. Les bandes de Béché et de Jean-Baptiste, pourchassées par les voltigeurs qui voulaient en finir avec ces derniers lambeaux du drapeau de 1832, se défendaient par d'audacieux coups de main créant un climat d'insécurité. Les maires, se sentant visés, démissionnaient et de nombreuses communes privées de leur autorité de tutelle y apprenaient un dangereux goût de liberté autogestionnaire qui donnait aux préfets des Deux-Sèvres, de la Vendée, de la Loire-Inférieure et du Maine-et-Loire des coliques nerveuses.

Tout autour de la chênaie de l'Absie, Tête-de-loup apercevait les bivouacs des soldats ponctués par les feux des popotes. Des hussards passaient au galop, leurs shakos rouges à plumet bleu jetant des éclairs de couleurs vives devant les feuillages roux de l'automne. Un quadrillage enserrait la forêt au travers duquel Tête-de-loup, sans arme, n'arrivait pas à passer.

Il s'inquiétait. Qu'étaient devenus ses compagnons ? Qu'était devenue Louison ? Pour que d'aussi nombreux soldats cernent la forêt, il fallait que la bande s'y cache encore. Mais si des forces aussi considérables entreprenaient des battues, comment y échapper ? Lui qui pensait revenir pour chercher Louison et partir vivre libre dans les bois du bocage, voilà qu'il se voyait contraint d'entrer de son plein gré dans une souricière. Ou tenter d'y entrer, ce qui semblait aussi difficile que d'en sortir.

Finalement il attendit minuit et poussa un long hurlement se terminant en plainte. Le même cri lui répondit après quelques minutes, au loin, dans la forêt. Il hurla de nouveau. Des sortes d'aboiements modulés comme des gémissements lui répliquèrent. Bientôt des lueurs dorées apparurent dans les fourrés. Une dizaine de loups vinrent flairer celui qui les avait appelés et qui disparut avec la meute, passant au milieu des soldats endormis.

Les loups se dirigèrent tout droit à l'appel lancinant d'une louve. Tête-de-loup courait parmi les bêtes, gêné par ces maudits souliers qu'il n'avait pas eu le temps d'échanger contre des sabots. Dans l'obscurité il trébuchait, les pieds pris dans des ronces, ou se heurtait aux branches basses des arbres. Alors l'un des loups s'arrêtait et le guidait en l'agrippant des dents par les manches de sa veste. Ils arrivèrent près de la louve et Tête-de-loup sentit des bras qui se refermèrent sur son buste. Une douce chaleur le réchauffa jusqu'aux os, faisant vibrer tous ses nerfs, distendre les pores de sa peau, gonfler son sexe. La nuit, trop noire, l'empêchait de reconnaître Louison, mais il mit sa joue contre sa joue, prit ses cheveux dans ses mains. Sa bouche chercha ses lèvres. Le monde bascula. Ils se retrouvèrent allongés dans les feuilles mortes et la mousse, leurs corps mêlés dans une étreinte qui aspirait à ne jamais finir. Tête-de-loup et Louison auraient voulu mourir ainsi, mourir d'épuisement en consumant leur amour. Ils n'entendaient pas autour d'eux les loups qui grognaient en tournant en rond pour les protéger. Ils n'entendaient plus rien que les battements de leurs cœurs et leurs souffles.

A l'aube, les loups s'enfuirent. Tête-de-loup et Louison, endormis, se réveillèrent avec le déplaisir de n'avoir pas été métamorphosés en arbre. Ils devaient de nouveau affronter les hommes. Louison entraîna son mari au plus profond de la forêt où la bande se terrait dans des caches. Elle lui apprit la malheureuse équipée du tisserand de Maulévrier et aussi que ses trois compagnes, sur l'apparence trompeuse de la paix revenue, étaient parties avec leurs hommes.

Une bande aussi importante que celle de Tête-de-loup, bien que réduite de plus de moitié depuis leur fuite de Mervent, représentait néanmoins dans l'actuelle répression une trop grosse cible. Il rêvait de la dissoudre, les circonstances le contraignaient à seulement la morceler. Les tisserands, au nombre d'une dizaine, refusèrent de se séparer. Pour la quinzaine restante, deux des hommes venus avec Louison, qui partageaient une longue expérience de la clandestinité et le conscrit de Saint-Martin reçurent chacun la responsabilité de trois réfractaires. Tête-de-loup et Louison, quant à eux, se chargeaient du difficile déménagement du curé Barentin.

Louison proposa de se réfugier dans la contrée des étangs, qu'elle connaissait bien. Deux rivières, la Mare-aux-Canes et l'Ouine, y formaient des fossés protecteurs.

La région, marécageuse, avec de grandes mares dans les prés où s'abreuvaient des bœufs roux et des chèvres grises, serait d'un accès malaisé pour l'infanterie l'hiver et tout à fait inaccessible à la cavalerie. On ne comptait guère que trois lieues entre la forêt de l'Absie et les étangs des Mottes et de Courberive. Mais il fallait réussir à percer les rondes des voltigeurs et à s'enfuir sans laisser de traces sur la direction prise.

Le tisserand de Maulévrier demanda à partir le premier avec ses compagnons, suggérant un plan suicidaire, mais qui risquait en effet de réussir pour ceux qui ne périraient pas dans l'opération.

— On attaque les soldats au sud-ouest. Ils croiront qu'on tente de retourner dans la forêt de Mervent. On tiraillera le plus longtemps possible. C'est pas les cartouches qui manquent. Pendant ce temps, vous essaierez de vous faufiler au nord-ouest. Par groupes de quatre, vous devez réussir à passer. On fera un tel boucan que toute l'armée devrait venir pour nous secouer les puces.

— Comment sortiras-tu ?

— Tu sais qu'on ne manque jamais un but. On ne peut plus viser les officiers en premier puisque ces couards se coiffent maintenant d'un bonnet de police ; mais tant de ces vauriens tomberont qu'ils finiront bien par décrocher. On retournera dans la forêt. On attendra que ça se calme. Puis on ira vous rejoindre. On ne vous prendra pas beaucoup de place. Si on s'en tire à cinq, c'est qu'on est des as !

Tête-de-loup regarda son vieux compagnon, de plus en plus racorni, toujours aussi pâle et au regard si terne qu'il paraissait aveugle. Il lui dit :

— Tu sais, le marquis, quand on revenait dans sa calèche, il m'a dit que l'avenir n'était plus aux paysans, mais aux ouvriers ; qu'on perdait notre temps dans nos bois alors que l'avenir se trouvait dans les villes. Tu es un ouvrier, toi, pourquoi que tu ne t'en irais pas dans une ville ?

Le tisserand de Maulévrier ne répondit pas. Tête-de-loup ajouta :

— Le marquis m'a dit aussi : « Ce ne sera plus notre monde, ni à vous ni à moi. Nous sommes dans un bateau qui coule. »

Le tisserand de Maulévrier s'exclama avec humeur :

— Je m'en fous de ton marquis.

Il appela ses collègues et, chargés de fusils, de pistolets, de cartouchières pleines, ils s'éloignèrent vers le sud-ouest.

Ceux qui restèrent se divisèrent en quatre groupes, comme prévu. Lorsque Tête-de-loup informa le curé Barentin de la nécessité de chercher un nouveau refuge, celui-ci refusa, prétextant qu'il n'existait pas de meilleur refuge que le Sein du Seigneur. Il faut dire que ces derniers temps la raison du vieux prêtre commençait à chanceler. Non seulement il ne lévitait plus, ne faisait plus de miracles, ne prophétisait plus, mais il passait son temps reclus près d'une grosse pierre qu'il s'obstinait à appeler sa grotte, harcelant tous ceux qu'il pouvait accrocher en leur demandant de la soulever pour qu'il puisse entrer dessous. Sur ses mains et sur son visage les taches du cimetière s'élargissaient, lui donnant une couleur de feuilles mortes appropriée à la saison.

Lorsque Tête-de-loup finit par le convaincre de les suivre, se posa alors le problème de la grande croix de fer qu'il répugnait à laisser dans la forêt, mais qu'il fut bien incapable de traîner plus de cinq minutes. Tête-de-loup, déjà encombré de plusieurs fusils, dut l'aider à porter la croix à laquelle il se cramponnait. Ce qui mit alors en joie le curé qui glapit de sa voix de fausset :

— Mais voyant que Jésus-Christ dont le corps était abattu par tant de travaux succombait sous le grand fardeau de la croix qu'ils lui avaient imposée, ils engagèrent un homme nommé Simon à la porter derrière le Sauveur...

— Voilà qu'il se prend pour le Bon Jésus, maintenant, maugréa Louison qui allait vers les soldats sans fusil, la lanière de son fouet passée autour du cou Faut pas qu'il compte que je serai sa Mère Pater.

Louison n'aimait pas le curé Barentin. Cette faiblesse de Tête-de-loup envers ce prêtre, comme envers le marquis, l'exaspérait. Elle discernait alors en son mari les traces du vieux Dochâgne, qu'elle avait bien connu jadis dans leur village du bocage et qui lui parut toujours d'une stupidité de bœuf. Traîner une croix et un vieillard, alors qu'il fallait traverser des lignes de briscards qui les attendaient pour les tirer à l'affût, comment pouvait-on se laisser aller à de tels enfantillages !

Le curé soufflait, pestait, trébuchait, mais trottinait quand même, sa croix sur l'épaule soutenue par Tête-de-loup mué en Simon de Cyrène. Le visage congestionné encore plus qu'à l'ordinaire, suant dans sa soutane en loques, boitant dans ses vieux brodequins si troués que l'on voyait ses orteils, il s'arrêta soudain, regarda Tête-de-loup et Louison avec intensité et leur dit :

— Mes enfants, votre vieux prêtre tout usé vous est une bien grande charge. Mais ne craignez rien, vous sortirez de la forêt grâce à cette croix.

Il paraissait si convaincu, si grave, que Louison elle-même en fut ébranlée. Sa voix des prophéties lui revenait soudain. Mais cela ne dura pas. Il s'affaissa de nouveau sous le poids de la lourde masse de fer et reprit son chemin en geignant.

Ils arrivèrent à l'orée du bois sans rencontrer âme qui vive. Comme ils s'apprêtaient à s'élancer hors des arbres, des voltigeurs apparurent, portant un drapeau dont ils plantèrent la hampe au milieu de fusils placés en faisceaux. Tête-de-loup remarqua alors que, tout en haut du drapeau tricolore, à la place où, jadis, se fixaient les aigles napoléoniennes, se trouvait un coq en bronze doré. Il se souvint de l'amusement du conscrit de Saint-Martin devant cette volaille-totem, alors qu'en 1832, ils refluaient de leur première bataille perdue, qui allait être déjà la fin de la cinquième guerre de Vendée. Poussant Louison du coude, il lui montra le coq. Elle n'y attacha pas d'importance, examinant avec intensité comment ils pourraient bien passer au milieu de ces soldats qui faisaient les cent pas devant le drapeau. Mais avant qu'ils fussent revenus de leur surprise, le curé Barentin s'élança au milieu des voltigeurs, brandissant avec on ne sait quelle force cette croix si lourde, assommant les premiers gardes et suscitant la panique dans le bivouac. Un soldat tira. Le visage rouge du curé Barentin devint écarlate de tout le sang qui jaillit de sa blessure. Il tomba sur sa croix qu'il continuait de serrer dans ses petits poings crispés.

Profitant du tumulte et de l'attroupement autour du curé mort, Tête-de-loup et Louison, sans encombre, sortirent de la forêt.

Tout d'abord, on essaya de se faire oublier en creusant des trous dans la région des étangs. Puis en décembre une pluie fine, vaporisée comme du brouillard, rendit la visibilité impossible à plus de dix pas. On en profita pour confectionner des radeaux sur lesquels on édifia des cabanes de jonc. Dissimulés sur les eaux, au milieu des hautes herbes, ils offraient un abri plus confortable que les cavités transformées par les averses en tranchées boueuses.

Des dix tisserands, quatre seulement purent rejoindre la bande, dont celui de Maulévrier plus farouche que jamais. Le conscrit de Saint-Martin réussit aussi à passer à travers les barrages des militaires et à amener à bon port ses compagnons. Des deux autres groupes, l'un ne reparut pas et l'on ne sut jamais ce qu'il était advenu de ces trois réfractaires conduits par un des hommes de la Louison.

Isolés sur leurs étangs, la nourriture plus que frugale se composait surtout de macres, ces châtaignes d'eau fades. On piégeait parfois des sarcelles, des poules d'eau, des loutres. On devait se passer de pain.

Un soir, ils entendirent au loin, à peine perceptibles dans la ouate du brouillard qui recouvrait les étangs, toutes les cloches des villages qui sonnaient de gais carillons.

— Sans ces cloches, dit Tête-de-loup, on pourrait se croire dans le pays des morts. C'est comme si on écoutait de nouveau respirer le monde.

— Le temps te dure tellement ? demanda Louison.

— Il ne me dure pas puisqu'il n'existe plus. On vit en dehors du temps, comme des âmes errantes. Les jours n'ont plus de fin. Ni les nuits.

Le conscrit de Saint-Martin apportait une grosse bûche.

— Que veux-tu faire avec ça ?

— C'est la bûche de Noël qu'on doit offrir au maître pour préserver sa maison du tonnerre. Je te l'apporte en demandant que Dieu nous préserve de la foudre des gens de guerre.

Dans l'étang, le conscrit prit de l'eau au creux de sa main et la répandit sur la bûche.

— On a l'eau mais pas le sel, dit Tête-de-loup.

— Avec ce temps, on ne verra jamais la fumée. On va brûler la bûche comme si on était chez nous.

Les trois compagnons du conscrit arrivèrent à leur tour et on s'assit en rond autour du bois enflammé difficilement avec toute cette humidité qui, par ailleurs, transperçait leurs vêtements.

— Chez mon père, reprit le conscrit de Saint-Martin, on va veiller jusqu'à minuit en chantant des noëls.

— Celui qui naît aujourd'hui, dit un des réfractaires, découvrira des trésors avec sa baguette de coudrier.

— La nuit de Noël, dit un autre, dans les étables toutes les bêtes se mettent à genoux pour prier.

— Qu'est-ce que c'est que ces racontars ? s'exclama Louison, emmitouflée dans ses jupons. Des bêtes qui font leur prière, a-t-on jamais vu ça !

— Si, s'obstina le réfractaire, qui s'appelait Clément, même qu'un jour un métayer de chez nous est entré dans son étable la nuit de Noël et qu'il a bousculé son bœuf agenouillé qui priait l'Enfant Jésus. « Tu dors, vermine! » qu'il lui a dit. Et le bœuf a répondu : « Tu mourras demain pour m'avouère désendormi. » Et il a mouru, comme je vous le dis.

Une semaine plus tard, tous les radeaux s'ornaient de gui. D'une embarcation à l'autre, fusaient ces cris d'allégresse nés jadis dans les forêts des druides et repris inconsciemment depuis plus de deux mille ans : « Aguillanu! Aguillanu! » (Au gui l'an neuf!). Puis monta un chant, fredonné pas trop fort, car le vent qui soufflait en rafales pouvait emporter très loin leurs paroles et indiquer leur repaire :

Réveillez-vous, cœurs endormis
Cette nuitée
Mettez vos cœurs en Jésus-Christ
Et vos pensées
Y ve souhaitons la bonne année
Donnez-nous, va, l'aguillanu

— En tout cas, dit Louison, entre Noël et le Jour de l'An c'était le bon temps pour les filles. La seule époque de l'année où ce devenait un péché que de filer la laine.

— On entrait dans les maisons en chantant l'Aguillanu, reprit le Clément-du-boeuf-qui-prie et on nous distribuait, à nous la jeunesse, du pain, des œufs. On continuait la chanson en mangeant et en buvant. Tant pis, aujourd'hui on chantera seulement.

Et ils reprirent :

Réveillez-vous, cœurs endormis
Cette nuitée
Mettez vos cœurs en Jésus-Christ...

— C'te barque, on va chavirer si on danse dessus, dit Louison qui se levait en balançant ses jupons.

— Vous tracassez pas, on nous apprendra à danser dès les beaux jours venus. Et au son du canon, peut-être ben!

Sur ces fortes paroles de Tête-de-loup, la bande se remit à hiberner.

En avril les brouillards se dissipèrent. A travers la fine pluie qui tombait interminablement, le soleil tentait de percer, ce qui faisait dire à certains que la Sainte Vierge boulangeait du pain pour ses anges et à d'autres que le diable battait sa femme à coups de bonnet.

Le tisserand de Maulévrier, sorti le premier en éclaireur, revint en indiquant que le secteur paraissait calme, qu'il n'avait rencontré ni soldat ni gendarme, mais qu'à Lyon et à Paris les ouvriers élevaient des barricades.

— Peut-être ben que t'as raison. On perd son temps ici, alors on va s'en aller retrouver nos frères les canuts de Lyon.

Et il partit avec ses trois collègues, leurs fusils sur le dos, bardés de cartouchières, leurs eustaches à manche de buis dans leurs ceintures de laine. Réussirent-ils à rejoindre Lyon ? Le temps de parcourir à pied le chemin, la nouvelle insurrection lyonnaise, qui ne dura que cinq jours, était déjà terminée. Celle de Paris aussi, soldée par le massacre de la rue Transnonain.

Tête-de-loup et ses compagnons n'entendirent plus jamais parler de leurs tisserands des Mauges.

Réduite à dix personnes, la bande devenait plus mobile. Bien sûr, avec la belle saison elle ne pouvait demeurer au milieu des étangs. Elle devrait creuser des souterrains loin des marécages et s'y enfouir. Subdivisée en trois groupes, Tête-de-loup et Louison prirent avec eux deux jeunes retardataires : le Clément-du-bœuf-qui-prie et Manuel, un grand maigre que Louison disait « sauté aux prunes ». Le second groupe, avec pour responsable le conscrit de Saint-Martin, comprenait deux réfractaires surnommés Cheminant et Longépée. Le troisième groupe, conduit par le dernier des hommes de la bande à Louison, se composait de deux jeunes conscrits : Moustache et Vifargent.

L'échec des insurrections républicaines de Lyon et de Paris fut reçu avec beaucoup de soulagement par les préfets des quatre départements de la Vendée militaire. Ils n'avaient en effet cessé de craindre que les carlistes profitent de l'adversité du gouvernement aux prises avec la révolte républicaine pour passer à l'action. Mais il n'existait aucun lien entre les deux oppositions à Louis-Philippe. Celle de Vendée survenait trop tard et celles de Lyon et de Paris arrivaient trop tôt.

Ce qui n'empêche que la répression s'accrut au printemps de 1834. Le dimanche, la troupe cernait les villages lorsque la population s'assemblait à l'église pour la messe et les tirs des soldats abattaient ceux qui tentaient de fuir les interrogatoires. On voyait des brigades de gendarmes traverser les bourgs en ramenant des chouans enchaînés et des blessés sur des litières de branches. Les cours d'assises condamnaient de plus en plus généreusement les prisonniers à la peine de mort ou à la déportation en Algérie.

Par Béché et Jean-Baptiste, Tête-de-loup apprit que des émissaires se trouvaient en Vendée, venus de Jersey et du Portugal, avec des armes et des munitions, avant-garde de cette troupe qui allait débarquer conduite par le maréchal de Bourmont, La Rochejaquelein-le-troisième et Diot. Et comme il se montrait incrédule, ils lui firent rencontrer l'un de ces hommes qui lui remit en gage de vérité deux fusils anglais tout neufs et des balles de calibre.

Les derniers chouans acquirent une telle pratique des caches, ils savaient si bien se dissimuler, disparaître au moment opportun, que sans les dénonciateurs il eût été impossible de les dénicher. Une lutte à mort s'engagea donc dès le printemps entre les bandes et leurs judas. Une balle de pistolet abattit Fontenil, garde champêtre de Vendrennes accusé d'avoir guidé plusieurs colonnes mobiles. Un coup de crosse fracassa les maxillaires de la servante d'un officier qui exhibait avec trop de complaisance une mâchoire de chouan offerte par son patron.

Plus horrible encore la vengeance perpétrée sur le métayer Pierre Oby, dans laquelle Tête-de-loup crut reconnaître la main brutale de Jean-Baptiste. Pierre Oby fut abattu d'un coup de fusil dans sa métairie par une bande qui, une fois repartie, craignant sa besogne mal faite revint, trouva le métayer râlant sur le sol de sa cuisine et voulut l'achever. Mais la femme du moribond se jeta sur son mari pour le protéger en le recouvrant de ses longs jupons. Les réfractaires les relevèrent en riant, s'esclaffèrent en apercevant sa boutique poilue, lui passèrent leurs fusils entre les jambes et tirèrent, tuant l'homme sous la femme dénudée.

Tête-de-loup donna l'un des fusils anglais au conscrit de Saint-Martin et garda l'autre pour lui.

— Tu te souviens, lui dit Louison, comme on se courtisait avant de se retrouver. On montait des coups, ta bande et la mienne, pour en mettre plein la vue à l'autre, pour l'obliger à se démasquer. Je n'aime pas ton Jean-Baptiste et ton Béché. Ils sont aussi mauvais que les culottes-rouges. Ils te tiennent encore, en te donnant des fusils qui ne serviront plus à rien lorsque les balles de calibre seront usées. Moi, je me suffis bien de mon fouet.

— On recevra des balles de calibre quand Diot reviendra avec les hommes du Portugal. On les attend à Saint-Jean-de-Monts.

Louison caressait les cheveux blonds de Tête-de-loup dans lesquels se mêlaient quelques fils d'argent :

— Diot aura été ton mauvais ange. Ne me parle pas de ce maudit-là.

Tête-de-loup et Louison étaient maintenant les plus âgés de la bande. A l'exception de l'homme venu avec Louison, surnommé Brisebleu (trop jeune pourtant pour avoir pu combattre les bleus puisque né avec le siècle), tout le reste se composait de retardataires des classes environnant l'année 1830. Ils comptaient donc une vingtaine d'années alors que Tête-de-loup et Louison atteignaient la quarantaine. Mais la blondeur de Tête-de-loup, ses yeux bleus, sa minceur le faisaient sans âge.

Quant à Louison qui se tenait si droite en un temps où les femmes se déhanchaient vite, à force de se tenir pliées en deux pour fouiller le sol les jambes écartées, elle conservait sa sveltesse. Leurs années de vie sauvage dans la forêt les préservaient de l'usure apportée par les travaux des champs. Etait-ce leur régime frugal, la rudesse des saisons endurées en plein air, en tout cas la maladie les épargnait, alors que de perpétuels malaises démoralisaient la bande encore plus que les battues des soldats. Ils connaissaient évidemment toutes les vertus des plantes : la bardane pour les maladies de la poitrine, la digitale pourprée (dite aussi doigt de la Vierge ou encore gant de Notre-Dame) pour les œdèmes que l'on appelait des « enflesses », le céleri pour les rhumatismes, les feuilles de houx pour les fièvres, la pointe de ronce pour les enrouements. La nature prodiguait à la fois les maladies et les remèdes.

Mais il existait un mal auquel nul n'échappait, qui revenait souvent et qui contraignait parfois à se rouler de douleur sur le sol : les caries et les abcès dentaires. On croyait alors dans les campagnes que la cause des caries provenait de vers qui rongeaient les dents et donnaient à la bouche une puanteur à faire vomir. On cherchait donc, en vain, à l'extirper. Comme on ne le trouvait pas, on enlevait le ver d'un fruit ou d'une viande et on l'enfonçait dans la dent malade en lui demandant de boucher le trou. Certains pensaient qu'en enfouissant un escargot dans l'oreille les abcès désenfleraient. Le mieux encore, c'était l'ail, difficile à se procurer lorsque l'on vivait dans les bois ; l'ail placé en cataplasme sur la dent malade, ou en bracelet autour du poignet.

Pour obtenir des gousses d'ail dans les fermes, les derniers chouans prenaient des risques terribles. D'autant plus que l'ail râpé soignait aussi les cors aux pieds, si fréquents dans les sabots usés. Plus d'un fermier, en ce temps-là, perdit la vie en s'obstinant à refuser aux réfractaires un collier de têtes d'ail.

Les beaux jours rendirent la région des étangs peu sûre. Non seulement il vint des gendarmes qui mirent à l'eau de grandes barques plates, mais des chasseurs de bécasses et de vanneaux risquaient aussi de les découvrir. Les trois petits groupes rejoignirent donc la région boisée qui, entre l'étang des Mottes et l'étang du Fréau offrait cinq lieues de protection. Ils restaient néanmoins séparés et changeaient de caches toutes les nuits.

Obligés de mener une vie de taupes, privés de pain et de vin, le moral de la bande fléchissait. Brisebleu commençait à murmurer contre cette attente interminable de l'armée portugaise de Diot et le conscrit de Saint-Martin ne tenait plus en place avec toutes ces odeurs émanant des fermes. Jadis, la trop grosse troupe de Tête-de-loup présentait le danger du nombre, mais si maintenant elle se réduisait encore par des défections elle deviendrait vulnérable. Il fallait à tout prix redonner de la vigueur et de l'espoir à la bande. Tête-de-loup, déçu par son voyage à Prague, ébranlé par le pessimisme du marquis et qui devait renoncer à fuir avec Louison dans ses bois du bocage comme il en avait pris la résolution, se sentait lui aussi déboussolé.

Sans doute la bande se serait-elle effritée et les gendarmes auraient-ils fini par les prendre au collet si un événement nouveau ne les avait sortis de leur torpeur désenchantée. Un soir, Louison, partie avec deux réfractaires pour une reconnaissance de routine, revint avec un gros sac de voyage, en cuir noir, clos par un fermoir d'argent. On l'ouvrit. Il était rempli de louis d'or. Ou plutôt non, pas des *louis*, mais des *philippes* puisque sur les pièces de monnaie le profil du roi-citoyen apparaissait dans toute sa graisse. Comme le voulait l'usage carliste, on cracha sur l'image de l'usurpateur, mais ensuite cette fortune soudain offerte les éblouit.

Louison raconta comment ils surprirent dans un chemin de traverse un percepteur qui rentrait à dos de mule vers Bressuire, une fois son collectage d'impôts effectué dans les fermes et les villages ; comment, en les apercevant, il tira un pistolet de la fonte attachée à l'arçon de sa selle, mais la lanière du fouet de Louison lui arracha l'arme de la main ; comment, tenu en joue par les réfractaires, il dut échanger sa bourse contre sa vie ; comment, fouettée par Louison, la mule s'enfuit au triple galop emportant sur son dos le percepteur délesté.

— Avec tout cet argent, dit Louison, on va pouvoir acheter du pain dans les fermes. Et même du lard. C'est toi qui t'en chargeras, dit-elle au conscrit de Saint-Martin. On va leur rendre leurs louis d'or petit à petit. Mais ils ne le sauront pas. Ils croiront que c'est notre argent à nous. On va devenir de bons clients. On sera considérés.

Ils enterrèrent la sacoche entre deux gros chênes.

Ses nouveaux contacts avec les métayers transfiguraient le conscrit de Saint-Martin. Les provisions qu'il achetait redonnaient aussi de la joie à tous. Du pain, du vin, du lard, des fromages, que demander de mieux ! Le conscrit de Saint-Martin ramenait aussi des nouvelles. Les gendarmes de Moncoutant avaient arrêté des jeunes gens qui offraient du tabac dans des tabatières portant cette inscription : « Vive Henry V et la duchesse sa mère. » Monsieur de la Rochejaquelein, fils de feu Monsieur Louis, recruterait des volontaires pour le service du roi du Portugal...

— Mais, s'exclama Tête-de-loup, je pensais qu'il s'agissait du contraire. As-tu bien compris ? C'est pas nous qui devons aller au Portugal, c'est le Portugal qui doit venir nous aider à nous débarrasser des patauds !

— Ils ont dit comme ça, s'obstina le conscrit de Saint-Martin. Il y a eu aussi des bagarres à une noce du côté de Saint-Fulgent. Le marié, la mariée et leurs deux cents invités portaient tous des rubans verts et blancs. Les gendarmes ont voulu leur arracher ces couleurs de Charles X. Ils se sont foutu sur la goule.

— On a nos chances, dit Louison. On peut acheter notre manger dans les fermes, ce qui nous fait bien voir. On peut aussi entreprendre ce que les paysans rêvent, mais n'osent pas.

— Quoi ? demanda Tête-de-loup.

— Eh ben, on les embête dans leurs noces, on les embête avec les impôts, on les embête avec ce permis de chasse qu'on leur refuse, alors que les bourgeois viennent tuer sur leurs terres, on les embête avec ces maires bleus qui sont nommés par le gouvernement... Je vas faire danser tout ça avec mon fouet... Tu verras qu'ils nous applaudiront et, finalement, on pourra sortir de nos trous.

— Les métayers d'ici, reprit le conscrit de Saint-Martin, n'aiment pas leur maître. C'est un meussieu, enrichi avec des terres de l'Eglise et des émigrés. Il est plus dur avec ses gens qu'un charretier avec son cheval.

— Toi qui sais écrire, dit Brisebleu à Tête-de-loup, tu devrais lui faire une lettre.

— Pour dire quoi ?

— Ben, par exemple... Monsieur, scélérat et jean-foutre, si tu ne remets pas les dettes de tes métayers avant la Saint-Jean, ta vie ne sera pas longue... Quelque chose de bien senti, comme ça...

Louison approuva :

— Il a raison. Il faut que tu écrives ça. Tu signeras Tête-de-loup, comme autrefois lorsqu'on se courtisait.

Tête-de-loup regarda Louison avec un étrange sourire.

— Je vas lui écrire à ce maudit pataud.

Il fit la lettre, se donna le luxe de la porter lui-même à domicile et, pour ne pas être en reste vis-à-vis de Louison, quelques jours plus tard, accompagné de Brisebleu et de trois réfractaires, arrêta la malle-poste qui reliait Bressuire à Niort, dans le seul bois qu'elle traversait, à la hauteur du petit pont enjambant la Mare-aux-Canes. Le gendarme qui accompagnait le postillon n'eut pas le temps de tirer. Un coup de feu dans les mains lui fit lâcher son fusil en jurant. Le postillon fouetta les chevaux, mais les réfractaires leur sautèrent dessus, tranchant les courroies de cuir et les brides avec leurs coutelas. On dételа la malle-poste et l'on revint au campement avec les deux chevaux et toute une provision de gazettes fraîches.

— Tu es fou de ramener des chevaux, s'écria Louison. Ils vont nous faire repérer par leurs hennissements. Et tout ça seulement pour des gazettes !

— M'est avis que tu me trouvais trop sage.

Louison applaudit des deux mains et se précipita sur Tête-de-loup qu'elle mordit à l'oreille, comme une louve qu'elle redevenait :

— Oh ! tu verras, si tu veux m'en conter avec tes chevaux ! J'ai plus d'un tour dans mon sac !

Quelques jours plus tard elle rapportait un fusil et une cartouchière pleine.

— C'est un garde-chasse qui me les a donnés. Mais je l'ai invité, pour le remercier, à danser le rigodon avec mon fouet. Humilié, qu'il était ! Si vous aviez vu ça ! Fouetté par une femme et devoir lui donner son fusil ! C'est moi la Louve, que je lui ai dit. Tu sais, la Louve, la femme de Tête-de-loup.

En signant chacune de leurs actions, ils terrorisaient les tenants de l'ordre, mais en même temps se gagnaient la sympathie des paysans qu'ils amusaient. L'un d'eux accepta d'accueillir les chevaux de la malle-poste dans son écurie. Ils viendraient les chercher lorsqu'ils en auraient besoin. Le maître avait reçu la lettre, aussitôt confiée à la gendarmerie et n'osait reparaître dans ses fermes.

Tête-de-loup et Louison se divertissaient. Ils s'étourdissaient même dans leur jeu d'amoureux, où chacun voulait épater l'autre, par des prouesses nouvelles. Ils ne se faisaient plus la cour, ils se faisaient l'amour. Toute la bande en était électrisée. A l'exception du conscrit de Saint-Martin qui, perdant sa place privilégiée auprès de Tête-de-loup, souffrait de cet abandon.

Maintenant, en effet, Tête-de-loup et Louison montaient leurs équipées ensemble, retrouvant une étonnante jeunesse. Eux, si graves, s'étonnaient de leurs fous rires Leur gaieté rejaillissait sur tous.

Simplement, ils se sentaient las de vivre dans les bois et surtout de se terrer. De toute manière on avait bien sûr localisé leur repaire. Un jour un détachement de voltigeurs le passerait au peigne fin. Une solution de rechange s'imposait.

— Jamais les gendarmes penseront qu'on ose sortir de nos caches, dit Louison. Alors, allons-y ! Mais avec vos barbes vous effrayeriez le diable. Si on sort, on doit se présenter en bourgeois. Il nous faut des chemises blanches, des habits neufs. Et il faut vous raser le bouc.

— J'irai vous chercher ces hardes, dit Brisebleu. Et les rasoirs aussi.

Quelques jours plus tard, des costumes de droguet gris, tout neufs, des petits chapeaux de cuir, des chemises, même des souliers, arrivaient dans les bois. Sans parler d'un assortiment de robes et de jupons pour Louison.

On applaudit Brisebleu. Tous se rasèrent, sauf Moustache qui tenait à conserver ce qui lui valait son surnom, bien que, nous l'avons dit, il existait un autre Moustache, ex-sergent suisse de la garde royale, qui menait une bande dans le bocage où il acquérait une bonne célébrité.

Lorsque tout le monde fut costumé, un fou rire général salua cette apparition. Personne ne reconnaissait son voisin.

— On est dix et on n'a que deux chevaux, dit Tête-de-loup. Remédions à ça. Viens, Brisebleu, on est tous les deux les plus vieux, on nous fera plus confiance.

Ils harnachèrent les deux chevaux dans l'écurie du métayer, galopèrent jusqu'à Boismé, se rendirent dans l'ancienne auberge de Diot où ils saluèrent la compagnie, offrirent à boire aux gendarmes attablés. On ne les connaissait pas. Ils montraient bonne allure. On trinqua avec eux. Après avoir bien bu et plaisanté, Tête-de-loup et Brisebleu se saisirent des sabres des pandores posés sur les tables, se précipitèrent dans la cour pour couper les cordes qui attachaient les chevaux de la maréchaussée aux anneaux des murs, les nouèrent à la selle de leurs propres montures, puis détalèrent devant les gendarmes et clients de l'auberge en criant : « Messieurs, si vous voulez prendre Tête-de-loup, suivez-le ! »

Dans les jours qui suivirent, une grande battue qui mobilisa un régiment de voltigeurs, ratissa la région des étangs. Ils passèrent beaucoup de temps à vider les mares, à fouiller les bois. Comme ils ne trouvaient rien, ils s'en prirent comme d'habitude aux fermes des alentours, démolissant les fours, allant même jusqu'à ouvrir certaines tombes fraîches autour des églises.

Pendant ce temps, Tête-de-loup et sa bande s'égaillaient du côté du bois d'Amailloux, individuellement cachés dans des métairies, à l'exception de Tête-de-loup et de Louison qui ne se quittaient plus.

Ils restaient le jour dans des gîtes éloignés les uns des autres, où ils dormaient, se regroupant dans les bois la nuit. De là, ils partaient en expédition, faisant par exemple de longues randonnées avec leurs chevaux, de maison de maire en maison de maire, galopant autour en poussant des hurlements de loups. Il s'ensuivait des démissions en chaîne qui exaspéraient le préfet.

L'aubergiste d'Amailloux, repéré comme mouchard, fut tondu et on lui peignit une croix noire sur la tête. Puis on monta les enchères. Non seulement la bande de Tête-de-loup et de Louison (car Louison y prenait une part de plus en plus endiablée, lacérant de son fouet les récalcitrants) dérobait les recettes des percepteurs, guettés dans leurs tournées, mais elle intimait aux agents du fisc l'ordre de ne plus percevoir d'impôts. Ceux-ci n'osant effectuer leurs tournées, les paysans récompensaient les réfractaires en leur aménageant des cachettes de plus en plus sûres.

La nuit, il n'existait ni ronde de gendarmes, ni allées et venues de soldats. L'obscurité effrayait les honnêtes gens, comme les animaux domestiques. Seules les bêtes sauvages rôdaient dans la noirté. Et les chouans. Ils ne se reconnaissaient plus au cri de la chouette qui, pourtant, les accompagnait de son vol lourd, mais seulement aux hurlements des loups. De ferme en ferme les chiens aboyaient avec rage en les sentant passer. Ils se glissaient comme des silhouettes fantastiques, entrant sans peur dans ce domaine du surnaturel et des ensorcellements. La nuit suscitait l'horreur, le crime, les expiations. La nuit amenait le cauchemar et la peur. La nuit amenait les loups qui, l'hiver, grattaient aux portes. Mais dans cet été de 1834, si l'on entendait cogner, on s'effrayait encore plus car on présumait qu'il s'agissait de Tête-de-loup et de sa louve.

Un jour que le procureur du roi se trouvait à Bressuire, réveillé en sursaut par le déchirement d'une huisserie enfoncée, il n'eut que le temps de se dresser dans son lit, son bonnet de coton sur la tête et de joindre les mains pour sa dernière prière. Tête-de-loup et Louison le regardaient.

— Mais quel Dieu priez-vous ? lui demanda Louison. N'y a pas de Bon Dieu pour les gens de votre acabit. Et le diable ne voudra pas de votre carcasse. Vous serez une âme errante pour l'éternité. Une galipote ! Un chien noir !

Le procureur du roi tremblait. Il savait que ces gueux jettent des sorts. Son collègue des Sables-d'Olonne n'avait-il pas péri dans le passage du Gois, qui va de la terre ferme à l'île de Noirmoutier, égaré par les cris plaintifs des fradets-braillards, un soir de tempête ?

Lorsque l'on vit à Paris on se moque de la garache et de toutes les malebêtes. Mais dans ce maudit pays ensorcelé tout devient possible.

— Vous connaissez Rousseau, des Herbiers, qu'un détachement de voltigeurs du 44e de ligne mena en prison ? Vous l'avez condamné à mort, dit Tête-de-loup.

— Ce n'est pas moi !

— Puisque vous êtes procureur du roi vous pouvez le libérer. Sinon mes chiens d'enfer vous mordront les fesses tant et tant que vous en serez enragé. Et que tout le sel de la mer ne vous guérira pas de votre bave.

Puis Tête-de-loup pirouetta sur les talons de ses

souliers, auxquels il commençait à s'habituer, se retourna, fit une sorte de révérence et lança au procureur, raide dans son lit comme le Saint-Sacrement :

— Adieu, môssieu, Tête-de-loup vous salue bien.

— C'est trop, lui dit Louison lorsqu'ils retournèrent dans la nuit. Pas la peine d'y ajouter des singeries.

Ils pouffèrent de rire, comme des enfants. Ils s'amusaient. Et ils amusaient la population des hameaux et des villages dans leur rôle de redresseur de torts. On rima bientôt des chansons sur le Loup et la Louve, que l'on chantait sous le nez des gendarmes. Comme on les voyait partout à la fois, on ne les trouvait nulle part. Ils apparaissaient et disparaissaient comme des fantômes.

Au mois de juin, toute la paysannerie de la Gâtine leur fut acquise par un de leurs faits d'armes. Dans ses blés haut levés et gorgés d'épis, un métayer apercevant des chasseurs poursuivre des perdrix, accourut pour empêcher le saccage. Mais ceux-ci le rudoyèrent, disant que la terre ne lui appartenait pas et qu'ils venaient avec l'autorisation du maître. Le paysan tenta de déloger les meussieu qui foulaient son blé. Les bourgeois-chasseurs pointèrent leurs fusils dans sa direction. Il retourna à sa métairie, revint avec sa femme, tous les deux armés de fourches. Les chasseurs assommèrent le mari et la femme. Non seulement Tête-de-loup, Louison et leur bande retrouvèrent un à un chaque villadin, mais ils effectuèrent un tel saccage dans chacune de leurs maisons que les marchands de vaisselle jusque-là peu propices aux chouans se mirent à les espérer plus souvent.

Les bourgeois-chasseurs s'en tirèrent néanmoins avec plus de peur que de mal. Proprement bastonnés, ils gardèrent quelque temps de grosses bosses sur la tête et ce fut tout.

Lorsque Tête-de-loup et Louison frappaient aux portes des fermes, où ils arrivaient sans bruit, on les accueillait avec empressement. Non seulement aucun paysan ne témoignait contre eux, mais ils s'ingéniaient à des astuces pour les protéger. Comme cette fois où des gendarmes, voyant entrer Tête-de-loup dans une métairie, se persuadèrent qu'il se planquait dans la cave. Ils retournèrent toutes les barriques, sauf une, celle où la fermière avait eu la bonne idée de poser sa chandelle pour éclairer le réduit. Tête-de-loup était caché dedans.

La popularité de Tête-de-loup et de Louison venait aussi de ce qu'ils évitaient le meurtre. C'est Louison qui imposait à la bande de ne jamais tirer sans nécessité, même sur les soldats et les gendarmes. Et aussi de ne jamais voler un paysan. Lorsque l'argent manquait, il suffisait de puiser dans la cassette du roi. Et lorsque la cassette était vide, il se trouvait bien un percepteur ou une diligence à rançonner. Son fouet à la main, Louison ne cherchait qu'à mortifier l'ennemi. Elle reprenait ainsi, sans le savoir, une vieille technique des chouans de 93. Sur les champs de bataille de l'Armée catholique et royale on pouvait voir un homme élégamment habillé, qui poursuivait les bleus et les culs-blancs, un fouet à la main, les cinglant comme des bêtes de cirque. C'était le marquis de Lescure, dit le saint du Poitou, que cette méthode militaire peu orthodoxe conduisit à mourir d'une balle dans la poitrine, dès l'âge de vingt-sept ans. Humilier l'adversaire paraissait à ces chouans plus terrible que le tuer.

Deux victimes figurèrent néanmoins à l'actif de Tête-de-loup et de Louison.

Le procureur du roi n'ayant pas libéré Rousseau des Herbiers accepta malencontreusement de participer à une chasse à courre dans la forêt de Nuaillé. Un loup non éventé par les chiens se jeta sur lui et le mordit au postérieur.

Il en eût été quitte pour plus de peur que de mal si une grande excitation ne l'avait saisi, si, se roulant par terre en bavant, il n'avait cherché à mordre à son tour. Il n'existait alors que deux remèdes contre la rage : l'eau de mer et l'asphyxie entre deux matelas. Les héritiers du procureur du roi jugèrent plus efficace l'asphyxie entre deux matelas.

Par ailleurs, la Saint-Jean passa sans que le mauvais maître ne remît leurs dettes à ses métayers. Comme il s'apprêtait à monter à cheval pour justement aller leur réclamer son dû, un taon piqua l'animal qui, d'une ruade, défonça la cage thoracique du propriétaire.

Après ces deux événements, Tête-de-loup et Louison furent encore plus craints, mais moins aimés. On se méfiait des jeteurs de sorts. On se souvenait de Tête-de-loup gagnant jadis sa borderie comme chasseur de chiens gris.

Pendant tout l'été, ils multiplièrent leurs provocations, faisant, comme on disait alors dans l'Ouest, les cent dix-neuf coups (moins vantards qu'à Paris où l'on n'en comptait jamais moins de quatre cents). Chacun, dans la bande, finissait par s'offrir une spécialité. Moustache et Vifargent raffolaient d'enlever les drapeaux tricolores des clochers et des mairies qu'ils plantaient ensuite sur des tas de fumier. Cheminant et Longépée aimaient visiter les maisons bourgeoises et en ramener des chemises à dentelle et des mouchoirs de Cholet. Le Clément-du-bœuf-qui-prie et le Manuel-tout-étirolé allaient à cheval offrir du tabac aux bivouacs des officiers, puis repartaient en tirant des coups de fusil en l'air, criant : « Vous n'aurez jamais Tête-de-loup et sa bande ! »

Dans ce pays d'habitat dispersé, chaque dimanche donnait l'occasion d'une montée au bourg, en famille. On ne laissait à la ferme que les vieux qui surveillaient les poules. Les cabarets, lieux de rassemblement de tous les hommes, sauf à l'heure de la messe où ils demeuraient étrangement vides, regorgeaient de buveurs. Les réfractaires osaient maintenant s'y montrer, s'attardant aux interminables parties de cartes du jeu de la vache. On y chantait. On y dansait après les vêpres le répétitif avant-deux, la plus populaire des danses du bocage ou, si les filles accouraient nombreuses, le quadrille à cinq figures, commandé par le joueur de vielle. Parfois, le conscrit de Saint-Martin empruntait un aiguillon à un bouvier et dansait la guimbarde.

Le soir, les femmes parties, tous les hommes se retrouvaient fin saouls.

Le seul meurtre retenu contre ces bons vivants, en cette année 1834, fut celui de Louis-Philippe. La bande au complet investit en effet une commune au cours de l'été, pénétra dans la mairie, en sortit le buste du fils d'Egalité, sonna les cloches pour rameuter les villageois et, devant la paroisse réunie, fusilla le roi de plâtre.

Ce régicide entraîna la fin des amusements. En réalité, la maréchaussée semblait s'être prise au jeu dans cette partie de gendarmes et de voleurs. Mais l'assassinat du roi de plâtre dépassait les bornes. Préfet et sous-préfets lancèrent des ordres rigoureux. Des troupes fraîches remplacèrent les voltigeurs et les dragons qui commençaient à s'acclimater. Il ne s'agissait plus de plaisanter, les menaces de débarquement des émigrés du Portugal devenant précises. Paulze d'Ivoy avait reçu un rapport éloquent à ce sujet : *Une vingtaine de jeunes gens du bourg de La Gaubretière, Vendée, se sont réunis dans deux auberges pour y dîner, parés de rubans bleus et verts, coiffés de petits chapeaux cirés, à peu près comme les marins en portent, coiffure aujourd'hui à la mode dans la Vendée des légitimistes. Ils ont fait courir le bruit que M. le général Bourmont est vainqueur au Portugal, qu'il arrivera incessamment en Vendée, avec son armée, pour y mettre Henry V sur le trône.*

Béché et Jean-Baptiste, que les excentricités de la bande de Tête-de-loup faisaient quelque peu oublier, réapparurent avec violence. Le visage barbouillé de noir, ils surgissaient la nuit dans les fermes et emmenaient avec eux les jeunes gens en âge d'être soldats. Ils formaient, disaient-ils, l'armée qui devait se joindre à celle du maréchal de Bourmont. La troupe quadrilla de nouveau le bocage et la Gâtine, saccageant les métairies suspectes. Les soldats vidaient les armoires, perçaient les paillasses à coups de baïonnette, défonçaient les tonneaux de vin, incendiaient le foin et la paille. En quelques jours ils récupérèrent une vingtaine de fusils de gendarmes égarés dans des fermes, cinq stylets, un sabre, trois paires de pistolets d'arçon, une paire de pistolets de poche, quatre paquets de cartouches, deux poudrières, un sac de petit plomb, une giberne, une carnassière, deux morceaux d'étain, dix moules à balles, des cocardes blanches, un recueil de chansons séditieuses, des gazettes chez des paysans illettrés, des petits chapeaux de cuir, des souliers de bourgeois.

Tête-de-loup et sa bande fuirent vers la forêt de Mervent, dix fois plus épaisse que celle de l'Absie. En chemin, des voltigeurs interceptèrent Brisebleu et Vifargent qui tombèrent, touchés par les balles des soldats. Moustache ramassa Vifargent et le traîna dans un fourré où tous les deux se dissimulèrent. Blessé au genou et au ventre, Brisebleu, transporté par les voltigeurs à Vouvant, y mourut avant d'avoir pu être interrogé.

5.

La forêt de Mervent les enveloppa comme un grand manteau

La forêt de Mervent les enveloppa comme un grand manteau. Avalés, digérés par cette masse de chênes et de châtaigniers, de fougères et de ronces, d'énormes pierres tombées de la dorne de la fée Mélusine, engloutis sous la mousse et le houx dans les galeries qu'ils creusèrent profond, ils disparurent.

Leurs chaussures, dont ils avaient si souffert pendant leur folle équipée, jetées dans les étangs, leurs chevaux lâchés dans les prairies, leur trésor de guerre abandonné comme leurs réserves d'armes et de munitions, ils se retrouvaient démunis dans la forêt qui, si longtemps, les protégea jadis. Mais après leur galopade pour échapper aux embuscades des voltigeurs et des gendarmes, son opacité leur paraissait un paradis. Son opacité et son silence. Au plus profond des massifs feuillus les oiseaux deviennent rares. Seuls des rapaces, rejetés comme eux des régions habitées, s'y aventurent. Buses, faucons et milan royal tournoyant très haut dans le ciel, le jour; chouettes et hiboux hululant la nuit comme pour leur rappeler les cris des anciens chouans.

Les bruits de la forêt ne sont faits que de frôlements, de reptations, de souffles, de froissements de feuilles dans le vent, de murmures de sources, de paniques d'animaux qui déboulent dans un déchirement de bois mort cassant comme du verre sous leur poids. Le silence de la forêt protège. Un homme qui s'y aventure s'entend de loin. A fortiori une patrouille. Entendu et vu. Rien de plus simple que de se débarrasser des importuns dans cette mer de verdure. Comme la mer la forêt est gloutonne. Elle peut avaler, sans laisser de traces, ceux qui s'y perdent.

Peut-être construiraient-ils des cabanes plus tard, mais pour l'instant, dans cette vague répressive qui s'abattait de nouveau sur l'Ouest, et après tant d'incartades, l'instinct de survie leur commandait de disparaître.

Pieds nus, cette libération du carcan des chaussures leur donnait une impression de liberté retrouvée. Les pieds libres, tout leur être recouvrait sa sveltesse.

Creuser des galeries dans le sol, s'y enfoncer, dormir dans ces tombes ne leur sembla pas une pénitence. Bien au contraire, ce contact intime avec la terre leur procurait une joie sensuelle. Tout le peuple de la forêt creusait comme eux des terriers. Renards, belettes, putois, musaraignes, lapins, insectes, ils entendaient dans leurs trous le travail de sape de tous les hôtes des bois, les coups de boutoir des sangliers dans leurs bauges, les bruits de griffes et de mâchoires. Ils vivaient la respiration de la terre.

Moustache avait réussi à sauver Vifargent qui, blessé à la poitrine, put marcher en se traînant pour rejoindre la bande. Mais dans cet effort sa blessure s'ouvrit et il saignait abondamment. Pour lui, on aménagea une hutte de branchages. Couché sur un lit de fougères, on se relayait pour venir pisser sur sa plaie. On allait aussi à la recherche de toiles d'araignée qui servaient de compresses contre l'hémorragie. Mais la blessure de Vifargent s'envenima néanmoins et il mourut.

Il ne restait que sept hommes, plus Louison, dans la bande de Tête-de-loup. Il reforma une nouvelle fois sa compagnie en quatre groupes de deux personnes : Louison et lui pour le premier, le conscrit de Saint-Martin et Cheminant pour le second, Longépée et Moustache pour le troisième le Clément-du-bœuf-qui-prie faisant coterie avec Manuel-l'étirolé. Ainsi la mobilité de la bande devenait extrême.

Au plaisir de retrouver la forêt et sa sécurité, au besoin de repos qu'ils éprouvaient tous après leurs cavalcades dans la Gâtine, succéda vite le sentiment d'être pris dans un piège. Une fois de plus le pain leur manqua. La Saint-Michel, qui arrivait, apporta aux retardataires le regret de ne pouvoir se gager dans les foires. Et puis, ils avaient repris goût aux femmes depuis que, leurs facéties les mélangeant aux villageois, nombre de complaisances féminines récompensèrent leurs prouesses. Maintenant la promiscuité de Louison les énervait.

Le conscrit de Saint-Martin se risqua le premier, avec Cheminant, à aller voir ce qui se passait au-dehors. Ils revinrent consternés. Dans toutes les métairies on les regarda avec stupéfaction, comme des âmes errantes. Et on leur refusa du pain.

— Les pésans ne nous ont jamais aimés, dit Louison, dédaigneuse. Notre liberté leur fait peur. On les a amusés hier dans la Gâtine. Ils ont bien voulu jouer avec nous tant que le gendarme ne s'en est pas mêlé. On était le vielleux qui venait pour le bal. On a rigolé ensemble un bon coup. Mais dès que le maître est apparu avec sa cravache on a enlevé son chapeau et on l'a salué bien bas. Adieu la compagnie ! La fête est finie. Et que les baladins aillent au diable !

— Tu ne connais pas la terre, soupira le conscrit de Saint-Martin, toi fille de forgeron. Mais moi je vois bien que la terre est moins méchante, le blé plus beau, le vin meilleur, le lin plus nourri. Les jachères reculent et à la place pousse du trèfle violet ou de la luzerne. Les paysans peuvent sucrer leur tisane avec le miel de leurs ruches. La vie est meilleure pour les paysans. On leur présente Louis-Philippe comme un ogre. Ils le croient. Mais du Robespierre au Buonaparté, ils ont fini par s'habituer aux ogres. Ce qu'ils savent aussi, c'est que ce maudit roué a fait baisser d'un sou le prix du pain. Quand les paysans grattaient le sol avec leurs ongles pour faire pousser trois raves, c'était facile d'en faire des chouans. Maintenant ils ont un petit bien. L'idée qu'une nouvelle guerre puisse ravager leurs champs, brûler leurs fermes, les terrorise. Il a suffi que Louis-Philippe lâche de nouveau ses soldats, comme des chiens enragés et qu'ils cassent la faïence des vaisseliers pour que les paysans baissent les bras. Ils en ont assez de toutes ces guerres. On en a assez. On voudrait rentrer chez nous.

— Eh bien, rentre ! dit Tête-de-loup. Tu verras comment tu seras reçu !

A part Longépée le déserteur, il ne restait plus dans la bande que des conscrits réfractaires. Les rapports de gendarmerie ne les qualifiaient plus de retardataires. Ils leur donnaient un nouveau nom : insoumis. Insoumis comme des chevaux rétifs, comme des bœufs qui n'ont pas encore connu le joug. Insoumis comme ces loups, de moins en moins nombreux et qui, eux aussi, devaient s'enfoncer de plus en plus profondément dans les bois.

Les insoumis murmuraient avec le conscrit de Saint-Martin. Ils disaient que ça n'en finirait jamais et que plutôt que de mourir de faim dans les fourrés, ils préféraient aller se pendre dans leurs granges.

Un événement nouveau retarda cette résolution. Une matinée, la forêt se remplit de clameurs, de sons de trompe, de hennissements de chevaux et d'un sourd piétinement d'une troupe en marche. Des aboiements de chiens furieux déchiraient le silence.

— Les chiens vont sentir nos trous, s'écria Tête-de-loup. Replions-nous sur les rochers. On tiendra là-haut tant qu'on aura des cartouches.

Ils coururent vers cette éminence après avoir couvert leurs tanières de terre, de branches, d'épines.

Postés derrière les rocs, leurs fusils pointés, ils virent arriver des paysans, marchant de front, brandissant des fourches, des piques, des tridents ; derrière de gros mâtins qui s'enfonçaient dans les halliers en jappant. Tête-de-loup remarqua leurs colliers de fer hérissés de pointes. Il dit à Louison, à mi-voix :

— C'est pas nous qu'ils cherchent. C'est une huée contre les loups.

Des cavaliers suivaient, parmi lesquels un lieutenant de

louveterie reconnaissable à son habit bleu et à son couteau de chasse en argent sur sa culotte chamois.

La troupe passa sans soupçonner ces fusils qui la visaient. Un beuglement de trompe annonça un loup débusqué par la meute. A la manière de corner, Tête-de-loup sut l'âge de la bête annoncée aux veneurs.

Toute la matinée, ils demeurèrent perchés sur leurs rocs, cependant que les galopades, les aboiements, les appels, les sonneries de trompe s'éloignaient ou se rapprochaient. Ils redescendirent l'après-midi vers leurs trous, à la fois rassurés et frustrés de cette battue qui n'était pas montée contre eux.

Pour plus de sécurité, ils changeaient de caches souvent, effaçant soigneusement les marques du campement abandonné, creusant ailleurs. Tête-de-loup voulut montrer à Louison la grotte du père de Montfort, mais le souvenir du curé Barentin y demeurait si présent qu'il se sentit envahi d'une grande amertume. Ils avaient tant pris de plaisir ces derniers mois à jouer aux chouans, à se poser en redresseurs de torts, à vivre cachés certes, mais cachés dans des maisons, à retrouver même, ne serait-ce que pour de furtifs moments, la convivialité des villages, que leur retour à Mervent leur paraissait une défaite. Seule l'attente des chefs vendéens partis comme mercenaires au Portugal justifiait encore leur insoumission. Mais les Portugais tardaient vraiment à venir.

Le roi du Portugal avait fait appel au général de Bourmont qui tenait son prestige de sa victoire sur le dey, du temps où il commandait l'expédition d'Alger pour le compte de Charles X. Ce territoire immense ouvert à la France de l'autre côté de la Méditerranée lui valut le titre de maréchal. Mais Bourmont, qui refusa de prêter serment à Louis-Philippe, puis joua un rôle à la fois déterminant et ambigu dans la tentative du soulèvement de la Vendée par la duchesse de Berry, se retrouvait au Portugal, condamné à mort en France par contumace. Les chefs les plus connus de la cinquième guerre de Vendée le suivirent : Auguste de la Rochejaquelein et son neveu Louis (La Rochejaquelein-le-quatrième), deux nouveaux Cathelineau, de Kersabiec, Diot.

Quel condottiere que ce Louis, comte Ghaisnes de Bourmont, Angevin très actif lors de la seconde guerre de Vendée, en 1795, puisque vainqueur des républicains à Saumur et au Mans ! Arrêté par Fouché, après la paix avec Bonaparte, incarcéré à Besançon, évadé, intégré dans l'armée napoléonienne où il devint général de division, déserteur de l'armée impériale quatre jours avant Waterloo, il rejoint Louis XVIII à Gand. Adversaire acharné de Ney lors de son procès, sans doute pour se faire pardonner d'avoir été l'un de ses subordonnés pendant les Cent-Jours, Louis XVIII le fit pair de France et Charles X ministre de la Guerre.

Eux aussi, les nobles, et Diot leur acolyte se payaient du bon temps au Portugal comme Louison en offrit une tranche à sa bande l'été passé. Mais la jonction entre les officiers du roi qui se battaient au soleil de Porto et les soldats de l'ombre qui rampaient dans les sous-sols de la Vendée tardait à s'accomplir.

Comme s'achevait l'été des noix et que Tête-de-loup s'éloignait des terriers de la bande pour poser des collets, il rencontra dans une clairière un roulier et ses aides qui chargeaient des troncs d'arbres sur un fardier traîné par quatre chevaux. Il allait s'éloigner subrepticement quand le roulier l'aperçut et le héla :

— Alors, on ne salue plus les amis !

Tête-de-loup reconnut vaguement cette tête.

— Tu ne te souviens pas de Fontenay... la rue des Loges... Tu cherchais le marquis de la Jozelinière et je t'ai fait la courte échelle pour que tu passes par-dessus son mur...

— Ah ! oui, c'est toi qui connaissais Diot.

— Il en a vu du pays, Diot. Il paraît qu'il rôde en Italie, maintenant, avec Monsieur de Charette.

Tête-de-loup se sentit mordu au cœur :

— Quoi, que dis-tu, en Italie ? Mais non, c'est au Portugal...

— Tu n'es pas au courant ? Oui, bien sûr, les gazettes ça ne court pas les bois. La guerre, au Portugal, c'est terminé. Il paraît que Bourmont et sa clique en sont sortis vainqueurs, mais que le roué de là-bas n'a rien voulu savoir pour leur prêter des soldats à expédier en Vendée. Tous condamnés à mort par le roué d'ici ils ont émigré en Italie, à ce qu'il paraît.

Tête-de-loup recevait ces nouvelles comme des coups de masse sur la tête. Abasourdi, il finit par articuler :

— Alors, ils ne viendront pas ? Tu es sûr qu'ils ne viendront pas ?

— Ça, mon gars, si tu les attends tu risques de prendre racine. Ils ont foutu le camp bien loin des gendarmes de Louis-Philippe. Ils reviendront avec Henri Cinq, à Pâques ou à la Trinité... La Trinité se passe, mironton, mironton, mirontaine... Allons, ne fais pas cette tête. Sois franc. Tu y as cru, toi, à ce débarquement venu du Portugal ?

— Jean-Baptiste et Béché me disaient de les attendre. Qu'ils allaient venir. Et le Philippe le croyait bien aussi qui envoyait des gardes-côtes...

— Jean-Baptiste, personne n'a plus de ses nouvelles. Peut-être ben qu'il est mort dans un des trous où il se cachait. C'est pratique pour vous, ces trous, ça vous économise un fossoyeur. Le Ferdinand Béché, lui, condamné à mort par défaut a dissous sa bande et on ignore où il est. Il se fait oublier. C'est tout ce qui te reste, à toi aussi, te faire oublier. Moi je ne t'ai pas vu, mais tu pourrais rencontrer des fagoteux bavards. Bien que, maintenant que le gouvernement sait que Bourmont ne débarquera pas en Vendée, il s'en tape de vos bandes. Il pense que vous finirez bien par crever tout seuls, comme de vieux loups.

Un vertige fit chanceler le fils aîné de Dochâgne Il lui sembla que les grands chênes basculaient, découvrant un ciel très bleu. Il s'agrippa à l'épaule du roulier qui, apitoyé, perdit son ton sarcastique :

— Je peux te tirer de là. Tu te mêles à mon équipe et

tu sors de la forêt avec l'attelage. Après, tu files tout droit du côté de Poitiers. Il n'y a pas de chouans par là-bas Tu disparais. Tu te refais une vie.

— Et ma femme ? Et les retardataires qui voudraient bien retourner chez eux ?

— Moi, ce que je t'en dis. Tu fais comme tu veux.

Tête-de-loup salua la compagnie, puis revint sur ses pas.

— Et le marquis, qu'est-ce qu'il pense de tout ça ?

— Moi, mon gars, les marquis ne me causent pas. Tout ce que je sais c'est qu'il demeure à Paris depuis un certain temps.

Tête-de-loup s'enfonça dans la forêt.

6.

Plus rien ne justifiait l'insoumission, sinon la peur des galères

Plus rien ne justifiait l'insoumission, sinon la peur des galères, plus forte que celle de la guillotine. Plus forte même que la réalité galérienne puisque, depuis Louis XV, les grands navires ne servaient plus de tombeaux aux bagnards. Mais on continuait à donner le nom de galériens à tous les forçats. Etre déporté en Algérie, comme beaucoup de chouans arrêtés pour des délits véniels, c'était partir aux galères.

Aux nouvelles de Tête-de-loup, on décida de disloquer la bande. Toutefois, le Clément-du-bœuf-qui-prie, Manuel-l'étirolé et Longépée, dont les villages se trouvaient fort loin de Mervent, préférèrent attendre encore dans la forêt cette amnistie que le marquis sollicitait peut-être à Paris. Ils maintiendraient le campement et, si les départs tournaient mal, on s'y retrouverait à un point donné.

Tête-de-loup et Louison voulaient remonter vers leurs bois du haut bocage qu'ils regrettaient tant. Mais ils ne dépassèrent pas Chantonnay, ne reconnaissant plus le pays où de grandes routes droites coupaient les chemins creux comme des tranchées, formant des frontières, obligeant à sortir à découvert. Les jachères moins nombreuses éliminaient les landes d'ajoncs et il fallait courir à travers des prairies toutes plates où l'on pouvait vous tirer comme des perdrix. Alors que la Gâtine, où ils vivaient pratiquement depuis trois ans conservait sa sauvagerie, le bocage se civilisait. Les métayers auxquels Tête-de-loup et Louison s'adressaient pour leur demander du pain ou des indications sur les mouvements de troupes les regardaient avec stupéfaction et horreur. Les vagabonds, les mendiants, tous les cherche-pain abondaient, mais depuis bien longtemps aucun d'eux ne se présentait un fusil à la bretelle. Et cette femme, avec son fouet dont la lanière lui laissait des marques rouges sur le cou, à force de s'y suspendre, si fière dans sa stature droite comme une statue d'église qu'elle en devenait offensante... Ce couple ne ressemblait à aucun autre et, par là même, inquiétait. Il surgissait d'un autre temps, d'un autre monde. Couple de sorciers, de jeteurs de sorts, dont on se débarrassait au plus vite, leur garrochant un morceau de pain comme à des chiens affamés. Dès qu'ils se hasardaient vers un hameau, ou un village, le trot des chevaux des gendarmes ne tardait pas à se faire entendre. Ils se jetaient dans les fossés, rampaient sous les ronces.

Après deux jours de marche, ils auraient dû atteindre la forêt de l'Herbergement. Or ils s'aperçurent qu'ils tournaient en rond, renvoyés de patrouille de gendarmes en patrouille de gendarmes, comme des pantins que se lancent les enfants. Ils se heurtaient aussi à des convois militaires, camions bâchés tirés par des mules, canons traînés par des chevaux, cavaliers avec des cuirasses de fer ou des casques ornés de fourrure, fantassins aux pantalons rouges. Déploiement de forces d'autant plus ostentatoire qu'il ne répondait maintenant à aucun besoin, sinon celui de l'intimidation. Tous ces soldats qui savaient qu'ils ne devaient plus rien redouter défilaient comme à la parade. Tête-de-loup avait l'impression que, s'il tirait sur eux une balle de son fusil, ils ne s'en apercevraient même pas. Ils marchaient en rang avec une telle assurance, une telle tranquillité, que l'un d'eux tomberait peut-être, mais que les rangs ne se déferaient pas pour autant et que personne ne se soucierait de poursuivre le tireur. Mais Tête-de-loup et Louison menaient depuis trop longtemps une vie de bêtes traquées, pour ne pas fuir dès qu'ils entendaient un convoi Ces fuites, ces rebuffades, ces gendarmes qui les cherchaient les renvoyèrent tout naturellement vers le département des Deux-Sèvres, du côté de cette forêt de l'Absie où ils vécurent si longtemps.

Ce qui restait de la Vendée militaire glissait dans le département des Deux-Sèvres ; tout comme la Petite Eglise qui se concentrait autour de Courlay. Naturellement donc, Tête-de-loup et Louison, épaves de la chouannerie, ballottés par les reflux de l'Histoire, furent rejetés vers les lieux où la chouannerie allait rendre son dernier soupir. Mais ils se débattaient encore. Ils essayaient en vain de remonter vers le nord-ouest, sans cesse rabroués, se heurtant au mutisme de paysans pour lesquels ils apparaissaient comme des revenants de mauvais augure. Finalement, ils s'en retournèrent d'où ils étaient venus, dans cette accueillante, parce que profonde, forêt de Mervent. Peut-être aussi, s'ils s'enfermaient si volontiers dans la forêt de Mervent, c'est que celle-ci, avant 89, appartenait au comte d'Artois. Ce domaine, confisqué par les patauds à celui qui deviendrait Charles X, leur paraissait légitimement l'ultime apanage des carlistes, leur petit royaume à eux, que le roi leur avait laissé.

Ils y retrouvèrent Clément, Manuel et Longépée qui attendaient patiemment l'amnistie, mais savaient que le conscrit de Saint-Martin et Cheminant s'étaient fait prendre. Quant à Moustache, il réapparut quelques jours plus tard, amenant avec lui deux nouveaux réfractaires, débris des bandes dissoutes de Jean-Baptiste et de Béché.

Tête-de-loup et Louison se montrèrent aussi contrariés de ces recrues que de la perte du conscrit de Saint-Martin et de Cheminant. Pour quoi, pour qui, recommencerait-on à former des bandes ? Le seul espoir demeurait l'amnistie.

L'hiver venu, le danger des battues dans la forêt s'amenuisait. On reconstruisit donc des loges, ces cabanes de branchages qui les préservaient de la pluie et leur donnaient plus d'aise que leurs trous. Il semblait que l'on oubliait les loups puisque les lieutenants de louveterie n'organisaient plus de huées. On entendait d'ailleurs moins de chiens de nuit hurler comme si, eux aussi, s'étaient déplacés pour d'autres terres plus accueillantes.

Mais il s'agissait d'autre chose. Il arriva un jour jusqu'aux loges un grand cri de douleur, un cri humain qui se mua bientôt en appels de détresse. Tête-de-loup, Clément et Manuel se glissèrent dans les bois, leurs fusils à la main, en direction des plaintes. Ils trouvèrent Moustache la jambe prise dans la mâchoire d'un énorme piège de fer. On le dégagea, mais sa jambe profondément mordue par les crocs de métal ne le soutenait plus. Il fallut le porter jusqu'aux cabanes.

Pourquoi ce piège ? Pour eux ou pour les loups ? Ils marchèrent désormais avec précaution. Lorsqu'ils virent un loup accroché par la gueule à un énorme hameçon enfoncé dans la charogne d'un mouton suspendue à un arbre, ils comprirent que la guerre était ouverte non pas contre eux, mais contre les loups. Qui avait bien pu poser ces pièges ? Dans les semaines qui suivirent ils aperçurent des gardes-chasse qui traînaient des cadavres de chèvres comme appâts.

Les gardes revinrent souvent. Si souvent qu'ils ne pouvaient pas ignorer les loges, ni surtout les traces des passages des réfractaires. Mais ils affectaient de ne pas les remarquer, ne s'intéressant qu'aux foulées des bêtes.

Le désarroi saisit la bande lorsque, jour après jour, chacun butait sur le cadavre d'un loup.

— Ils ne sont même pas blessés, dit Louison. Regarde, pas une goutte de sang dans le pelage.

Tête-de-loup s'agenouilla près d'une brebis amenée comme appât, fouilla dans la toison. Il hochait la tête, comme s'il comprenait.

— Donne-moi un couteau. Regarde ces trous aux cuisses et à l'épaule. On les a rebouchés avec de la graisse.

Il creusa, retira une matière qu'il flaira :

— Du poison.

C'était de la noix vomique. Ainsi on entreprenait

d'empoisonner les loups. Voilà pourquoi il n'existait plus de ces obligatoires battues annoncées par les curés au prône et conduites par le maire suivant la meute du noble, qui indisposaient les paysans, voyant à juste titre dans les huées l'une des éternelles formes de la corvée. Le gouvernement voulant se concilier les paysans, remplaçait ces battues peu populaires, puisqu'elles faisaient perdre des journées de travail, par une destruction des loups plus scientifique.

Ces cadavres empoisonnés frappèrent la bande d'effroi. Ils y virent l'image de leur propre mort. Pour Tête-de-loup, si organiquement lié aux bêtes sauvages, c'était pire. La destruction des loups signifiait inévitablement sa propre élimination. Il n'existerait plus dans l'avenir de meneurs de loups. Les loups allaient reculer vers les forêts plus lointaines, celles des Vosges sans doute, celles de la Bohême. Il imaginait mal sa vie sans l'amitié des loups.

La blessure de Moustache s'envenima. Ils avaient beau pisser sur ses plaies, l'urine ne suffisait pas à désinfecter la jambe broyée. Il eût fallu couper ce membre où la gangrène se développait, envahissait la cuisse, puis bientôt le ventre. Moustache souffrait si atrocement, il poussait de tels hurlements de douleur, que Longépée osa ce que chacun pensait sans se résigner à l'accomplir. Posant le canon d'un fusil sur la tête de son compagnon, qui le regardait avec des yeux épouvantés, il tira, lui fracassant le crâne. Le coup de feu retentit dans la forêt comme un bruit de tonnerre, renvoyé en écho par les hauts rochers de Pierre Brune. On avait dû l'entendre jusqu'à la gendarmerie de Vouvant. Pourtant aucun gendarme ne se dérangea.

— Maintenant il ne faudra plus tirer, sauf pour défendre sa propre peau, dit Tête-de-loup. On va compter ce qui nous reste de cartouches. Aucune chance d'en trouver d'autres avant longtemps.

On réouvrit le souterrain où l'on avait fait glisser Vifargent et l'on y poussa le corps de Moustache. Puis on tassa la terre, très épais, pour que les bêtes ne viennent pas déranger les deux morts. Ni les bêtes ni les gens. On enfouit aussi deux croix de bois, qui ne se verraient pas, mais que les morts garderaient avec eux.

L'hiver passa, avec son vent de galerne déferlant de Bretagne comme une chevauchée de chevaux fous, avec son givre et ses interminables pluies. Puis mars apporta ses orages et sa grêle. Il apporta aussi le conscrit de Saint-Martin.

On ne s'attendait plus à son retour. Tête-de-loup, si peu expansif, ne cacha pas sa joie, l'embrassant trois fois sur les joues comme s'il retrouvait sa famille. Mais n'appartenaient-ils pas au même lignage depuis le temps qu'ils chouannaient ensemble ?

Le conscrit de Saint-Martin, arrêté dans son village, retrouva Cheminant, prisonnier lui aussi, à la geôle de Fontenay. Condamnés tous les deux aux travaux forcés à perpétuité, le conscrit de Saint-Martin réussit à s'évader sur la route de Rochefort. Cheminant, lui, en toute probabilité, ne reviendrait jamais.

Le conscrit restait encore tout échauffé de son bref séjour à Saint-Martin-des-Fontaines. Il ne tarissait pas de descriptions de la métairie paternelle, de la transformation de la vie paysanne avec toutes ces prairies artificielles qui rendaient caduc l'abandon des sols pendant sept années. Mieux nourri, le bétail devenait plus sain.

— Tu te rends compte, disait-il à Tête-de-loup, on emmène maintenant les charrues dans les champs sur une charrette. Des charrues, pas des araires ! Et on attelle pour les labours jusqu'à trois paires de bœufs.

— Et nous ? Qu'est-ce qu'on dit de nous ? demanda Tête-de-loup.

Le conscrit de Saint-Martin ne répondit rien, gêné.

Louison revint à la charge :

— Dis-le, va. On sait bien qu'on ne nous aime plus.

— Ils sont fatigués de toutes ces guerres, avoua le conscrit de Saint-Martin. Les vieux chouans sont usés et les jeunes pensent qu'il vaut mieux plier que casser. Y en a même qui osent proclamer qu'il vaut mieux lécher que mordre !

Tête-de-loup et Louison crachèrent par terre, de mépris.

— Seulement, poursuivit le conscrit de Saint-Martin, les esprits de l'ancien temps ne sont pas contents. Dans tous les villages, il y a des revenants. A Saint-Valérien, pas loin de chez nous, tous les soirs une étoile tombe du ciel et se pose comme une chandelle sur une métairie qu'elle inonde de lumière. Et les hiboux piaillent comme des damnés. Les métayers en sont devenus fous. On dit qu'en 32, après la défaite de la duchesse, un officier noble réfugié dans cette ferme, confia au maître de maison qu'il avait abandonné une sacoche pleine de louis d'or dans le creux d'un orme. Pendant que l'officier dormait, les paysans allèrent rechercher la sacoche, tuèrent l'officier et cachèrent le cadavre sous une barge de bois. Eh bien ! cette métairie qui resta maudite pendant plusieurs saisons, maintenant la jeunesse du pays n'a pas peur de l'étoile qui revient toutes les nuits. Elle profite de la lumière pour chercher le trésor.

— Ils ne le trouveront pas, dit Tête-de-loup, puisqu'un trésor appartient pendant cent ans à l'âme de celui qui l'a caché et cinquante ans au diable.

— Eux pensent qu'ils ne pourront plus s'en emparer quand le diable en sera le maître. Mais ils ont cent ans devant eux et ils creusent. Ils ne respectent plus rien, même pas l'âme d'un pauvre officier noble. Depuis qu'ils ont tous un petit bien, ils sont devenus aussi avares que des bourgeois.

Le conscrit de Saint-Martin resta un long moment songeur, puis il reprit :

— Chez nous, il existe aussi une métairie hantée. Tous les vendredis, à minuit, on y entend un bruit de forge qui réveille toutes les maisonnées. Certains ont osé épier la malveillance. Ils disent reconnaître la bistraque aux jambes bistournées, marchant avec un bâton et portant sur son épaule un crapaud qui n'est autre que son mari, le forgeron changé en diable. Onze fradets la suivent qui poussent des cris stridents, à réveiller un mort.

— Quoi ! s'écria Tête-de-loup, que me chantes-tu là ?

Inquiet de l'air bouleversé de Tête-de-loup, le conscrit de Saint-Martin fit machine arrière :

— Pour ce que j'en dis. C'était histoire de parler...

— Mais non, reprit Tête-de-loup, angoissé, parle-moi de ce métayer. Comment se nomme-t-il ?

— Châgneau.

— Tu es sûr que c'est Châgneau ?

— Ma foi, oui.

— Comment est-il ?

— Tout vieux, tout maigre, sec comme un sarment de vigne. Avec des cheveux blancs qui lui tombent en baguettes de tambour sur les épaules, à la mode de l'ancien temps.

— Il n'a pas toujours vécu dans ton village ?

— Non, c'est une famille venue du haut bocage, depuis bien longtemps. Je m'en souviens. J'étais encore un petit drôle. Toute la tribu s'amena un jour, avec ses carrioles, ses moutons, ses chèvres, ses vaches. Puis ils se sont égaillés dans la contrée.

— Pourquoi ne m'as-tu pas dit plus tôt que mon père est un de tes pays ? Depuis le temps que je le cherche !

— Tu ne t'appelles pas Châgneau.

— Dochâgne, Châgne, Châgneau... c'est toujours celui qui vient du châgne. Il a changé de nom, voilà tout. Ou vous l'avez changé. Et dire que j'ai tourné autour de votre Saint-Martin sans jamais m'y rendre ! Et dire que tu vis avec moi depuis cinq ans sans que jamais tu ne me parles de mon père ! Faut que je coure le voir...

— Tu déraisonnes, dit Louison. Les gendarmes ont cueilli le conscrit, tu ne penses pas que tu passerais au travers de leurs collets...

— Moi, on ne me connaît pas à Saint-Martin.

— Tu ne vas pas y aller, s'écria Louison. Tout ça c'est du passé. Comme si moi j'essayais de rattraper la bistraque et les fradets avec une pincette.

Tête-de-loup prit le visage de Louison entre ses mains, ce visage tanné par les intempéries et qui commençait à se rider comme une vieille pomme. Il l'embrassa sur les yeux.

— Louison, pardonne-moi, faut que j'y aille. Mais je te le promets, je reviendrai.

7.

Comme Tête-de-loup arrivait à Saint-Martin-des-Fontaines

Comme Tête-de-loup arrivait à Saint-Martin-des-Fontaines, il dut se jeter de côté pour laisser passer une charrette bleue. Debout, tenant des deux mains les guides de cuir noir qu'il agitait pour exciter son cheval lancé au trot, le jeune paysan qui ne lui accorda même pas un regard ressemblait à un conducteur de char antique.

Mordienne ! se dit Tête-de-loup, étonné, en voilà un qui ne courbe pas l'échine. Il m'aurait écrasé comme une merde !

Les fermes basses, que dominaient trois moulins, s'alignaient le long de la route, des deux côtés, précédées de cours dans lesquelles des monceaux de fumier, accumulés ostensiblement devant les maisons, indiquaient la richesse du propriétaire. Le purin coulait devant les portes des écuries restées ouvertes, d'où sortaient les beuglements des veaux à l'attache. Ces maisons basses, allongées, ne comportaient qu'un rez-de-chaussée et un grenier couvert de chaume. Tête-de-loup s'approcha d'un puits à balancier où une jeune fille tirait sur une corde pour entraîner la longue poutre de bois faisant contrepoids au seau. Il lui demanda où habitaient les Châgneau.

Dès qu'il entra dans la cour de cette métairie et qu'il vit deux femmes transportant des bidons de lait dans une brouette, il sut qu'il ne se trompait pas. L'une ne pouvait être que sa mère qui, malgré son âge, gardait toujours son allure de Petite Louise et l'autre sa sœur, Victorine-la-décidée.

Elles aussi le reconnurent d'emblée, malgré les seize années de leur séparation. Elles se mirent à huper joyeusement, en cascades roucoulées, lui touchèrent les épaules, le front, les joues, le palpant comme si elles voulaient s'assurer qu'il ne s'agissait pas d'une simple image, mais bien d'un être de chair et de sang. Puis leurs exclamations joyeuses se muèrent en gémissements. Victorine dit :

— Tu as su que le père allait sur sa fin. C'est pour ça que tu t'en es revenu.

Elles le conduisirent dans la grande salle, la pièce commune qui servait à la fois de cuisine, de salle à manger et de chambre. Au mitan de la cheminée garnie d'un linteau de granit, un feu brûlait sous un grand chaudron noir. Malgré la demi-obscurité, Tête-de-loup reconnut la maie pour pétrir le pain, les lits clos entourés de courtines vertes, précédés de gros coffres de bois servant à la fois de sièges et d'armoires. Seul le lit d'honneur, près de la cheminée, gardait ses rideaux ouverts. Une tête, un buste relevé par un traversin émergeaient de la couverture piquée, jaunâtre ; une tête aux cheveux blancs et raides, mangée par le regard aigu de deux petits yeux noirs qui fixaient le nouvel arrivant avec intensité.

— C'est Tête-de-loup qui s'en revient, dit Dochâgne.

Combien de fois, jadis, ne l'avait-il pas répétée, cette phrase. Combien de fois reçut-elle avec soulagement et mélancolie l'enfant fugueur.

Dochâgne avança ses mains maigres, qui tremblaient un peu et toucha le front de Tête-de-loup :

— Mon gars. Mon petit gars.

Puis il se rencogna en joignant ses mains.

Victorine et la Petite Louise entraînèrent Tête-de-loup dans l'étable qui jouxtait la chambre :

— Il t'attendait, dit Victorine. Les maladies viennent à cheval mais s'en vont à pied. Il ne durera pas longtemps maintenant que tu es là.

La Petite Louise pleurait, ramenant un pan de son sarrau sur ses yeux.

— Il s'en va de tous ses membres, reprit Victorine. De temps en temps il ne voit plus. Alors on lui baigne les yeux avec de la fleur de sureau que la Petite Marie avait cueillie pour lui au matin de la Saint-Jean.

— Qui c'est la Petite Marie ?

— C'est la tardie, pleurnicha Louise. C'est notre toute dernière, née ici.

— En même temps que la mienne, ma Marthe, reprit Victorine. Elles ont le même âge, seize ans. Tu ne les as jamais vues.

— Le père est couché depuis quand ?

— Un bon mois. Ça l'a pris un soir. Il a dit qu'il avait mau au corps. Puis la tête lui a viré et il n'a pu se relever. Il essayait, mais le tournis le prenait et il est resté comme ça, en capilotade, sans que le rebouteu ni le toucheu n'arrivent à lui enlever son mal. Il dit que le mal est dans le monde et qu'on ne lui enlèvera pas son mal si on ne guérit pas le monde. Il dit aussi qu'il a fait son temps.

Les travaux de la ferme ne permettaient pas de longs épanchements. Tête-de-loup se mit à aider sa mère et sa sœur, retrouvant tout naturellement des gestes d'autrefois. Il nettoya l'écurie, sortant la paille humectée de bouse pour la porter sur le tas de fumier. Il transporta dans des paniers de jonc des betteraves et des pommes de terre pour les cochons.

— Tiens, remarqua-t-il, le père accepte les pommes de terre, maintenant.

— Oh ! pas pour nous, protesta la Petite Louise ; pour les gorets.

Victorine chantait pour faciliter la tétée de la truie. Des porcelets boutaient leurs groins sous le ventre aux lourdes mamelles. Victorine susurrait :

Etends-te ma belle
Doune à tes p'tits, mes enfants
Doune

Doune-leur ton lait
Doune-leur ma belle
Doune-leur ma mie
Etends-te ma belle
Doune à tes p'tits...

Complainte lancinante, ponctuée par les grognements et les cris aigus des porcs.

Parmi tous ces bruits, Tête-de-loup crut entendre son père appeler. Il retourna dans la grande salle et trouva Dochâgne endormi. S'asseyant sur un coffre, il s'appliqua à reconstituer la vie quotidienne de sa famille. Les lits occupaient tout le mur du fond, parallèles aux solives comme il se doit. A côté de celui où dormait Dochâgne, se trouvait le lit du fils aîné. Mais Tête-de-loup était ce fils aîné. Donc, Victorine sa cadette et son mari Victor l'occupaient sans doute. Ensuite... qui vivait encore à la maison parmi les autres enfants ? Qui dormait dans ces lits gonflés de paillasses, de couettes, d'édredons, comme d'énormes tourtisseaux, ces beignets obèses du Mardi gras ? Aux chevets, fixés au mur, des crucifix et des bénitiers avec une branche de buis. Des images de saints étaient aussi placardées sur la muraille, au-dessus de la cheminée, à l'endroit où jadis, avant le désarmement de la Vendée, on accrochait les fusils. On voyait encore dans cette grande salle une armoire aux battants massifs (la praisse) et un cabinet à deux portes superposées séparées par des tiroirs avec des fiches en cuivre jaune. Dans un vaisselier, des assiettes, des plats, des récipients de faïence, illustrés d'images, servaient peu, si l'on en croyait les toiles d'araignée qui les recouvraient d'une fine dentelle.

Le regard de Tête-de-loup revint sur son père. Dochâgne l'observait :

— Tu n'as pas beaucoup changé. C'est bizarre, mais il me semble que tu es le même qu'avant ton premier départ avec ce charlatan qui vendait des petits livres bleus. Dieu nous façonne dès notre jeune âge tel que nous restons. Tu as toujours tes cheveux jaunes, tes yeux bleus. Et un pied qui te démange. Tu n'as jamais pu t'éterniser en place. Comment serais-tu devenu paysan, mon pauvre gars ! Le Bon Dieu exige de nous tant d'endurance. Je te regarde. Tout ton corps bouge, comme s'il s'impatientait.

Il se tut un long moment, puis il murmura :

— Les hussards... Le sang des hussards...

Tête-de-loup attendit un moment, puis demanda :

— Quels hussards, père ? Reste-t-il des hussards à Saint-Martin ?

Mais Dochâgne délirait. La grande guerre de 93 lui remontait à la gorge. Il parlait de viol, de hussards, d'un curé Noé, de Chante-en-hiver le forgeron.

Tête-de-loup n'osait pas lui dire qu'il avait épousé Louison, la fille de Chante-en-hiver. Il n'en parlerait pas puisque la malédiction s'était jadis abattue sur les deux familles et que, d'après le conscrit de Saint-Martin, les âmes errantes qu'il reconnaissait pour celles des Chante-en-hiver revenaient hanter la maison ennemie des Dochâgne.

— Il fait si froid, dit Dochâgne, qui ne délirait plus. L'hiver n'en finit pas.

Tête-de-loup lui tendit une tisane qui se gardait tiède dans une tasse en caillou. Comme s'il lisait dans la pensée de son fils (et Tête-de-loup ne saurait jamais qu'il n'était que le fils adoptif de Dochâgne), le vieil homme poursuivit :

— On t'a dit pour les revenants des Chante-en-hiver. C'est ça qui me tue. Les messes seules donnent la paix aux âmes errantes, mais on n'a plus de prêtre de l'Eglise française pour dire la messe. Parfois j'en viens à penser que Dieu lui-même nous a oubliés. Il faut que j'aille lui rappeler qu'on existe. Je braillerai si fort au paradis le *Vexilla Regis* qu'il sera bien forcé de se souvenir des Vendéens ! Oui, mon gars, je n'aurai pas peur de m'empoigner avec le Bon Dieu. Il est encore plus vieux que moi, mais il n'a pas le droit d'être sourd.

Sur le soir, l'obscurité gagna peu à peu la grande pièce.

Dochâgne, trop faible, parlait peu. Il se contentait de regarder Tête-de-loup, en hochant de temps en temps la tête, comme s'il voulait dire que les desseins de la Providence sont impénétrables, ou bien comme s'il voulait remercier le ciel de lui ramener ce fils adoptif. Ou les deux à la fois. De temps en temps il soliloquait, d'une voix sourde :

— Mon pauvre petit gars, tu portes la guerre en toi. Je croyais emporter dans mon sépulcre toute cette fureur qui nous a jetés sur les patauds, mais la malédiction du sang retombe dans ton cœur. Le malheur est sur toi, mon gars, car le Seigneur a dit : Celui qui prend l'épée périra par l'épée.

— Vous avez pris l'épée, autrefois, père...

— Oui, mais depuis j'en ai fait un soc de charrue. As-tu vu tout ce beau blé qui lève... Tout ce beau blé...

Tête-de-loup se souvenait que jadis, dans le haut bocage, Dochâgne parlait toujours des blés, des blés si difficiles à faire croître dans un pays de granit et que, attiré par le mirage des plaines du sud propices aux céréales, il abandonna sa métairie pourtant prospère de la région des Herbiers parce que le maître des terres l'obligeait à élever des moutons et des bœufs.

Le blé ! On entendait alors par blé toutes les céréales avec lesquelles on pouvait faire du pain, et même des non-céréales comme le sarrasin que l'on baptisait blé noir. Le seigle, l'orge et même l'avoine, toutes ces graines s'appelaient blé au même titre que le froment. Comme presque tous les paysans, Dochâgne avait été envoûté par le blé.

Tête-de-loup ressortit dans la cour. Le jeune homme à la charrette bleue, croisé à son arrivée, dételait le cheval.

— C'est Jean, ton filleul, s'écria Victorine. Regarde le beau garçon que j'ai là.

Ils s'embrassèrent trois fois sur les joues, avec la gêne de deux hommes qui ne se connaissent pas. La noirté ramenait toute la famille à la ferme : Arsène-le-troisième, qui atteignait maintenant ses vingt et un ans (mais qui avait tiré le bon numéro et se trouvait donc exempté du service militaire), Marthe et Marie engoncées dans leurs longs jupons.

On soupa comme à l'accoutumée dans la pièce unique où, dans l'âtre, cuisait la soupe de choux et de fèves. Dochâgne, toujours alité, somnolait. Au bout de la table l'unique fauteuil, celui du maître de maison, resta vide. Tête-de-loup s'assit en face de Victor-le-gendre qui récita le bénédicité et traça un signe de croix à la pointe du couteau sur la croûte du pain avant de l'entamer. A l'autre bout de la table, les femmes mangeaient debout, l'assiette à la main, veillant à maintenir pleines les écuelles des hommes. Une lampe à huile de noix diffusait une faible lumière, qui s'ajoutait à celle de l'âtre. Cette lampe parut à Tête-de-loup l'image même de la richesse et du confort. Il ne connaissait que les torches de résine et de poix. La lampe le fascinait. De temps en temps grésillait un papillon de nuit qui venait s'y brûler les ailes.

Il remarqua aussi que son petit frère Poléon manquait à la table, mais on lui répondit qu'il était marié et établi sabotier à Saint-Martin même ; qu'il pourrait aller le voir le lendemain.

— Alors il n'y a pas eu de réfractaires dans la famille ?

— Dieu merci, non ! s'écria la Petite Louise. Poléon a trente ans, maintenant. Quand arriva l'âge de faire son temps, il a été soldat du bon roué Charles. Puis, quand tous les malheurs réapparurent, on l'avait envoyé bien loin de la contrée se battre contre les Turcs, dans leur Algérie... Il nous est revenu voilà trois ans.

Lorsque Victor essuya la lame de son couteau sur son pantalon, le referma et le mit dans sa poche, chacun comprit que le repas se terminait. Tête-de-loup coucha dans le foin, au-dessus de l'étable. Depuis bien longtemps il ne s'était étendu dans du si moelleux. L'odeur entêtante des herbes sèches le saoulait un peu. Il s'endormit brutalement, comme une masse puis se réveilla au milieu de la nuit, angoissé par cette obscurité totale de la grange, ne sachant plus où il se trouvait, épouvanté tout à coup de se croire aveugle. Il lui fallut longtemps pour reconnaître les bruits des chaînes attachant les vaches, au-dessous de lui, et leurs souffles. Il se leva pour arracher à tâtons le foin qui bouchait une lucarne et but goulûment cet air vif du dehors qui arrivait. Il étouffait ainsi renfermé. Par la lucarne, le ciel étoilé entr'aperçu le rassura. Il s'assoupit dans cette lumière lunaire à laquelle sa vie dans les bois l'avait habitué.

Très tôt, le lendemain, il rejoignit son père alité, mais déjà éveillé. La Petite Louise et Victorine lui dirent que Dochâgne, agité toute la nuit, tint la maisonnée en alerte par un délire qui lui reprenait et où il hululait comme une chouette. Maintenant, il paraissait très calme et reposé. Il alla même jusqu'à plaisanter avec Tête-de-loup, ce qui lui était si peu naturel :

— C'est pas suffisant de devoir gagner son pain sur terre. Voilà-t-y pas que maintenant faut que je gagne mon autre vie.

Puis il demanda qu'on le laisse seul, se tourna vers la venelle du lit et mourut tout doucement, sans déranger personne. Les femmes ne s'aperçurent de sa mort que lorsqu'elles vinrent faire bouillir la marmite pour le repas de midi.

Tête-de-loup s'était rendu chez son frère, Poléon le sabotier. Son visage, devenu plus osseux, renforçait cet air asiate que l'on voyait aussi à Victorine. Et ses yeux noisette lui conservaient un air malin. Il réparait des sabots fendus en les cerclant avec une plaque de fer-blanc. Il prononça la même phrase d'accueil que Dochâgne et avec la même intonation :

— Tiens ! Tête-de-loup qui s'en revient !

Comme si ce retour allait de soi et se répétait souvent, alors qu'ils ne s'étaient pas revus depuis plus de trois lustres ! Mais on se savait peu causant. On économisait ses sentiments, comme ses paroles.

— Le père va mourir, dit Tête-de-loup. Venu du châgne faut qu'il retourne au châgne. Toi qui es un homme du bois, tu vas m'aider à le ramener dans la forêt.

— Tu es fou !

— Moi je ne passerai pas. J'ai déjà essayé de remonter vers notre village des anciens temps, mais on me recherche...

— Ici on ne te connaît pas, dit Poléon. Mais tout le monde t'a vu venir. On se demande qui tu es. Dans quelques jours cette question sera si enflée qu'elle ira éclater comme une vessie de porc jusque sous le nez des gendarmes de Fontenay !

— Oui, alors faut se presser. Je voudrais que tu trouves un beau fût de châgne.

— Pour quoi faire ?

— On le creusera comme une barque et on renverra le père d'où il nous est venu.

— Je ne comprends rien à tes boniments.

— Voilà. Tu te souviens que le père a été préservé des Colonnes infernales de l'Ogre-Turreau en se cachant dans le creux d'un gros châgne, ce qui lui donna son nom et le nôtre. On ne va quand même pas le mettre maintenant dans un cimetière avec des chrétiens de l'Eglise romaine ! Si les gendarmes ne me recherchaient pas, j'aurais pris le père moi-même pour le transporter là-bas, près des Herbiers. Mais je ne passerais pas. Alors faut que tu prennes une charrette, que tu mettes le père dedans, au creux d'un châgne qu'on va creuser, toi et moi. Le père tiendra. Il est si maigre, si recroquevillé. On n'ira pas reconduire le père tout près de son châgne qui, aujourd'hui doit être couvert de clous, depuis le temps que tous les bons ouvriers le saluent au passage en y enfonçant une griffe de fer. C'est trop loin. Tu me l'amèneras dans la forêt de Mervent.

— Mais je n'ai pas de charrette !

— J'ai vu en arrivant un gaillard qui en conduit une ; ton neveu Jean, mon filleul. Tu crois qu'on peut lui demander...

— Oh ! lui, il n'a peur de rien !

Lorsque Tête-de-loup revint à la métairie familiale, en entrant dans la cour il se heurta à une foule de voisins qui gesticulaient et se lamentaient. De l'intérieur de la ferme fusaient des cris, des pleurs modulés en incantations. Il eut du mal à se faufiler dans la cohue de la grande pièce où il vit Dochâgne étendu sur le sol de terre battue. On poussait près de lui des enfants et on les forçait à enjamber le cadavre pour les préserver ainsi de la peur de la mort. Victorine passait avec des seaux, puisqu'on jetait toute l'eau dormante de la maison au moment d'un décès, l'âme du défunt s'y étant lavée. La Petite Louise, le visage caché sous son tablier noir, à genoux près de Dochâgne, ressemblait à ces Vierges de douleur que l'on voit sculptées au portail des églises.

Tête-de-loup cherchait Jean son filleul. Lorsqu'il le trouva, il le tira par la manche, lui faisant signe de le suivre dehors. Ils s'éloignèrent de l'affluence des visiteurs. Tout le village arrivait.

— Sais-tu qui je suis ? demanda Tête-de-loup.

— Oui, la mère m'a souvent parlé de vous. Et le grand-père aussi. Je sais que vous êtes condamné à mort par défaut, comme tous les derniers chouans. Mais si on vient pour vous prendre, je me battrai et je partirai avec vous dans les bois.

— Ne fais pas ça ! s'écria Tête-de-loup. Non ! Assez ! Assez ! J'ai mieux à te demander.

Il lui raconta son plan et pourquoi il voulait que Dochâgne retrouve son chêne. Mais sans doute la Petite Louise et peut-être Victorine s'opposeraient à ce que l'on transportât le corps dans de telles conditions. Il fallait ruser, l'enlever la nuit, au moment des premières lueurs de l'aube, quand les veilleurs des morts s'assoupissent. Le petit Jean n'opposa aucune objection.

— Tu crois qu'on peut compter sur Poléon ? demanda Tête-de-loup.

— Peut-être ben qu'il fournira le châgne, mais ça sera tout. Arsène m'aidera.

Les fils de Dochâgne, Tête-de-loup l'aîné, Jean-Marie le sabotier, dit Poléon parce que né le jour de la Saint-Napoléon, Arsène-le-troisième et Jean, fils de Victorine et de Victor creusèrent un gros fût de chêne, comme une barque de plein bois. Tête-de-loup partit le premier, subrepticement, comme il était venu. Puis Arsène-le-troisième et Jean dérobèrent le corps de Dochâgne au petit matin, le posèrent dans le chêne évidé qu'ils recouvrirent de branchages et l'emmenèrent dans la charrette bleue jusqu'à cette forêt de Mervent qu'ils n'avaient jamais vue et qui les épouvantait un peu avec sa fée Mélusine, ses ogres, ses charbonniers, ses chouans et ses loups, bien qu'elle ne se situât qu'à trois lieues de leur paroisse.

Comme ils quittaient le village, ils remarquèrent un étrange cortège, qui s'en allait aussi : une femme aux jambes torses, marchant avec un bâton, suivie de onze enfants en haillons qui ressemblaient à des innocents.

Mais ils furent bien plus étonnés de retrouver le conscrit de Saint-Martin parmi les chouans. Les sept hommes de la bande et Louison tenaient tous à la main une petite croix de bois qu'ils jetèrent dans la barque de chêne après s'être signés. Tête-de-loup avait dérobé dans la métairie paternelle le missel tout écorné dans lequel Dochâgne, chef de la paroisse schismatique, écrivait en marge le compte des baptêmes, mariages et décès et le surplis brodé, tout mité, de ce vieux curé Noé qui, jadis, guida les survivants de la tuerie de 93 pour qu'ils reconstruisent un village. Il posa ces deux reliques sur le corps raidi et comme momifié de son père. Dochâgne, avec ses longs cheveux blancs sur les épaules, paraissait dormir.

— Les plus malheureux ne sont pas ceux qui s'en vont, dit Louison.

Les fils et le petit-fils de Dochâgne, plus le conscrit de Saint-Martin qui connaissait bien le défunt, poussèrent le mort dans son arbre jusqu'à la rivière qui coulait en bas des ravines, dans une gorge étroite et profonde. Avant de lancer le chêne évidé à l'eau, comme une barque, Tête-de-loup sortit de sa poche un louis qu'il inséra entre les dents de son père pour qu'il puisse payer son passage au nocher de l'au-delà.

— C'est notre dernier louis, dit Tête-de-loup, mais il en a plus besoin que nous.

Le courant entraîna comme en toute hâte le chêne et Dochâgne qui disparurent au-delà des joncs.

Il descendit, porté par cette rivière dont le nom symbolisait mieux que tout autre le destin de cet homme, puisqu'elle s'appelle la Vendée ; il descendit lentement à travers le marais poitevin, dissimulé par les grands herbages, jusqu'à la Sèvre Niortaise qui le conduisit dans l'Océan tout proche où les nautoniers des âmes errantes vinrent le prendre.

8.

A la fin de 1835

A la fin de 1835, le gouvernement de Louis-Philippe considéra que le calme était rétabli dans l'Ouest. En foi de quoi Auguste de la Rochejaquelein, condamné à mort par contumace, fut acquitté par le jury de Versailles et put revenir en France. Mais les chefs plébéiens comme Diot, comme Béché, comme Tête-de-loup, demeuraient proscrits ou traqués. On se souvient que, lors du procès de Jacques Bory, dit le Capitaine Noir, le juge s'appliqua à bien distinguer ce qu'il appelait l'héroïsme de la duchesse de Berry de la sauvagerie du chef de bande chouan qui, pourtant, ne prit les armes qu'à son appel. La duchesse de Berry, remariée en Italie avec le comte sicilien Hector de Lucchesi-Palli, surnommé saint Joseph par la malignité publique, pondait de nouveaux enfants et abandonnait Henri Cinq, dans son exil, à une destinée de second Aiglon. La cinquième guerre de Vendée se situait bien loin. La Vendée catholique et royale mourait dans l'oubli du reste de la France, comme allait mourir à Prague, le 6 novembre 1836, dans le désintéressement total d'un pays séduit par le mot d'ordre du premier ministre Guizot : « Enrichissez-vous ! » le soixante-huitième et avant-dernier roi de France, Charles X. L'héroïsme de la Vendée, qui fascinait tant Napoléon Ier, n'émouvait plus personne. La bourgeoisie des villes, contre laquelle les Vendéens s'étaient battus avec furie, triomphait avec Louis-Philippe. Le commerce et l'industrie devenaient une nouvelle religion et la Petite Eglise dépérissait, elle aussi, lentement.

Oubliés de Dieu, maudits par le roi, les derniers chouans ne formaient que des bandes si minimes qu'on ne les apercevait plus. Ni retardataires ni déserteurs ne renouvelaient ceux qui pourrissaient dans leurs trous ou qui offraient leur soumission. Soldats perdus d'une cause anachronique, héros aux auréoles éteintes, ils ne suscitaient plus l'hostilité mais, pire, l'indifférence. L'époque bourgeoise de Louis-Philippe abominait les panaches. On s'était lassé de ces desperados qui se plaçaient hors du temps, hors du monde. Au cours de l'année 1836 ils ne se distinguèrent plus des vagabonds innombrables et des bandits de grands chemins traditionnels. On ne parlait pas de chouans, ni encore moins de carlistes, mais tout simplement de brigands. Et dans ce terme il ne restait rien de l'apostrophe lancée par les soldats républicains de 93 et relevée comme un défi par les premiers chouans. On les disait maintenant brigands parce que, de temps en temps, ils volaient du pain.

Tête-de-loup, Louison et leur bande, tapis dans la forêt de Mervent, se nourrissaient de gibier, de châtaignes, de glands. Après la mise à l'eau du corps de Dochâgne, le petit Jean avait supplié Tête-de-loup son parrain de le garder. Tête-de-loup et Louison durent se fâcher et le chasser avec des injures pour qu'il consente à suivre Arsène-le-troisième dans la charrette bleue qui les ramena à Saint-Martin-des-Fontaines. Mais Tête-de-loup le regrettait.

— Ce p'tit Jean, quand même, disait-il souvent, sera-t-il plus heureux de devenir pésan ?

Louison le regardait avec surprise, n'en croyant pas ses oreilles ·

— Où as-tu l'esprit : Un pésan vivant vaut mieux qu'un chouan mort.

Ils attendaient. Ils attendaient on ne savait plus quoi. Ils savaient seulement par les charbonniers, les bûcherons ou les rouliers avec lesquels ils échangeaient parfois du gibier contre du pain, que les chouans épinglés par les gendarmes étaient emprisonnés, jugés et condamnés à mort ou aux travaux forcés. Ils ignoraient heureusement que La Rochejaquelein-le-troisième, lui, venait d'obtenir sa grâce.

Ils ignorèrent aussi qu'en cette année 1836 où ils se consumaient de désespérance, le 29 juillet fut inauguré à Paris l'arc de triomphe de la place de l'Etoile. Et que parmi les noms des six cent cinquante-deux généraux gravés dans la pierre se trouve celui du boucher de la Vendée, le commandant des Colonnes infernales, l'exécuteur du génocide de 93 : l'Ogre-Turreau. Sinon ils auraient compris que leur temps était bien fini.

Mais ils le sentaient. Ils subodoraient tous qu'ils finiraient par périr dans les bauges qu'ils creusaient, que ces souterrains seraient leurs tombes et que le dernier d'entre eux qui mourrait n'aurait personne pour lui jeter une croix et refermer le trou.

Louison plus intuitive, plus intelligente aussi sans doute que les hommes de la bande, se voyait prise au piège comme ces bêtes que son mari ramenait chaque jour, encore chaudes et pantelantes. Elle se disait qu'il fallait casser le piège, que mourir pour mourir il valait mieux périr debout, en combattant une dernière fois, que de finir étouffés dans ces antres comme des blaireaux enfumés. Elle rêvait d'une dernière équipée, aussi sauvage que celle qui les égaya tant dans la Gâtine. Et peut-être, les autorités surprises les laisseraient-elles passer jusqu'à cette forêt du haut bocage dont ils gardaient une lancinante nostalgie.

Tête-de-loup tenta bien d'apprivoiser une meute de loups qui puisse leur servir à la fois de guide et de protection. Mais depuis que les traquenards et la strychnine les décimaient, ceux qui survivaient fuyaient vers l'est. Il ne restait que de vieux solitaires, devenus méfiants, qui répondaient encore aux appels de Tête-de-loup ; toutefois, ils n'accouraient pas.

Le conscrit de Saint-Martin avait cessé depuis longtemps de faire la tournée des métairies pour obtenir du pain. Les paysans ne le considéraient plus comme l'un des leurs et ce rejet par sa communauté le plongeait dans une tristesse mortelle de chien abandonné. Il passait son temps à tailler des bâtons, les sculptant au couteau, à la manière des bergers, recréant dans l'écorce toute une imagerie campagnarde de vaches, de moutons, de bœufs, naïvement transcrite. Puis il plantait ses bâtons comme des totems, que ses compagnons enlevaient et brûlaient au fur et à mesure, redoutant de voir la forêt parsemée de repères aussi compromettants. Le conscrit de Saint-Martin ne semblait pas s'en apercevoir. Il continuait à tailler ses cannes, ressuscitant pour son seul usage l'environnement pastoral qui lui manquait tant.

A part Tête-de-loup le braconnier, Louison fille de forgeron, Longépée qui devait son nom à ce qu'il était soldat de métier, tous les autres membres de la bande se composaient de fils de métayers, de valets de ferme et de garçons d'écurie, qui avaient fui le service militaire. Les rebuffades qu'ils essuyaient lorsqu'ils essayaient de reprendre contact avec la paysannerie, la manière dont on les traitait en mendiants, les déprimaient tant qu'ils ne sortaient plus de la forêt. Ils préféraient se passer de pain plutôt que d'endurer de telles humiliations.

Mais l'inaction, la sensation que le temps ne s'écoulait plus, l'avenir bouché, la présence de cette seule femme parmi huit hommes suscitaient une exaspération qui dégénérait en disputes, en bagarres même. Le Clément-du-bœuf-qui-prie partait tous les matins en disant qu'il en avait assez et qu'il préférait se rendre aux gendarmes. Mais il revenait le soir, tout penaud, n'ayant pas osé. On ne disposait plus d'argent. Les armes, qu'on ne pouvait ni huiler ni graisser, s'abîmaient et on comptait les dernières cartouches.

C'est alors que Manuel-l'étirolé rencontra du côté de la grotte du père de Montfort un homme qui les cherchait. Il lui dit qu'il venait de Moncoutant, de la part de Diot, pour les guider vers le Haut Poitou où ils seraient en sécurité. Ils s'y réintégreraient à la vie normale en attendant l'amnistie qui leur permettrait de rentrer en Vendée.

Manuel-l'étirolé alla chercher Tête-de-loup qui s'étonna de cette référence à Diot. Gauvrit-le-roulier ne lui avait-il pas précisé que Diot se trouvait en Italie avec La Rochejaquelein-le-troisième ?

— Non, dit l'homme, Auguste de la Rochejaquelein, gracié, est rentré en France. Il prépare la venue de Diot. Et Diot veut vous récupérer en bon état. C'est pourquoi il m'envoie pour vous mettre à l'abri du côté de Poitiers.

Tête-de-loup se souvenait que le roulier lui proposa, lui aussi, de le faire passer dans le Haut Poitou. Mais il se méfiait néanmoins. Cet homme ne lui inspirait pas confiance. On prit quand même rendez-vous pour la semaine suivante, entre Vouvant et l'Absie, près de La Chapelle-aux-Lys.

La proposition de l'inconnu fut accueillie avec soulagement au campement. Même Louison se montrait favorable à l'entreprise. On décida donc de déménager au jour dit.

Mais Tête-de-loup conservait sa prévention. Il regrettait de n'avoir pu apprivoiser un de ces vieux loups qui les eût accompagnés en flairant, mieux qu'ils ne le feraient, tous les dangers. En approchant de La Chapelle-aux-Lys il dispersa sa bande, demandant à Longépée et à Manuel-l'étirolé qui connaissait l'homme, d'aller à l'avant, avec les meilleurs fusils et le maximum de cartouches. Le hennissement d'un cheval les jeta instinctivement à terre. Rampant derrière les haies, ils aperçurent à travers les ronces des bicornes de gendarmes.

L'inconnu avait monté un guet-apens.

Longépée et Manuel-l'étirolé revinrent en toute hâte prévenir leurs compagnons. La déception fut si grande que la plupart voulaient se jeter sur la maréchaussée et en finir dans une dernière fusillade suicide. Mais Louison dit :

— Non. Faut d'abord punir celui qui nous a vendus. On montera vers Moncoutant. Toi, Manuel, tu le rechercheras avec Longépée qui t'aidera à le saigner comme un goret.

Cette détermination réveilla la bande assoupie par plus d'un an d'inaction totale.

— On ne va pas laisser Manuel et Longépée partir tout seuls à Moncoutant, surenchérit Tête-de-loup.

— T'as raison, enchaîna Louison. Vaut mieux faire envie que pitié. Quand on épouvantait, les pésans nous fêtaient. Puisqu'ils nous traitent comme des chiens, on va leur montrer qu'on est des loups. Les derniers loups. Des garous !

— Mordienne, s'écria Longépée, on va leur mordre les chausses !

Ils rejoignirent une fois de plus la forêt de l'Absie, le bois des Gâts et remontèrent le cours de la Sèvre Nantaise jusqu'à Moncoutant. Manuel-l'étirolé y retrouva leur dénonciateur que Longépée poignarda dans un fossé, laissant sur le cadavre un papier où l'on pouvait lire : « Reconnu espion envers les réfractaires. »

— Comme ça, approuva Louison, on existe encore. On a signé. On va se payer une bonne tranche de rigolade, comme du temps où, dans la Gâtine, on était les rois. Vous n'avez pas connu ça, vous, dit-elle aux derniers venus. Ah ! je vous en promets. On nous mettra sans doute la corde au cou, mais on se sera bien amusés !

Le conscrit de Saint-Martin, qui ne se remettait pas de son abattement et emportait partout avec lui ces bâtons qu'il sculptait de figurines d'animaux familiers, se plaignit de ce qu'ils s'éloignaient du bocage.

— Regardez-le, celui-là, railla Louison, il a bien peur que la misère lui manque !

Les patrouilles de gendarmes, l'hostilité des paysans les refoulèrent vers la région des étangs. Mais ils craignirent de s'y sentir de nouveau piégés.

— Si on a de l'argent, conclut Louison, on aura des tartines beurrées. Faut prendre l'argent où elle est.

Ils réussirent, comme jadis, à capturer un percepteur

qu'ils attachèrent à un arbre, le dépouillant de sa recette. Ils pouvaient maintenant s'acheter du pain.

Puis ils s'en prirent aux maires, ce qui autrefois leur valait la reconnaissance des paysans. Chez celui de La Chapelle-Saint-Laurent, ils trouvèrent des tableaux représentant la famille de Louis-Philippe qu'ils piétinèrent avec allégresse. Un autre maire, qui osa traiter Louison de Parisienne, fut assommé à coups de bâton par le conscrit de Saint-Martin que cette injure mit particulièrement en fureur. On décrocha de sa cheminée un fusil à deux coups et quatre pistolets. Mais on jeta peu après les pistolets lorsque l'on s'aperçut qu'on avait oublié de les garnir de balles.

Dans les fermes où on les recevait mal, ils s'amusaient à casser la vaisselle et les meubles. Ils ne volaient rien puisqu'ils possédaient de l'argent prélevé sur les contributions. Ils payaient au contraire bien cher ces canards, ces pains, ces poulets, ce vin, mais les fermiers craignant qu'on les accuse d'accointance avec les bandits allaient se plaindre aux autorités d'un imaginaire pillage; ce qui leur attirait ensuite une correction de la bande qui revenait et brisait de la faïence. D'où de nouvelles plaintes et des galopades éperdues de gendarmes à cheval effrayés de voir surgir de partout ces chouans inattendus dont ils exagéraient le nombre.

Tête-de-loup et Louison, d'escarmouches en escarmouches, arrivèrent presque à leur but : atteindre la forêt du haut bocage de leurs premières amours. Sur la route des Herbiers aux Quatre-Chemins-de-l'Oie, ils virent une diligence qui arrivait au trot et se divertirent stupidement à la prendre d'assaut en tirant en l'air toutes leurs cartouches. Les voyageurs furent priés de leur remettre leurs bourses. Ils redevenaient riches maintenant, mais un tel attentat, trop gros, ne pouvait qu'entraîner une riposte à laquelle leur petit nombre se trouvait bien incapable de résister. Des hussards arrivèrent en effet de Cholet au galop et se mirent à les pourchasser dans les chemins creux et les taillis. La bande reflua d'autant plus vite que, s'il lui restait des fusils, elle ne possédait plus de munitions.

A La Châtaigneraie, ils intimidèrent des gardes nationaux en les visant avec leurs armes inoffensives et récupérèrent trois fusils qui s'avérèrent non chargés.

Ils s'offrirent néanmoins du bon temps à Saint-Pierre-du-Chemin. Dans ce village, un des plus hauts sites du bocage, d'où ils découvraient la contrée à perte de vue, n'y apercevant aucun mouvement de troupe, ils commencèrent, ce qui était aisé, par désarmer le garde champêtre, puis forcèrent le sacristain à leur donner la clef de l'église, montèrent dans le clocher, y enlevèrent le drapeau tricolore qu'ils remplacèrent par un torchon blanc emprunté au drapier qui n'avait pas eu le temps de fermer sa boutique. Puis ils s'attablèrent à l'auberge, jetant sur la table de bonnes pièces sonnantes, mangèrent et burent en joyeux convives, puis saluant la compagnie repartirent en carillonnant les cloches de l'église comme au jour de Pâques.

Ils décidèrent ensuite de bifurquer du côté de Parthenay, reprenant l'idée d'échapper à l'étau de la répression qui se réveillait dans la Vendée militaire en fuyant du côté de Poitiers. En chemin, ils capturèrent un facteur, pris par mégarde pour un percepteur et, ne sachant qu'en faire, l'attachèrent à un arbre en lui bandant les yeux. Comme Tête-de-loup n'avait plus de sabots et que ses pieds se trouvaient juste à la pointure de ceux du prisonnier, il lui enleva seulement ses bottes.

De grandes forêts auraient pu les accueillir sans danger autour de Poitiers. Celle de Vouillé ou de Saint-Hilaire à l'ouest ou l'immense forêt de Moulière en direction de Châtellerault. Mais ils ne réussirent pas à contourner Parthenay, se heurtant à des patrouilles de soldats qui surgissaient maintenant de plus en plus nombreuses, comme si la guerre recommençait.

Ils ignoraient tout de la marche du monde, n'osant s'attaquer aux fermes depuis l'épuisement de leurs cartouches. Fuyant de landes d'ajoncs en taillis d'épineux, ils ne portaient plus que des vêtements en lambeaux. De surcroît, un des derniers réfractaires avait été blessé d'une balle dans le genou et il fallait le traîner comme on pouvait.

Fatigués, usés, loqueteux, affamés, ils finirent par buter sur un détachement de gendarmes. Louison et Tête-de-loup, qui marchaient un peu en arrière, s'arrêtèrent en entendant hurler les hommes de l'ordre. Tête-de-loup voulut s'élancer pour porter secours à la bande. Mais Louison le retint doucement par le bras, disant :

— C'est fini, maintenant. C'est fini. Il ne nous reste plus que nos dents pour mordre.

Alors instinctivement ils se jetèrent l'un contre l'autre et s'étreignirent. Lorsque les gendarmes s'avancèrent pour leur mettre la main au collet, ils se trouvaient si étroitement enlacés que, roués de coups, ils s'obstinèrent à ne pas lâcher prise. On dut les ligoter comme ils étaient, se serrant encore l'un l'autre de leurs bras et de leurs jambes entrecroisés avec une telle force qu'ils ne formaient plus qu'un seul être immobile.

Liés sur un mulet, on les transporta tels quels à la prison de Parthenay.

La cinquième guerre de Vendée devait être l'ultime. Sous Louis-Philippe, en même temps que les derniers chouans, disparaît tout un monde, aussi bien celui des survivants de la République et de l'Empire, que celui des survivants de la contre-révolution.

Le nom de Turreau, le massacreur de 93, sur l'Arc de Triomphe, la statue du général Travot, celui-là même qui captura Charette, élevée sur une place de la préfecture de la Vendée et celle de Belliard, le seul Vendéen devenu général républicain et bonapartiste, sur l'ancienne place aux Porches de Fontenay-le-Comte, on n'y allait pas de main morte dans l'humiliation des vaincus.

Mais comme ces derniers, assommés, ne bougeaient plus, Louis-Philippe, en 1840, décréta une amnistie générale pour les chouans ou réfractaires qui ne se seraient pas ralliés. C'est ainsi que Diot put revenir à Boismé. Ce matamore qui avait survécu aux batailles de l'Empire et à celles de la chouannerie, comme à l'aventure du Portugal, mourut bêtement comme un bouvier imprudent, le 20 mars 1841, encorné par un taureau à la foire de la Mi-Carême à Poitiers. Quant au maréchal de Bourmont, il s'éteignit plus paisiblement dans son château, en Anjou, en 1846.

Néanmoins, pendant tout le règne de Louis-Philippe des chouans condamnés à la détention perpétuelle restèrent emprisonnés. En 1852 Napoléon III les libéra tous. Mais rares étaient ceux qui avaient pu survivre à vingt ans de captivité.

TABLE

Livre premier

TÊTE-DE-LOUP

Livre second

LOUISON

DU MÊME AUTEUR

ROMANS

AUX EDITIONS ALBIN MICHEL

Les Mouchoirs rouges de Cholet, Grand Prix des lectrices de *Elle,* Bourse Goncourt du Récit historique, Prix Alexandre-Dumas, Prix de l'Académie de Bretagne
Ma sœur aux yeux d'Asie
L'Accent de ma mère, Grand Prix du roman des Ecrivains de l'Ouest
Nous sommes 17 sous une lune très petite
Les Quatre Murs
Le Jeu de Dames
Les Américains
Trompe-l'œil
Une place au soleil
Drôles de voyages
Drôles de métiers

LITTÉRATURE

Histoire de la littérature prolétarienne en France, Albin Michel
Bernard Clavel, Seghers
L'Honorable Japon, récit, Albin Michel
La Peau des Choses, poésie 1946-1957, J. R. Arnaud
Ils ont semé nos libertés. Cent ans de droits syndicaux, Syros

CRITIQUE ET HISTOIRE DE L'ART

25 ans d'art vivant 1944-1969, Casterman
L'Art pour quoi faire?, Casterman
L'Art abstrait, tomes 3 et 4 (avec Michel Seuphor), Aimé Maeght
L'Art abstrait, tome 5 (avec Marcelin Pleynet), Adrien Maeght
Naissance d'un art nouveau, Albin Michel
Les Maîtres du dessin satirique, Pierre Horay
La Fabuloserie, art hors les normes, 89120 Dicy

URBANISME ET ARCHITECTURE

Histoire mondiale de l'architecture et de l'urbanisme modernes :
  tome I, Idéologies et Pionniers, 1800-1910, Casterman,
  tome 2, Pratiques et Méthodes, 1911-1976, Casterman,
  tome 3, Prospective et futurologie, Casterman
Où vivrons-nous demain?, Robert Laffont
Esthétique de l'architecture contemporaine, Griffon, Neuchâtel
L'Homme et les villes, Albin Michel
L'Architecte, le Prince et la démocratie, Albin Michel
L'Espace de la mort, Albin Michel
Claude Parent, monographie critique d'un architecte, Dunod
L'Architecture des gares, Denoël
L'Homme et les villes, édition illustrée, Berger-Levrault

La composition de ce livre
a été effectuée par Bussière à Saint-Amand,
l'impression et le brochage ont été effectués
sur presse CAMERON
dans les ateliers de la S.E.P.C. à Saint-Amand-Montrond (Cher)
pour les Éditions Albin Michel

AM

Achevé d'imprimer en août 1985.
N° d'édition : 9038. N° d'impression : 1503.
Dépôt légal : août 1985.

Imprimé en France